关于作者

路易斯·拉卢瓦(Louis Laloy, 1874—1944年),法国知名评论家、音乐学家和古希腊语学家。他是最早按照中国音乐的价值体系来研究中国的法国音乐学家之一,在为法国公众介绍中国音乐、文学和戏剧方面发挥了重要作用。

关于译者

欧瑜,西安外国语大学法语学士,巴黎高等翻译学院(ESIT)汉法英笔译硕士,现任云南大学外国语学院法语教师。从事翻译实践与教学工作,出版《巴黎温州人》《无处不在的人格》《重现发现达·芬奇》等译著六十余部。

走近中国·作家文丛 | 丛书主编 钱林森

镜观中国

Louis Laloy

［法］路易斯·拉卢瓦 —— 著

欧瑜 —— 译

Miroir De La Chine

中央编译出版社
Central Compilation & Translation Press

图书在版编目（CIP）数据

镜观中国 /（法）路易斯·拉卢瓦著；欧瑜译. -- 北京：中央编译出版社, 2025. 6. -- ISBN 978-7-5117-4897-3

Ⅰ. I267.4

中国国家版本馆 CIP 数据核字第 2025ZE3352 号

镜观中国

出版统筹	张远航
特约策划	贾宇琰
责任编辑	周雪凝
责任印制	李　颖
出版发行	中央编译出版社
网　　址	www.cctpcm.com
地　　址	北京市海淀区北四环西路 69 号 (100080)
电　　话	(010) 55627391（总编室）　　(010) 55627312（编辑室） (010) 55627320（发行）　　　(010) 55627377（网站）
经　　销	全国新华书店
印　　刷	北京印刷集团有限责任公司
开　　本	880 毫米 × 1230 毫米　1/32
字　　数	188 千字
印　　张	9.875
版　　次	2025 年 6 月第 1 版
印　　次	2025 年 6 月第 1 次印刷
定　　价	78.00 元

新浪微博：@ 中央编译出版社　　微　信：中央编译出版社 (ID: cctphome)
淘宝店铺：中央编译出版社直销店 (http: //shop108367160.taobao.com)
　　　　　(010) 55627331

本社常年法律顾问：北京市吴栾赵阎律师事务所律师　　闫　军　梁　勤
凡有印装质量问题，本社负责调换。电话：(010) 55627320

为"走近中国"文化译丛作序

雷米·马修

在古希腊古罗马时代结束了很长时间之后,欧洲世界转向了中国,却丝毫不了解中国之文化何其博大、中国之历史何其流长、中国之疆域何其广袤、中国之人口何其众多。那么,为什么要走近中国?要知道,要不是因为那条自罗马帝国时代以来就闻名天下的丝绸商贸之路,中国对欧洲一直也并未表现出多少兴趣。钱林森教授主持了一项卓越的事业,就是通过主编这套"走近中国"文化译丛,从历史和跨文化的角度,来回答这个宏大而复杂的问题。该译丛收录了丰富多彩的著作(原著多为法文和英文),以帮助人们理解这样一些对中国都充满着热爱,或者最起码充满着浓厚兴趣的欧洲知识分子是如何从自己的旅行记忆、宗教信仰以及各自时代所获得的科学知识出发,自以为是地对中华文明加以解读和诠释的。

在欧洲与远东交往的历史上，起初有三种动机推动着欧洲人去发现中国：宗教、商贸和对未知事物的了解欲。可以说，这样一段发现的历程多少是遵循了这样一个历史演进规律的。在信奉基督的欧洲，人们有一种要引领新的族群皈依"真正信仰"的信念。正是这种信念帮助天主教扩张到了美洲、非洲，当然还有亚洲。尽管欧洲早已有人远赴中国探险，但西方渗入中国的最初尝试，应该算是传教士们（在十六世纪末）的成就。他们甚至还为此设立了一些长期稳定的传教使团，其中大多由耶稣会会士或多明我会会士领导。这些传教使团在中国大陆的存在一直持续到将近1950年时才告终结。所以，欧洲最初获得的有关中国的信息，要归功于这些教士，他们在努力培养信徒的同时，执着地自以为从中国人的思想和信念中发现了属于原始基督教的一些遥远的、变形的元素。当然，我们现在都知道，他们的这些先入为主的观念导致他们在理解中华文明时犯下了多么重大的错误。

紧随传教使团之后，或者说与之同步，掀起了解中国第二波浪潮的，是商人。这波浪潮在十七世纪，也就是路易十四时期，渐渐成为时代的潮流。那时，全欧各国贵族以及从事商贸的资产阶级的家里都充斥着来自中国的丝绸、瓷器和青铜器。资产阶级也希望能在亚洲，尤其是在中国，为自己的商品找到一片广阔的市场,而不需要承受太多的道义负担。这些富裕的家庭以及这些掌权的贵族对这些他们连产地名称都不清楚的"中国货"趋之若鹜。我们都知道,这样一种进攻态势的经济帝国主义发展到十九世纪,就导致了一些政治争端和军事战争,其中的标志就是两次鸦片战争以及随后那些给中国留下如此糟糕记忆的一系列"不平等条约"。无论如何,西方的商人们还是获得了对这个丝绸及牡丹之国的认识,尽管这种认知是以经济利益为基础的,并且因为方法论的缺陷而常常充满了误解。

最后,从十九世纪始直至今日,以西方文人为主体构成的"汉学家"群体一直致力于解读和传播古代传统中国的语言、文学、艺术、社会学和历史……要想理解中国是如何被西方"走近"的,首先就应该向他们求教。虽然不可否认,这些学者中有相当多也曾是传教士或商人,在解读古代和现代中国的运作机制上曾经有过宗教信仰或经济利益上的考量,但从此,欧洲涌现出了众多懂得中华文明的专家。当然,也不要忘记日本的学者,他们对汉字文化的熟悉程度是他们的明显优势所在。

本套丛书收录的著作并不能完整地反映欧洲汉学研究的全貌。要知道,所有的西方国家都曾经从各自的传统、各自的经济利益、各自的地理位置以及各自当时的政治或军事实力出发，来寻找通往中国的道路。葡萄牙、波兰、俄罗斯、荷兰、瑞典……这些国家虽然算不上欧洲汉学研究的大国，也算不上最强大的帝国主义列强，但它们也都曾开辟了自己通向中国的道路。这第一批书目收录的只是一些英文和法文原著的作品，但还是能让中国读者窥见现当代西欧对中国的看法。它也使读者可以重新发现一些伟大的学者，比如洪堡（Alexander von Humboldt, 1769—1859），其研究领域虽然主要集中于自然科学和世界地理，但他其实也是最早关注中国语言的德国科学家之一。他曾和雷慕沙（Jean-Pierre Abel-Rémusat, 1788—1832）合出过一部题为《关于汉语有益而有趣的通讯》（*Lettres édifiantes et curieuses sur la langue chinoise, 1821—1831*）的文集，为法国学院派汉学研究贡献了一块主要基石。

汉语，因其不属于印欧语系并且表现出诸如"单音节""多音调"等与欧洲语言完全不同的特征，而常常成为西方作者进行自我观照的一个选项。本套丛书收录了一些或多或少涉及此类问题的作者及著作。比如白吉尔（Marie-Claire Bergère）和安必诺（Angel Pino）在1995年出版的《巴黎东方语言学院百年汉语教学论集（1840—1945)》（*Un Siècle d'enseignement du chinois à l'École des Langues orientales，1840—1945*）就回顾了东方语言学院汉语教学的历史。而在那之前，在雷慕沙的推动下，巴黎的法兰西公学院（Collège de France）早在1815年就已经开始了大学汉语教学。

在语言方面，中国诗歌在现代出版物中占据重要地位。这在很大程度上要感谢朱笛特·戈蒂耶（Judith Gautier，1845—1917），她把许多中国古诗译介成法语，于1867年编成了一本非常出色的集子《玉书》（*Le Livre de jade*），成为第一位编纂中国诗集的作家。这部作品令法国人了解了从上古至十九世纪的中国诗歌浩瀚的数量和卓越的品质，更让法国的诗人们领略了中国的诗歌艺术。1869年，她又[以其婚后姓名朱笛特·芒代斯（Judith Mendès）]出版了《皇龙》（*Le Dragon impérial*），深刻地影响了那个时代法国的精神世界，受到了维克多·雨果（Victor Hugo）和阿纳托尔·法朗士（Anatole France）的高度赞誉。到了离我们更近的时代，仍有一些法国作者将心血倾注于伟大的中国古诗，或加以研究，或进行译介。正如郁白（Nicolas Chapuis）在其于2001年出版的《悲秋——古诗论情》（*Tristes automnes*）中所出色完成的那样。他所因循的，是葛兰言（Marcel Granet，1884—1940）在一个多世纪前走过的道路。葛兰言曾经出版过一本《中国古代的节庆与歌谣》(*Fêtes et chansons anciennes de la Chine*),试图通过对《诗经》中许多诗歌的翻译和解读勾勒出古代中国社会的轮廓。走在相似道路上的,还有英国的大汉学家阿瑟·韦利(Arthur Waley,1889—1966),他为欧洲贡献了大量中国和日本诗作的翻译。他之所以被收录于本套丛书,凭借的是他最有名的那部献给伟大诗人李白的著作《李白的生平与诗作》(*The Poetry and Career of Li Po, 701-762 A.D.*),这部著作迄今依然是西方汉学研究的权威之作。而美国杰出汉学家狄百瑞(William Theodore de Bary,1919—2017)的研究显然更加集中于哲学层面,他于1991年出版了《为己之学》(*Learning for One's Self: Essays on the Individual in Neo-Confucian Thought*),努力地向好奇的西方读者介绍中国的"理学"思想。他可以算是一位向本国同胞乃至向全世界大力推介远东哲学的学院派汉学家。从一定程度上说,于1924年出版了《盛唐之恋》(*La Passion de Yang-Kwé-Feï, favorite impériale*)的乔治·苏里耶·德·莫朗(George Soulié de Morant,1878—1955)也是如此,他改编了唐朝杨贵妃等人的历史故事,并借机引述翻译了杜甫的一些诗篇。同一时期有一本题为《论中国文学》(*Essai sur la littérature chinoise*)的小册子也是他 [以笔名乔治·苏里耶(Georges

Soulié)]发表的作品。

许多关于中国的作品，都是西方的学者文人编著的他们在中国旅行或生活的记录，但也有一些出自普通西方旅行者的笔下。他们只是想把自己的印象告诉当时的同胞，让后者了解有关中国这个遥远国度的真实或假想的神秘之处。其中最古老的一部，大约是《曼德维尔游记》(The Travels of John Mandeville)，该书作者身份不明，应该是生活在十四世纪的欧洲人；他以极尽奇幻绮丽的笔法详细地记载了他远行东方的历程。该书有可能对马可·波罗（Marco Polo, 1254—1324）的精彩故事也产生了影响。本套丛书收录了离我们更近的克洛德·法莱尔（Claude Farrère）于1924年出版的《远东行记》(Mes Voyages: La Promenade d'Extrême-Orient)，令人不由得联想到皮埃尔·洛蒂（Pierre Loti）、亨利·米肖（Henri Michaux）、亚瑟·伦敦（Arthur Londres）等欧洲记者及作家，他们都曾在二十世纪初启程奔赴这个尚不为世人了解的远东国度，然后又都把充斥着令他们感觉奇特的画面、声音和气味的回忆带回到了西方。路易斯·拉卢瓦（Louis Laloy, 1874—1944）在1933年出版的《镜观中国》(Miroir de la Chine: Présages, Images, Mirage)也属于这一大类。拉卢瓦对中国的音乐着墨颇多，因为他是当时为数不多的对中国音乐颇有钻研的专家之一；他还发表过多项关于中国乐器和中国戏剧的研究成果。值得一提的，还有乔治-欧仁·西蒙（G.-Eugène Simon, 1829—1896），他的《中国城》(*La Cité chinoise*)讲述了自己作为领事的回忆，在欧洲大获成功。许多曾经在中国居住或生活过的法国或英国的作家都用各具风格的文字记述了自己在中国的见闻，他们的作品不仅体现了他们的美学情感、文化体验，而且具有重要的文学价值。其中，值得人们铭记的名字有谢阁兰（Victor Segalen, 1878—1919），他创作了大量中国主题的文学作品，包括本套丛书收录的优秀作品《中国书简》(*Lettres de Chine*)。还有毛姆（William Somerset Maugham, 1874—1965），他于1922年发表的《中国屏风上》(*On a Chinese Screen*)是一部以中国作为背景的旅行日记式短篇小说集。哈罗德·阿克顿爵士（Harold Acton, 1904—1994）发表的题为《牡丹与马驹》(*Peonies and Ponies*)的集子也很有名，那是他在长居北京期间写成的，用一种纯英式的幽默记录了英国人和中国人之间的文化碰撞。从奥古斯特·博尔热（Auguste Borget, 1808—1877）的笔下，也能读到同样的文化碰撞，他的《中国和中国人》(*La Chine et les Chinois*)采用欧洲中心的视角去观照中国文化中"奇丽"的一面，颇受向往异域情调的西方读者们的欢迎。与此观点一致的，还有法国记者保罗-埃米尔·杜朗-福尔格（Paul-Émile Durand-Forgues，1813—1883）以笔名"老尼克"（Old Nick）创作的《开放的中华》（*La Chine ouverte*，1845年首版，2015年再版）。这本书如其书名所示，讲述了在惨烈的鸦片战争之后，中国被迫向西方列强打开大门。但最妙的，还要数儒勒·凡尔纳（Jules Verne，1828—1905）在其1879年的杰作《一个中国人在中国的遭遇》（*Les Tribulations d'un Chinois en Chine*）中虚构的幻想之旅，充满了丰富的创意，后来在法国还被改编成了电影。

雷威安（André Lévy）在1986年翻译推出的《1866—1906年中国士大夫游历泰西日记摘选》（*Les Nouvelles lettres édifiantes et curieuses d'Extrême-Occident par des voyageurs lettrés chinois à la Belle Époque*，1866-1906）的一大成就，是展现了十九世纪末到欧洲游历的中国旅行者的反应，由此让我们看到了东方人对当时他们极为陌生的欧洲世界的看法。同样属于中国对西方进行见证这一类型的作品，还有陈丰·思然丹（Feng Chen-Schrader）在2004年出版的《中国文书——清末使臣对欧洲的发现》（*Lettres chinoises: Les diplomates chinois découvrent l'Europe*，1866-1894），让我们

了解到清末中国的来访者在接触到欧洲时的所思所想。要知道，在那个互不了解的时代，中国和欧洲对彼此的认识同样少得可怜。

如前所述，中国艺术对欧洲的渗入始自路易十四时代。在法国，这种渗入在路易十五及路易十六时代进一步增强，这与中国的清朝在十八世纪达到鼎盛时期是一致的。中国艺术在法国登堂入室，对于十九世纪前夕的法国人了解中国文化至为关键。与此同时，中欧之间的商贸交流获得了重大飞跃，渐渐形成了欧洲产品对远东的经济入侵之势。亨利·考狄（Henri Cordier，1849—1925）1910年发表的名著《18世纪法国视野中的中国》（*La Chine en France au XVIIIe siècle*）对这种同时出现在艺术和经济两个领域里的现象进行了研究。虽然直到二十世纪初，欧洲人对中国的思想一直不甚了解，但他们对中国的艺术表达却知之颇多，考狄的研究正好能够帮助我们理解这一点。当然，欧洲人对中国文化表达方式的认识并不局限于绘画、雕塑或丝绸艺术。中国的文学，尤其是中国的诗歌也进入了西方知识界，并给予了西方文学家和诗人们许多灵感和启迪。我们之前已经说过，这首先要感谢朱笛特·戈蒂耶。2011年，岱旺（Yvan Daniel）通过其在《精神对话：法国文学与中国文化（1846—2005）》中出色的研究，对历史这一尚不甚为人所知的方面进行了分析。他考察了约1840年前后的法国文学作品，尤其是保罗·克洛岱尔（Paul Claudel）以及谢阁兰的作品，论证了戈蒂耶译介中国诗歌对他们产生的影响。而在1953年，即新中国成立几年之后，明兴礼（Jean Monsterleet）在其《当代中国文学的高峰》中，对百年之后的中国文学文化重新进行了一番梳理。这种以竭尽全力打倒旧文化为目标的新文化，将中国的一种新面貌呈现在了对中国革命时期（1920—1950）涌现的当代中国作家知之甚少的西方读者眼前。我们还要指出的是，明兴礼是曾经在中国和日本传教的耶稣会士，因而他当然是从天主教的视角来对革命中国的社会政治实践进行考察的。

走近中国，恰如钱林森教授为这套丛书精心遴选的文本所证明的那样，是欧洲历史中一段形式极其丰富、历时极其持久的历程。这些著作既反映了欧洲人认知中国的水准何其之高，也反映了他们认知中国的程度何其局限。这些局限是人所共知的：每个民族都会因其信仰、科学知识以及风俗习惯而在某种程度上视自己为"世界的中心"，从而使自己受到了局限。理解他人、认识他人是困难的，难就难在我们总是顽固地以为我们可以以己度人。这一点，庄子和淮南子等伟大的思想家早已作出过论述。我们也看到，正如清朝文人在游历西方时发表的感言所揭示的那样，中国人在认识欧洲的过程中也存在着同样的现象。尽管如此，还是必须强调，要是没有欧洲的（正面的以及负面的）影响，中国就不可能成为今日之中国，同样，没有中国为欧洲文化和技术带来的贡献，欧洲也不可能成为今日之欧洲。这便是雷米·马修（Rémi Mathieu）在 2012 年出版的著作《牡丹之辉：如何理解中国》（*L'Éclat de la Pivoine. Comment entendre la Chine*）中所捍卫的观点。他提醒人们不要淡忘中国和欧洲为彼此作出的贡献，以及双方有时都不愿承认的对彼此欠下的债务。这套囊括众多著作的丛书彰显了分处欧亚大陆两端的欧中双方希冀提升相互理解的共同愿望，的确是一件大大的功德。

雷米·马修（Rémi Mathieu）

2020 年 9 月 10 日

（全志钢 译）

理解中国：法兰西的一种热爱
——为"走近中国"丛书作序
郁　白[①]

中国是一个巨大的存在。她存在着。无视她的存在，是盲目的，况且她的存在日益显要。——夏尔·戴高乐，1964年1月8日

2014年，为纪念法国与中华人民共和国建立外交关系五十周年，法国外交部档案室对有关十八世纪以来曾经代表法国来华的学者、外交官及译者的一系列文献进行了整理汇编，结集成册，以《中国：法兰西的一种热爱》（*La Chine: une passion française*）为题出版。

钱林森教授在这套"走近中国"丛书中推介的法国学者文人们关于中国著述的中文译本，强化了这样一种认识，即

---

① 当代法国汉学家、翻译家，资深外交家。

法国的知识分子一直和中国保持着一种充满激情的关系。英国大汉学家史景迁（Jonathan Spence，1936—2021）在其于1998年出版的关于西方对中国的想象之作《大汗之国：西方眼中的中国》（*The Chan's Great Continent: China in Western Minds*）中，将此称作"法国人的异国情缘"："当时（十九世纪末）的法国人把他们对中国的体验和见解凝练成了一套颇为严密的整体经验，我称之为'新的异国情缘'。那是一段交织着暴力、魅惑和怀念的异国情缘。皮埃尔·洛蒂（Pierre Loti）、保罗·克洛岱尔（Paul Claudel），还有维克多·谢阁兰（Victor Segalen），他们三人都在1895年至1915年期间在中国生活了一段时间。他们都坚信自己看到了、听到了、感受到了真正的中国。因为他们都是拥有巨大影响力的作家，所以他们把自己对中国的见解刊印出来，既拓展了西方对于中国的想象，同时又遏止了这种想象的泛滥。"

如果确如亚里士多德的名言所说，"理解欲乃人之天性"（《形而上学》），那么走近中国，对于法国而言，曾经是，现在依然常常是这种欲望的升华。正是在这种欲望升华的驱使下，诸多法国人深度地亲身参与到这个进程中，为理解中国投入了大量心力，并为之痴迷。这种痴迷，归根结底，就是受到了一个在众多方面都超乎理解的国度的吸引。中国的读者或许会问，法兰西对中国的这般"激情"是合理的吗？对于他们，我们只要简单地回答说：要想达致真正的理解，就必须先学会爱。

本套丛书辑录的文本所反映的，就是这样一个求索的过程。在中国，有太多人抱持这样一种论调，认定西方"不理解"中国。这些文本应该可以为这样的论调画上句号了。诚然，法国知识分子对中国的印象与中国在不同历史阶段想要向世人展现的印象可能并不一定相符。但在文化关系中，感受与实际同样重要。一味宣称"实际情况不是这样的"，并以此为由去否认另一方的理解，这样的做法不仅毫无建设性，甚至是有害的。更有意义的做法，应该是对两者之间的差异、距离甚至是鸿沟进行测量评估，以便架起新的理解的桥梁。

且以安德烈·马尔罗（André Malraux，1901—1976）的名著《人类的境遇》（*La Condition humaine*，获得1933年龚古尔文学奖）为例。它讲述的是1927年上海工人起义遭镇压的故事。有评论说这部小说"消解了（西方人对中国的）幻想但又不致令人绝望"，而这一效果的达成，虚构在其中起到的作用要比纪实大得多。而且这本书是欧洲第一部预言中国革命的作品。

离我们更近一些的例子，是尼古拉·易杰（Nicolas

Idier，1981—）在 2014 年出版的《石头新记》（*La musique des pierres*）。易杰曾任法国驻中国大使馆文化专员，他笔端流露的对画家刘丹（1953—）的真挚感情令读者感动。他说刘丹"画的是中国（未来）在经历了一段漫长的阴霾后迎来的复兴"。这本书延续了三个世纪以来以中国为题的法国文学的传统，把一段充满个人主观体验的讲述打造成了一份关于艺术及艺术家在当今中国所发挥的作用的证词。

我在这里提及这些并未被钱林森教授收录进这套丛书的作品，目的是吊一下中国读者们的胃口。要知道：对中国的热爱是法国文学的一个鲜明特点。除了在法国，还有哪个国家会有那么多以中国作为核心研究对象的院士？前有阿兰·佩雷菲特（Alain Peyrefitte, 1925—1999）和让-皮埃尔·安格雷米（Jean-Pierre Angrémy, 1937—2010），今有程纪贤（François Cheng，中文笔名"程抱一"，1929—），他于 2002 年当选法兰西学院院士，是法国历史上第一位华人院士。

这套丛书是钱教授特地为法国的一些汉学家准备的颁奖台。我们要热烈地感谢他记录下法国汉学家们在理解中国的进程中所作出的重大贡献。而且他们的贡献常常超越法语世界的边界。葛兰言（Marcel Granet, 1884—1940）、雷维安（André Lévy, 1925—2017）、白吉尔（Marie-Claire Bergère,

1933—)和雷米·马修（Rémi Mathieu，1948—）培养的一代代学生如今已经成为执掌法中两国关系的主力。法国的中国文化教学也从未像今天这样兴旺繁荣，而中文也已经成为法国中学生的一门选修外语。这一切，都为法国在未来更加全面地走近中国打下了基础，为唤醒法国文学的全新使命打下了基础，为法国对中国更深沉的热爱打下了基础。

郁白（Nicolas Chapuis）

2020年5月3日，北京

（全志钢译）

"走近中国"文化译丛主编序言

钱林森

"走近中国"文化译丛书系,是 21 世纪初我主持编译的西方人(欧洲人)"游走中国""观看中国"的小型文化译丛。这套文化译丛的酝酿、构想,始于 20 世纪末与 21 世纪之交,而最终促成其创设、实施的机缘,却源于遐迩闻名的山东画报出版社一位素未谋面的年轻编辑曹凌志先生的一次造访。2002 年 10 月深秋的一天,曹先生手持一部大清帝国时代的法文原版精装书来宁见我,他一见到我,便开门见山地介绍道:这是他们山东画报出版社从西南四川等地,经多处庙堂辗转而得手的一部图文并茂的法语原著。社里领导很想将此书翻译成中文正式面市,但不知它写的什么内容,值不值得翻译出版刊行。所以要请专家评估一下。曹先生庄重地申言:"我们曾首先咨询过北京社科院外文所法国文学大家柳鸣九先生的高见,是柳鸣九先生建议我们来宁登门拜访您的。"——不由分说,便把他手持的法文原版书递过来。受宠于我所敬重的权威学者之举荐,岂容怠慢?我就诚惶诚恐地连忙接过客人递过来的这部精装珍稀读物,认真地翻阅起来,方知这原是19世纪法国一位匿名游记作家老尼克(Old Nick)所撰,并由同时期法国著名画家、旅游家奥古斯特·博尔热(Auguste Borget)作插图的图文并茂的"游记"[1],是西人"游"中国、"看"中国、想象中国、认识中国的时兴文体。初看起来,内中虽不无作者舞笔弄文的杜撰,但其历史文献的意义,却是显而易见的,加之书内附有清朝时期罕见的栩栩如生的写生插图画,其珍贵的文化价值和收藏价值,毋庸置疑,因此,它也就被顺理成章地收进了敝人酝酿有年的"走近中国"文化译丛书系。

"走近中国"文化译丛最初的构想,是想编选"域外人"(包括东洋人和西洋人)"游"中国、"看"中国的大型文化游记书系,而域外的中国游记,浩如烟海,受制于个人精力、能力和出版诸因素,编选者最终只取一瓢饮。选择的标准有二:一是该文本的跨世纪影响力,即这些文本迄今为

---

[1] 指(法)老尼克著,奥古斯特·博尔热作插图的《开放的中华——一个番鬼在大清国》。

止还时不时地影响着西方人对中国的看法，是西人眼里的经典。二是该文本的文学、历史价值，即这些文本不仅有较强的可读性，且有重要的历史价值和文化意义。首辑仅选法、英两国 10 部长短不等的中国游记，即（法）老尼克的《开放的中华》(*La Chine ouverte*, 1845)、（法）格莱特 (*Thomas-Simon Gueullete*, 1683—1766) 的《达官冯皇的奇遇——中国故事集》(*Les Aventures merveilleuses du Mandarin Fum-Hoam: Contes chinois*, 1723)、（法）奥古斯特·博尔热 (*Auguste Borget*, 1808—1877) 的《中国和中国人》(*La Chine et les Chinois*, 1842)、（法）绿蒂 (*Pierre Loti*, 1850—1923) 的《在北京最后的日子》(*Les Derniers Jours de Pékin*, 1901) 等组成一套小型书系，于 21 世纪头 10 年间，由山东画报出版社、江苏人民出版社、上海书店出版社出版。首辑译丛正式面世时，我曾就其编选动因和译丛的创意与宗旨作了如下说明：

> 中西方文明的发展与相互认知，经历了极其漫长的道路。两者的相识，始于彼此间的接触，亦可以说，始于彼此间的造访、出游。事实上，自人类出现在地球上，这种察访、出游就开始了，可谓云游四方。"游"，是与人类自身文明的生长同步进行的。"游"，或漫游、或察访、或

远征,不仅可使游者颐养性情、磨砺心志,增添美德和才气,而且能使游者获取新知,是认识自我和他者,认识世界、改变世界的方式。自古以来,人类任何形式的出游、远游,都是基于认知和发现的需要,出于交流和变革的欲望,都是为了追寻更美好的生活。中西方的互识与了解,正开始于这种种形式的出游、往来与接触,处于地球两端的东西(中西)两大文明的相知相识和交流发展,正由此而起步。最初的西方游历家、探险家、商人、传教士和外交使节,则构筑了这种往来交流的桥梁,不论他们以何种机缘、出于何种目的来到中国,都无一例外地在探索新知、寻求交流的欲望下,或者在一种好奇心、想象力的驱动下,写出了种种不同的"游历中国"的游记(包括日记、通讯、报告、回忆录等)之类的作品,从而构成了中西方相知相识的历史见证,成为西方人认识自我和他者、认识中国、走近中国的历史文献,在中西交流史上具有无可取代的价值和意义。对这些历史文本作一番梳理、介绍,它本身就是研究"西学"和"中学"不可忽略的一环,是深入探讨中西方文化关系无法回避的重要课题。翻译出版"走近中国"文化译丛最初的动因正在于此。

在中西方两大文明进行实质性的接触之初,在西方对东方和中国尚未获得真实的了解和真确的认知之前,西方人——西方旅游家、作家、思想家和传教士,总习惯于将中国视为"天外的版舆",将这个遥远、陌生而神秘的"天朝"看作不同于西方文明的"异类世界",他们在其创作的中国游记,以及有关中国题材的其他著作中,总是按照自己的意愿与想象塑造自己心目中的中国形象——一个迥异于西方文化的永远的"他者"形象。在西方不同时代、数量可观的中国游记中所创造的这种知识与想象、真实与虚构相交织的"中国形象",无疑是中西交通史上一面巨大的镜子,从中显现出的不仅是"中国形象"创造者自身的欲望、理想和西方精神的象征、文化积淀,也是西方视野下色泽斑斓、内涵丰富复杂的"中国面影"。这就决定了,西方的中国游记和相关题材的著作,既是中国学者研究"西学"的重要历史文献,又是西方人研究"中学"的历史文本,其深刻的学术价值是显而易见的。西方的中国游记对中国的描写和塑造,不仅激发了西方作家、艺术家的创作灵感,也为西方哲人提供了哲学思考的丰富素材,启发了他们的思想智慧。一如有些文化史家所指出的,"哲学精神多半形成于旅游家经验的思考之中"[①]。西

[①] 艾田蒲:《中国之欧洲》(上),许钧、钱林森译,河南人民出版社1992年版,第197页。

方早期的中国游记,虽然多半热衷于异乡奇闻趣事的报道而缺乏哲学的思考,但它们所提供的中国信息、中国知识和中国想象,却给人以思考,为西方哲人,特别是16世纪以降人文主义、启蒙主义思想家提升自己的哲思,建构自己的学说,提供了绝好的思想资源和东方素材,并且成为他们描述中国、思考中国不可或缺的参照。这样看来,西方的中国游记所蕴含的思想价值和哲学意义,也是不言而喻的。我们还注意到,历代西方的中国游记所传递的中国信息、中国知识,不仅使西方哲人深层次地思考中国、认识中国提供了可能,而且也直接地促进西方汉学的生成和发展。西方中国游记和类似的"中国著作",特别是17、18世纪来华耶稣会士的游记和著述,所展示的中国形象、中国信息、中国知识,直接构成了18世纪欧洲"中国热"主要的煽情材料和思想资源,直接助成了19世纪西方汉学生长和自觉发展的重要契机,其文化意义也毋庸置疑。如是,文化译丛"走近中国"的创意,正基于此。

那么,在难以数计的西方游记和相关著述里,中国在西方视野下究竟呈现着怎样的面貌?这难以数计的游记、著述又如何推动西方汉学的生成与发展?它们在西方流布，到底在传播着怎样的中国神话、中国信息、中国知识，从而深化西方人对中国的了解和认识，使之一步步走近真实的中国？这便成了本译丛梳理、择选的线索和依据，以此而为读者提供一幅中西方相知相识、对话交流的历史侧影，正是本译丛的编译宗旨。

新编"走近中国"文化译丛，严格遵循首辑译丛所确立的编译宗旨和编选标准，但在入选作者国别和作品文体、内容方面却有所不同。首辑出版的"走近中国"文化译丛入选作品，主要是法、英旅游家、作家所撰写的中国游记、信札、日记等文类，而新编入选作品，则集中择选法国作家、汉学家（含中国驻法使节、留法学人）所撰写的思考、研究中国文化的著述，除游记、信札、报道类外，还包括散文随笔、传奇、戏剧、哲学对话和学术专论等各类文体在内的著作。这就是说，行将推出的新编"走近中国"文化译丛，不止于西人"游走中国"的游记，着重收入的是法、中两国作者所撰的研究中国文化的著述，包括文学创作和学术研究两类著述，是法、中学人互看互识、对话交流的跨文化学术丛集。"走近中国"文化译丛的编选做这样的变动，实出于编选者能力与知识积累的现实考量，也出于编选者自身研究的实际需要与诉求，因为此时编者也正担负着主编《中外文学交流史》之在研课题。如此面世的文化译丛，必将为源远流长的中西（中法）文化文学关系研究搭建一方坚实、宽阔的跨文化对话平台，也必将为日趋深入拓展的跨文化比较文学研究提供新的学术场域。

新编的"走近中国"文化译丛，以"游记"类和"文库"类两辑，即文学作品之"作家文丛"、学术著述之"学者文库"两辑刊行面世。恪守首创宗旨和选择准则，本译丛精选自17世纪以降，侧重18世纪至20世纪的法国作家、思想家、汉学家（含留法华人学者）研究中国文化有影响力的近20部作品。每部中译本皆有导读性的译者序或译者前言，并且尽可能地附有原著插图，以图文并茂的新风貌展现于世。具体书目为：马塞尔·葛兰言（Marchel Granet，1884—1940）著《中国古代的节庆与歌谣》(*Fêtes et chansons anciennes de la Chine*)，白吉尔（Marie-Claire Bergète）、安必诺（Angel Pino）主编的《巴黎东方语言学院百年汉语教学论集（1840—1945）》(*Un siècle d'enseignement du chinois à l'école des langues orientales，1840-1945*，1995)，岱旺（Yvan Daniel）著《精神对话：法国文学与中国文化（1840—1945）》(*Littérature française et culture chinoise，1846-2005*，2000)，雷米·马修

(Rémi Mathieu)著《牡丹之辉：如何理解中国》(*L'Éclat de la Pivoine. Comment entendre la Chine*, 2012)，郁白(Nicolas Chapuis)著《悲秋——古诗论情》(*Tristes Automnes, poétique de l'identité dans la Chine ancienne*, 2001)，路易斯·拉卢瓦(Louis Laloy, 1874—1944)著《镜观中国》(*Miroir de la Chine: Présages, Images, Mirage*)，乔治·苏里耶·德·莫朗(George Soulié de Morant, 1878—1955)著《盛唐之恋》(*La passion de Yang Kwé fei, Mercure de France, revue, septembre-octobre*, 1922)，毛姆(W.Somerset Maugham)著《中国屏风上》(*On a Chinese Screen*)等。近20部不同文体的作品与著述，敬献于广大读者，就正于海内外方家。感谢一直与编者一起携手共耕的译者朋友们，感谢始终默默地关注着、支持着本文化译丛的亲朋挚友和学界师长、同仁们。

"走近中国"文化译丛选载的上述作品，皆属18至20世纪法国（含英国）作家、汉学家"游走中国""观看中国""认识中国"、思考和研究中国的各类不同文体的优秀之作，是法（英）国作者，一代接一代，瞭望中国、想象中国、描写中国的色泽斑斓、琳琅满目的集锦荟萃，堪称法、英文苑的奇花异草，构成了一道靓丽的风景线。这些作品的作者们，之所以一代又一代心仪"他乡""远方""别处"，不断地瞭望东方——中国,关注中国、描述中国,并不总是出于一种对异国情调和东方主义的"痴迷",实出于认知"他者"和反观"自我"的内心需要。"在中国模子中,我只是摆进了我所要表达的思想。"——20世纪法国作家谢阁兰的这句话最好不过地表达了这一代法、英作者关注中国、了解中国、描写中国的真实愿望,旨在借中国这面镜子来反观自己,确立自身的形象。他们之所以一往情深地渴望远方、别处,寻找"他者",恰恰反映了他们对自己认识的深层需求,一种"时而感受到被倾听的需求,时而(抑或同时)产生倾诉、学习和理解的需求",一种杂糅了自我抒发与理解他者的"必要"。克洛岱尔将处于地球东西两端的法中两个不同民族、不同文明之间的这种相互瞭望、相互寻找、互证互识的双向运动比作一种自然现象——"海洋潮汐"①。从这个意义上说,他们"瞭望"东方、"游走"中国、"寻找"他者,也许正是另一种方式的寻找自我,或者说,是寻找另一个自我的方式;他者向我们揭示的也许正是我们自身的未知身份,是我们自身的相异性。他者吸引我们走出自我,也有可能帮助我们回归到自我,发现另一个自我。由此可见,即将面世的"走近中国"

---

① Paul Claudel, *La Poésie française et l'Extrême-Orient* (1937), in *Œuvres en prose*, Paris, Gallimard, coll. *Bibliothèque de La Pléiade*, 1965, p.1036.

文化译丛，呈现于诸君面前的这些作品的作者们，之所以如此一代接一代地渴望东方，远眺中国，寻找他者，如此情有所钟地"醉心"于中国风景，采撷中国题材，一部接一部地不断描写中国，抒发中国情怀，认知中国，正是他们认知自身的需要，他们"看"中国，正是反观自己、回归自己的一种需求，一种方式和途径。如此，从跨文化研究的方法论学理层面看，"走近中国"文化译丛所提出的课题，不仅涉及这些法（英）国作家在事实上接受中国文化哪些影响和怎样接受这些影响的实证研究，还应涉及他们如何在自己的心目中构想和重塑中国形象的文化和心理的考察，研究他们的想象和创造；不仅要探讨他们究竟对中国有何看法，持何种态度，还要探讨他们如何"看"，以何种方式、从什么角度"看"中国，涉及互看、互识、互证、误读、变形等这一系列的跨文化对话的理论和实践的话题，是关涉中外（中法）文化和文学交流史研究的基础性工程，其学术价值和意义，毋庸置疑。

采撷域外风景，载运他乡之石，是当年创设"走近中国"文化译丛之动因、初衷，同理同道，广揽域外风景，汇编成集，呈现于国人，不是为了推崇异国情调，追寻异国主义，而是为了向诸君推开一扇窗户，进一步眺望远方，一览窗外的风景，旨在借助外来的镜像来反观自己，认识自己，从而确立自身的形象。众所周知，他山之石，可以攻玉。打开室内窗户，直面窗外景象，一览无余，我们自身的面貌也就清晰地浮现出来，一如有西方学者所言，在天主教"三王来朝"的时候，在我们的对面肯定会有一张毫无掩饰的面孔出现："在面孔中所反映出来的他人，从某种意义上恰恰揭示了他本人的造型特征。就像一个人在打开窗户的时候，他的形象也同时被勾画了出来。"[1] 我们编译出版"走近中国"文化译丛，希望诸君看到17世纪以降至20世纪，这一时代映现在西方人眼中的中国，这个时代西方人注视中国、想象中国、创造中国的"尤利西斯式"目光。那目光可能不时流露出傲慢与偏见，但其中表现在知识与想象的大格局上的宏阔渊深、细微处的敏锐灵动，也许，无不令人钦佩、击节，甚至震撼。总之，诸君倘能闲来翻书，读到"走近中国"文化译丛，击节称奇，从中感到阅读欢愉，发出会心的微笑，那便是对我们的勉励，倘能借助这面互证的镜像，打开"窗外的风景"，反观自己，审视自己，掩卷长思，从中受到教育，那便是对我们最大的奖励。

---

[1] （法）埃马纽埃尔·勒维那斯：《他人的人道主义》，袖珍书，图书馆散文集，1972年，第51页。

值此"走近中国"文化译丛付梓刊行之际，我们由衷地感谢出版方中央编译出版社的诸位领导，感谢他们始终坚守契约精神和不离不弃的支持、合作，感谢编译社诸位编辑的悉心编审，感谢翻译团队师友们携手共耕、辛勤付出，感谢法国知名汉学家雷米·马修先生、郁白先生在百忙中欣然赐序，拨冗指教。

钱林森

2023年5月30日，大病未愈，居家养病期间定稿

南京秦淮河西滨，跬步斋陋室

译文序

欧 瑜

《镜观中国》是法国汉学家路易斯·拉卢瓦游历中国时对所见所闻有感而发的一本著作,是游记也是随笔,作者深厚的音乐修养让字里行间透出独特的韵律。《镜观中国》是一面镜子,让我们借路易斯·拉卢瓦的眼和笔窥见1930年代的中国、中国事、中国景和中国人。此书的法文版于1933年由巴黎 Desclée de Brouwer 出版社出版,英文版书名译为"Mirror of China"于1936年由纽约 Alfred A Knopf 出版社出版,是西方人看中国和写中国的代表性作品。

路易斯·拉卢瓦,是法国著名音乐学家、乐评家、作家和汉学家,1874年生于法国上索恩省格雷(Gray)市,1944年卒于汝拉省多勒(Dole)市。拉卢瓦的父亲是一名财政稽核员,母亲是钢琴家。五岁时,拉卢瓦的父母为了让他和兄长接受更好的教育,举家迁往巴黎。拉卢瓦后来广博的知识面以及在音乐、汉学乃至政治上取得的成就,离不开双亲的开明头脑和真知灼见。拉卢瓦高中毕业于巴黎久负盛名的亨利四世中学，1893年考入巴黎高等师范学院，并于1896年获得文学学士文凭，1904年以题为《亚里士多塞诺斯与古代音乐》（*Aristoxène de Tarente et la musique de l'Antiquité*）的论文获得博士文凭，成为第一位取得巴黎索邦大学音乐博士学位的人。与他同届的法国作家、剧作家朱利安·吕谢尔（Julien Luchaire）对他这样评价道："即便是在这种精英汇集的环境中，这位不合群的贵族依然出类拔萃。"[1] 拉卢瓦从小就与音乐结下不解之缘，他的钢琴启蒙老师就是他的母亲。他的母亲出身于维森堡的一个医学世家，从小接受良好的教育，琴棋书画样样精通，后来还与同乡玛丽·雅埃尔（Marie Jaëll），一位被李斯特盛赞为"拥有哲学家的头脑和艺术家的手指"的法国著名女作曲家和钢琴家成了好友。1899年，拉卢瓦进入巴黎著名的私立艺术教育机构司康音乐学院（La Schola Cantorum）学习，在那里跟随法国音乐学家樊尚·丹弟（Vincent d'Indy）学习作曲。1906年，他接任罗曼·罗兰（Romain Rolland）在索邦大学的音乐史教席，并与罗曼·罗兰共同创立了期刊《音乐信使》（*Le Mercure musical*），也是在这一年，他与亚美尼亚钢琴家舒莎妮可·巴巴茵（Susanik Babaïan）结为夫妻。1914年，拉卢瓦得到香水界大亨、文化

---

[1] 朱利安·吕谢尔（Julien Luchaire），《一名法国普通人的告解》（*Confession d'un Français moyen*），佛罗伦萨，Olschki出版社1965年版，第45—46页。

艺术事业赞助人和巴黎歌剧院总监——雅克·鲁谢（Jacques Rouché）的赏识，受聘担任巴黎歌剧院的秘书长，直至1941年退休。1936年，他开始在巴黎高等音乐学院教授音乐史。拉卢瓦熟谙英语、德语、意大利语、拉丁语、俄语、希腊语和汉语，并将不同语言的作品翻译成法语，他不仅创作音乐剧本，撰写了关于德彪西、莫里斯·拉威尔（Maurice Ravel）、伊戈尔·斯特拉文斯基（Igor Stravinsky）、埃里克·萨蒂（Erik Satie）、保罗·杜卡（Paul Dukas）、让-菲利普·拉莫（Jean-Philippe Rameau）等人的著作，并且在担任巴黎歌剧院秘书长期间大力推广他们的音乐作品。此外，他还是德彪西的好友，德彪西于1907年为他创作了《意向集2——穿透树叶的钟声》，他则为德彪西撰写了《法国颂歌》（*Ode à la France*）。1909年，拉瓦尔的《克劳德·德彪西》（*Claude Debussy*）出版，让他成了德彪西的第一位传记作者，德彪西在信中为此对他感谢道："长久以来，您几乎是唯一了解《佩利亚斯与梅丽桑德》的人。……被如此深刻地理解，这种情感是绝无仅有的。"[1]

除了音乐，拉卢瓦寄托了一腔热情与热爱的另一个对象，就是中国。拉卢瓦的中国情缘产生于1889年的巴黎世界博览会，他在世博会上欣赏到了爪哇音乐表演，从此了解到除了

---

[1] 克劳德·德彪西（Claude Debussy），《德彪西书信集（1872—1918）》[Correspondance (1872—1918)]，巴黎，Gallimard 出版社 2005 年版，第 1213 页。

西方世界，还另有一个东方世界。当时在场的一位音乐家的想法正与拉卢瓦的不谋而合，他就是德彪西。后来，一位远房亲戚从中国旅游回来送给拉卢瓦一本学习中文的书，并向他描述了中国之旅的种种见闻，使得东方的形象在他心中变得清晰起来。1904年前后，拉卢瓦开始在法国国立东方语言学校跟随著名汉学家微席叶（Arnold Vissière，1858—1930年）学习中文，还结交了一群中国学生，这帮中国朋友不仅带着他认识中国文化，后来还邀请他参加各种中法交流活动。后来，他又在李石曾创办的世界社认识了当时流亡至巴黎的孙中山。1912年，拉卢瓦出任非官方组织中法联盟（Union sino-française）的副会长。1919年，他接待了造访法国的叶公超，并加入了后者创办的汉学机构。1920年，巴黎高等汉学研究院借此机缘正式成立，拉卢瓦从1925年开始在研究院担任教授，教授中国美学，直到1941年退休，在此期间还曾指导过法国文学专家、翻译家罗大岗的博士论文。作曲家沈星海也曾得到过拉卢瓦的帮助，拉卢瓦曾代他向里昂中法学院申请奖学金。1931年，拉卢瓦接受法国公民教育与美术部的委派前往中国进行官方访问，他首先抵达上海，与好友李石曾等人重聚，之后前往北京，在那里结识了徐志摩、齐如山，还有京剧名角梅兰芳和程砚秋。拉卢瓦对中国文化怀有浓厚的兴趣，他不仅出版了多部关于中国音乐和文化的学术著作，还致力于向法国公众介绍亚洲，特别是中国的音乐、舞蹈和戏剧。与同时代的著名汉学家伯希和、马伯乐等人不同，拉卢瓦以音乐史和音乐评论闻名，他专攻中国古代音乐，而法国的传统汉学研究则多以古代诗词著作为对象。1911年，拉卢瓦将马致远的杂剧《汉宫秋》翻译成法语，更确切地说是改编成了西方的舞台剧，名为《汉宫怨》(*Le chagrin dans le palais de Han*)。次年，他出版了关于中国音乐的著作之一《中国音乐》(*La musique Chinoise*)。拉卢瓦没有像传统汉学家那样两耳不闻窗外事，一心只读圣贤书。他密切关注当时的中国，见证和支持了中国的变革，并参与了中法文化关系史上前所未有的重大事件。1922年，他与韩汝甲共同撰写一篇关于辛亥革命的长文，《中国革命史》(*Histoire de la révolution chinoise*)，载于《大公报》。1913年，他创作了《烟之书》(*Le Livre de la fumée*)，对鸦片及其使用效果和影响进行了详实的记录。1934年，他出版了元杂剧《黄粱梦》的法文译本，名为"Le rêve du millet jaune"，并在前言中阐述了中国戏剧从起源到13世纪的历史。

拉卢瓦在他的回忆录《失而复得的音乐：1902—1927》(*La musique retrouvée, 1902—1927*)中就自己对中国的兴趣这样解释道："我对我的中国朋友的奉献、善良、忠诚、信义，以及某些方面的精神品质怎么赞美都不过分。……自与他们结识以来，我最喜欢的一件无须自证的事情便是，比起来自欧洲的金融家，与来自中国的学者相处让我感到更加自在，因为如今,决定一个人智力形态的,是职业的不同,而不是国籍的不同。在有机会接触到中国的文学和哲学(通过学习中文)之后,我就再也未曾放开过手,我在其中既发现了梳理一个几近处女地之领域的乐趣,又感受到了领悟思想的喜悦,在我看来,这些思想包含了我们对宇宙的最广泛的认知。在主体与客体之间、外部世界与作为其见证者的良知之间,中国的诗人、艺术家或道德家都不站在任何一方。在这一点上,他们与欧洲的同行们不同,后者审视自然只不过是为了把自己的感受强加给自然;闪米特人对自然要么嗤之以鼻,要么视而不见;印度人则相反,他们把自己融入摒弃任何形式之个人意志的事物中。在他们的绘画或诗歌中,自然、天空和水的力量保持着一种至高无上的独立性,从不会退化为混乱或过剩。他们的道德观将人放到与他人的关系中去审视,要求人把其他每个人都视为同胞,给予他们每个人应有的礼遇。在中国只有两种基本的美德,但在任何情况下都已足够,因为其中一个叫作'人性',另一个叫作'正义'。"[1]拉卢瓦对中国人民和文化的这种欣赏之情(和理想化)贯穿于他所有的著作之中,甚至还贯穿于他在1931年中国之行期间与生活现实的狭路相逢之中。

《镜观中国》让拉卢瓦获得了法兰西学院颁发的蒙第雍奖

---

[1] 《失而复得的音乐:1902—1927》(*La musique retrouvée 1902-1927*),巴黎,Desclée de Brouwer 出版社 1928 年版,第 149—150 页。

(Prix Montyon)。《镜观中国》可以说是路易·拉卢瓦在中国的见闻录和思想录，通过此书，我们也得以一窥作者的音乐和汉学造诣。大画家刘海粟曾在去上海的途中为拉卢瓦创作过两幅肖像画，其中的那幅素描还配有一段跋文："吾友赖鲁阿，法兰西汉学大师也，学问淹博，尤精攻禹域古乐及古画。余西巡欧罗巴，君为巴黎大学教授。余每次过从，必与纵论中国上代画论与古乐，而于谢赫之六法论与淮南子论乐，尤多阐发。一九三一年九月，余东归，适君亦受法政府命来华访古文化，与余同舟东渡。舟次为写象，画法虽不足取，而君沉思默想，修身养气之姿，则能存一二焉。刘海粟并记于香南沙舟次。"[①] 刘海粟所说的"香南沙号"（Chenouceaux）正是他与夫人张韵士陪同傅雷于 1931 年 9 月一同搭乘返回中国的邮轮，而另一位乘客在自己的手记中记录道："我的中国朋友们在三等舱，四个人挤在一个小房间里，犹如罐头里的鲱鱼。我早上 10 点和下午 5 点去找他们聊一会儿。傅先生把眼镜掉在了地板上的一个洞里，找不回来了。"[②] 这位乘客就是拉卢瓦，他在《镜观中国》中也记述了这个小插曲，但并没有提到"傅雷"的名字："我认识的一个住在三等舱的中

[①] 袁志煌、陈祖恩：《刘海粟年谱》，上海人民出版社 1992 年版，第 102 页。
[②] 克扎维耶·布维耶（Xavier Bouvier），"与中国钢琴的'琴瑟和鸣'"，（"En résonnance à 'Piano Chinois'"），载于《音乐理论》，Hans-Christian Günther 与 Christophe Sirodeaup 主编，Verlag Traugott Bautz GmbH 出版社 2017 年版，第 46 页。

国人,上船头一晚上就丢了眼镜。他住在上铺,睡前把眼镜摘下来就往床头后面放。他本来以为那里会有个小桌板什么的可以用来放东西,结果那里什么都没有。眼镜掉进隔板之间的空隙,不拆掉板子就取不出来。别人安慰着告诉他,之前也有很多人把东西掉进去,再也没能拿出来。"①"香南沙号"之旅是拉卢瓦的首次中国行,他身负官方任务,到中国考察中国古代音乐。《镜观中国》一书记述了拉卢瓦从塞得港登船,途经吉布提、科伦坡、新加坡、西贡和香港抵达上海,后又前往南京、北平、大连等地的见闻和思考,期间还造访了梅兰芳等中国名人,尤为重要的是,此书表达了拉卢瓦对中国音乐、文化、政治和改革等方方面面的独到思考,给我们留下了一幅当时中国的珍贵剪影。

全书共分三个章节,第一章是出发,记述了拉卢瓦搭乘的邮轮从塞得港出发,经吉布提、科伦坡、新加坡西贡、中国香港等地行至上海的见闻。第二章记述了拉卢瓦在上海、南京和北京与友人相见、观看中国戏曲演出、欣赏中国音乐等经历,并对中国的宗教、哲学、社会、人情世故、婚丧嫁娶等习俗表达了独到的见解和看法,此章内容最丰富。第三章是道别,拉卢瓦一路向北,先后去了大连、哈尔滨等地,记述了自己的所见所闻,字里行间流露出对因战争而流离失

---

① 《镜观中国》(*Miroirs de la Chine*),法语版,第11页。

所的中国民众的同情与关怀。拉卢瓦在书中引经据典,对中国经典古籍的引用堪称信手拈来,开篇即用《楚辞·招魂》来表达离别之情,后文中对《易经》《道德经》等著作的多处引用正体现出他对道教思想的推崇。除此之外,全书对中国音乐着墨甚多,拉卢瓦在抵达上海的当晚就参加了一场高朋满座的音乐会,对席间的二胡演奏作出了"琴声清澈悠缓"[①]的评价,而在离别之时,声声道别在他听来也"跳跃着中文动听的抑扬顿挫,没有指挥却像奏鸣曲般和谐"[②]。文末,已身在莫斯科红场的拉卢瓦再次抒发了充满道教意味的感慨,正所谓"常无欲,以观其妙;常有欲,以观其徼"。

[①] 《镜观中国》(*Miroirs de la Chine*),法语版,第47页。
[②] 《镜观中国》(*Miroirs de la Chine*),法语版,第267页。

拉卢瓦肖像，刘海粟，1931 年

  翻译本书时得到钱林森老师的宝贵意见和鼓励，在此表示衷心感谢。希望读者能够通过此书对拉卢瓦这位精通音乐的汉学家多一些了解，并感受到他对中国文化、中国音乐和中国人民的热爱和赞赏。

目 录

第一章 挥别 ... 001
  地之象 ... 003
  塞德港 ... 004
  吉布提 ... 008
  科伦坡 ... 011
  新加坡 ... 013
  西 贡 ... 018
  香 港 ... 028

第二章 镜像 ... 035
  上海之夜 ... 035
  餐 馆 ... 040
  音乐会 ... 043
  佛宗禅拜 ... 048
  从上海到南京 ... 057
  南 京 ... 061
  忠 仆 ... 063

帝　后	070
改革先驱	074
哲　人	086
乡　间	094
北平第一日	099
福禄居	106
冷面美人	109
北平街巷	114
法国公馆	120
中国人的待客之道	122
文明社会	124
青春之殇	126
造访梅兰芳	132
家庭欢会	134
戏　曲	139
艺术之夜	143
婚　礼	145
儒　家	146
喇嘛教	155
道　士	161
乐在北平	172
中央公园	177
天　坛	188
西山岭上	191

学者与文人　　　　　　　　　　214
　　长　城　　　　　　　　　　　　220

第三章　蜃　景　　　　　　　　　　227
　　离　别　　　　　　　　　　　　227
　　日本船　　　　　　　　　　　　233
　　大　连　　　　　　　　　　　　238
　　中国孩子　　　　　　　　　　　242
　　哈尔滨　　　　　　　　　　　　243
　　海关官员　　　　　　　　　　　245
　　西伯利亚　　　　　　　　　　　247
　　军　人　　　　　　　　　　　　254
　　打铁号子　　　　　　　　　　　259

第一章 挥 别

透过窗框的茶色玻璃，天空碧蓝得仿佛看不到底，晴空下一路的景致曾是多么宜人：丛林、草场，溪边长满灌木，夏日树荫下的溪水显得格外清冽；那些世袭领地的原野，朴素的老屋散发出如祖母般温暖的气息，青春少女咏唱赞美诗的天籁，告慰着教堂后园安息的灵魂。而今天，跨过这道边界，等待我的却是黯淡的未来。微弱的灯光落在忧心忡忡、寻找床位的旅客身上。几乎人人都和我一样，至少拎着一只扁平的旅行箱，以便随身携带，塞在船舱房间里的铁床底下。同行的都是些买卖人或官员，远涉重洋，无非是为了生计而已。只见一个皮肤晒成红棕色的英国人上车来，身着卡其粗布服，仿佛已经到了热带。尽管他法语不灵光，却在走道里高呼令他心焦的坏消息："昨天孟买橡胶价格大跌！"我对这位批发商操心自己的生意没有什么意见，可是我实在不知道应当答对他什么，因为我不是商人；或者按个印度的说法，我不属于他们那个"种姓"。那英国人以为我不屑理他，扭头走了。我却坐在那里,不知道怎么收拾自己的思绪,只好默然独处,把手提箱提了提放在膝盖上,内心像闯错了地方那般惶恐。车厢里已经挤得满满的,再没有人能找出空地方了。

火车才一开动,我们相握的手便不得不分开了。这一别怕是数月才能重逢。我回头看行李还在不在,马上觉得自己荒唐,可惜为时已晚,再回头,火车已然加速。站台上亲友的面容和目光,早都消失在那一团尘雾和蒸汽里了。

> 魂兮归来！东方不可以讬些。
>
> 长人千仞,惟魂是索些。
>
> 十日代出,流金铄石些。
>
> 彼皆习之,魂往必释些。
>
> 归来兮！不可以讬些。
>
> 魂兮归来！南方不可以止些。
>
> 雕题黑齿,得人肉以祀,以其骨为醢些。
>
> 蝮蛇蓁蓁,封狐千里些。
>
> 雄虺九首,往来倏忽,吞人以益其心些。
>
> 归来兮！不可以久淫些。①

---

① 《楚辞·招魂》。——译者注

这首中文诗写于公元前三世纪，体现了当时知识分子阶层对民间信仰和巫术的推崇。文中，诗人心灰意冷，魂魄离体飞升，去寻觅另一个世界，期望自己的忠言在那里可以获得采纳。于是要趁早招魂，免得他迷失于遍布险恶的尘世。我此刻也已灵魂出窍，不同的是，离开的是我的躯体，灵魂却被故乡牵绊。我的灵魂不是也在提醒我、召唤我么？

地之象

对于想到中国一探究竟的欧洲人来说，走海路是一条尤为曲折漫长的线路。起初一路向南几近赤道，然后向北折返温带。虽然船速比货运火车快不了多少，还是在船首激起了一簇簇浪花。沿途每次靠岸停留的数小时，都是一节简短的地理课。然后再次启程离岸的若干天里你都可以不断回味，消磨时光。船总是那样单调地晃着，就那么大片地方，不论是找人聊天，让自己按时午睡，或者是参加什么集体游戏，听每天必演的小型音乐会，都让人觉得在船上的日子无所事事。就算你到露天甲板上散步，打算透透气，都没有办法逃开那乏味气氛的压抑。尽管看起来有那么多的消遣活动，可是总让你有时间想东想西。每天的时间都像是填空题的格子，等着你费尽心思去填。可是你每填好一个，下一个格子就又跑出来,你不去填上,回忆就从这些格子里涌出。

船前方的海面上冒出一道又一道海岸,相隔距离不等,每一道的风貌和气候各不相同。随着此现彼没的海岸线,旅程逐渐拉长,地形地貌也随之变换。

"仰则观象于天,俯则观法于地"[1],中国备受尊崇的圣书《易经》由此引出最早的帝王,他既非怪兽也非神,而是一个人。是他以文明之理创立了知识之法。下文曰:"观鸟兽之文与地之宜,近取诸身,远取诸物……"[2]

效法伏羲,应解读地之象。

塞德港

途经埃及塞德港(Said),船在此稍作停留。清早靠岸,中午再次启程。平地驳船将许多粗大的管子接到我们的船舷,几个小时就能把驱动引擎的重油油箱加满。

船已经关闭引擎,靠着余速滑向码头。船还没有靠岸,几个黑色或者红褐色皮肤的人便跳入混浊的水里,边游边向船上的人不停喊着:"丢海里!丢海里!"只要有人扔下硬币,他们就你争我抢翻腾着潜到水里,趁硬币还没有沉底之前把

---
[1] 前一句为"古者包羲氏之王天下也"。
[2] 《易经·系辞下传》第二章。

它捞上来。几个人一齐浮上来，赢家大笑着张开嘴，从嘴里拿出硬币使劲炫耀；没有捞到硬币的人也不会对此心生怨恨。甲板上的看客拍手回应，捞硬币的比赛又继续进行。这种场景在所有的非洲港口都能见到，这片土地上有太多游手好闲的人，陆地上都容纳不下，以至成群往海里跳，变作"水陆两栖乞丐"。

好比坐火车总要起来走动走动，好让腿消消肿，坐船的人大部分也会上岸让自己松快一下。岸上有很多可买可看的东西。我们刚上码头，便被推销的人盯上了。一个老头靠了过来，满脸奸猾，特意为了满足游客对当地特色的要求，穿得和歌剧喜剧里的土耳其人一个样子，短外套，宽大的短裤和棉质长袜；他甚至安上了假鹰钩鼻子和灰胡须。我们没有搭理他，他居然黏着我们从街这头走到街那头，一点没有死心的意思，冲他大吼之后，也算是走了。可是马上又冒出来一群戴着黑色头巾的阿拉伯男人，戴着锥形的土耳其帽，穿着宽大下坠的袍子，像是在演戏剧芭蕾；他们吵吵嚷嚷装着推推搡搡地拥过来，把我们困在中间。

真不知道这些人是从什么地方冒出来的，哪里都有他们的身影，踩着尘土和驴粪窜来窜去。一套早就背熟的吹嘘客套随时准备往外喷，只等见到游客就马上像夏日里的苍蝇般一哄而上。被人赶开了，暂时散一下，马上又聚拢杀回来，愈发聒噪。摩西真不知道是因为什么理由，在惩罚折磨犹太人的埃及法老时居然忘了利用这些个祸害。

贩子们兜售盒装卷烟、项链、明信片、手杖等等，万一人家坚决不买，他们总是使出最后一招——从破烂的衣衫下露出整沓子色情图片的一角。对方愤然推开，甚至骂这些家伙是他们宗教所禁食的那种动物，贩子们听懂了，照样毫不介意轻浮地放声哄笑。意思很明白，"骂我？你自己不也是吗？"完全不觉得有什么屈辱，反倒更加卖力。

摆脱这些贩子的办法，就是躲进街边拱廊下的书店。书店的橱窗里放着英文书籍、缓解气闷和治热病的英国药物、防暑帽、放大的照片，甚至还有某知名杀虫剂的广告。我认识的一个住在三等舱的中国人，上船头一晚上就丢了眼镜。他住在上铺，睡前把眼镜摘下来就往床头后面放。他本来以为那里会有个小桌板什么的可以用来放东西，结果那里什么都没有。眼镜掉进隔板之间的空隙，不拆掉板子就取不出来。别人安慰着告诉他，之前也有很多人把东西掉进去，再也没能拿出来。他向我说起自己遇到的这件倒霉事的时候，还带着中国人特有的好心情，和法国人的乐天派很相似。不过，他现在用他那双小黑眼珠看东西的时候，只能拼命把眼皮挤成一条细缝，视力明显不够用。我很同情他，因为自己也可能遇到这种遭遇，便答应帮他一把。找到的第一家店是德国人开的，店员态度高傲，可是很有责任心。尽管他们店里没有我们需要的东西，但是知道哪里可以找到，还专门给我们找了个向导。向导是个黑人，沉默寡言，架子十足。头上的锥形土耳其帽向后仰着，拉长了脸部线条。蓝色的棉质钟形无袖长衣披在他宽厚的肩上。他轻盈地迈着大步，我们都有点跟不上了。

配镜师明白了我们的意图后开始安装镜片，我本以为在这种僻静的小巷里不会碰上麻烦，便走到店门外。一个胸前挂着货筐的阿拉伯人突然冒了出来，筐里摆着各种叫不出名的专门哄欧洲人的蹩脚货。这家伙用夹杂着法文的萨比尔语对我说起话来。我不理他，他继续尝试着，先是夹点英文，接着德语、意大利语，最后急得俄语都冒出来了。我的朋友出了店，这贩子一看，自言自语："啊，中国人！"他心里一边琢磨一边走了：还得再学一门外语啊！

回船的路上就比较少受骚扰了。一艘艘刚靠岸的船，带来了新鲜猎物。那些人或许更容易哄骗，因为那些穿着短裤的英国人，看起来像是出来度假的中学生，就是年龄大了点。回船的路上，我认出一个法国女子，和她打了个招呼。今天早上我在餐厅里见过她，虽然仅就草莓果酱聊了两句，但是大家都算是"一条船上的"；这时候我才算深切感受到这个比喻里包含的亲近。

散步甲板上，一群人正围着一个杂耍老艺人，我已有所耳闻此人颇有名气。原本有禁令不许本地人登船，为他算是破了例。他坐在那里，身上披着层层叠叠的斗篷，一边双手表演着，一边用皱巴巴的小眼睛挨个打量我们。他一下把两只活生生的小鸡变没了，站起身，又从某个观众的口袋里找出来，弄得那个人开心地笑起来。他号称吹口气就可以点燃香烟，结果目的是让人给支烟抽。他叼着烟，一言不发地离开了，带着他拿来的小鸡，带着一把刚拿到的面值五法郎或者十法郎的赏钱，带着对观众的轻蔑，一副被捧过头的奇人派头。

吉布提

这地方太阳烫得像火烧，有一天直接把火烧到了海面上，点着了一艘名为"枫丹白露"、和我们一样来自法国的邮轮。今天，我们不得不绕开它漆黑的残骸才得以靠近泊位。四年前，这艘燃起大火的邮轮搁浅在这片沙滩暗礁上，让乘客得以拖着行李逃生，不久以前，乔治·费力巴尔号邮轮也在距离此地仅几小时航程的地方窜起烈焰。难道祝融相中了这片地方？或者是太阳的威力都叠加到这么一小片地方了？你要选择哪种解释都行，就看你怎么想了。

我不喜欢酷热的天气，可是也只能忍受。整个穿越红海的旅程，我都躲在船舱里睡觉，哪怕早上五点就要忍受勤杂工的叨扰，也没有跟着其他乘客跑到甲板上透气。我和一个船员打的赌也因此输了,他赌我一定没有能力出舱挑战白热化的阳光。

很遗憾要和与我一路同行的小两口告别,丈夫是个铁路工程师,在吉布提北上至埃塞俄比亚高原的铁路线上找到了他的第一份工作。撒哈拉地区的大量商贸往来支撑着铁路线的建造和运营,法国诗人阿尔蒂尔·兰波曾经到这里进行过长途探险。"这个热啊,"小两口说,"我们实在是受不了。"以后他们可要好好领教了。当地政府大楼前的两棵棕榈树名声远播:曾经是该地区唯一的树木,而且用金属锌铸造而成。现在,一套灌溉系统从邻近地区引水过来,这里才用真的棕榈树替代了原来的金属树,还在近郊种上了果蔬。而在此之外的地区,就只有沙漠和劫掠为生的游民部落了。

一个穿着呢子斗篷的矮小犹太商人,也可能是阿拉伯人,身子探出船舷栏杆,远远看着通道那头的伙计放下一箱箱拖鞋、彩色玻璃珠项链和棉纺织品。伙计是个古铜肤色的索马里人,有一点驼背,生石灰染红的浓密头发下是一张木然的面孔。相比他的劳苦,他的黑人兄弟却毫不知耻地在肮脏的海水里打作一团,高喊着"丢海里!丢海里!",随时准备扎进菜梗和橘子皮的缝隙,在重油留下的闪光污迹中抢夺硬币。

一群索马里人被允许登上邮轮,在猎奇的游客照相机前搔首弄姿。他们瘦削的面孔和倒三角形的上身好似古希腊的雕像。我在稍远处拿起便携相机，把那些拍照的游客和被拍的索马里人都放入了镜头。其中一个索马里人看到我的这一举动，立马走过来索要充当拍照模特的费用。

我听到小贩提高了嗓门："你不淑女，你泼妇！"他这样侮辱满面通红的年轻旅客，只因为她觉得那双破了口的橡胶拖鞋贵得没有道理，这样的鞋子在欧洲只能被扔进垃圾箱。

午后，我们了无遗憾地离开了这里，这个只看到甲板和水沫的地方，险些被骄阳晒成紫外人，天空的蓝色也被热浪蒸腾了大半。这一方如铅的热带天空到了印度支那①也不会消散，就连飘浮的云彩也不像我们家乡那样团团朵朵，而被斜穿过的阳光扯得丝丝缕缕，颤巍巍地抖动着，皱巴巴地铺在空中。

夜幕降临，船沿着陡峭漆黑的海岸前行，背后照来的亮光渐渐清晰起来：灯塔出现了，转着眼珠掠过海面，越过群山向我们道别。佳尔答福伊角占据非洲大陆的一角，远航的水手们该感谢意大利人点亮这指路的信号。当初意大利人把灯塔建在此地可是颇费了一番功夫：灯光的警告作用损害了当地部族的主要营生，这些人靠洗劫船只残骸过活，也因此巴望海难的频繁发生。

---

① 此指应为殖民地理概念，即中南半岛。

科伦坡

今天早上我在科伦坡港结识了一位名叫阿卜杜尔·萨马斯的新朋友,虽然信仰不同,但他答应拍照,还特意在开襟上衣外面披了条围巾。若果照得好,我会寄一张给他留作纪念,他住在沃尔樊德大街101号的托菲克酒店,隶属科亚·玛里卡尔共同安全署(M.S.A.)。登岸时到酒店的厨房里准找得到他,那儿是他施展本事的地方。这人个子不高却精力旺盛、目光敏捷、笑容坦诚。

我不大喝得惯锡兰[①]茶,但既然身在锡兰就该多少喝一点。在当地一家不起眼的小饭馆的二楼,从空空如也的窗框向外望去,阳光弥漫在屋瓦和青葱的棕榈树上,就着两杯加了少许鲜奶油的红色锡兰茶,我就这样认识了阿卜杜尔·萨马斯。

狭窄的巷道里身形肥胖的大婶当街和菜农讨价还价,裁缝们在店铺的遮雨檐下踩着缝纫机,灰白胡须的老汉盘腿坐在人行道上乞讨,我们也算走了好一阵才来到这间小馆歇脚。阿卜杜尔·萨马斯跟我并排走了有一会儿,看见我稍显犹豫就会用流利的英语问我在找什么。

就这样他带着我先去鱼市走了一趟,接着参观了一间镀

[①] 斯里兰卡旧称。

金木雕装饰的婆罗门教庙宇和一座清真寺，刚到寺门口，守门人就让我摘掉帽子，我只好顶着烈日穿过内院，刚走了一半就折身返回，我的向导光着脑袋，饶有兴趣地看着我说："对于我们来说，这太阳算不了什么。"

婆罗门教是雅利安人的国教，雅利安语与欧洲大部分的语言相似；正是这些雅利安人在古代征服了印度斯坦，把原住民赶进深山。约公元前六世纪，婆罗门教改革产生的佛教开始广播，但以被迫离开本土而告终，反而在遥远的柬埔寨、中国和日本等国和地区开枝散叶。而当婆罗门教遭遇伊斯兰教时，情形可就没这么好了，前者最终未能阻止后者的侵入。当两种宗教相遇时，二者之矛盾往往演化为流血冲突。但这里温和的气候和慷慨的大自然似乎对宗教矛盾起了缓和作用。锡兰还是印度群岛为数不多的佛教延续地之一。

我欣然前往参观一座佛塔。在登上有轨电车的那一刻，我瞥见身边多了一名男子。原来阿卜杜尔·萨马斯身为穆斯林无法进入佛塔，于是悄悄雇了个帮手。

这一次，我在塔门前就摘了帽子脱了鞋。一个和尚走了出来，施罢礼后便一言不发地带着我们往里走去。回廊的一侧对着绿树成荫的花园，另一侧装饰有描述佛祖释迦牟尼生平的壁画：身在宫廷的莺歌燕舞中却郁郁寡欢、布道、手托大象掷于城门之外的奇迹，最后在鲜花盛开的树下安然离去。画风粗犷古朴，仅有鲜亮的粉、绿两色，图面并无奇特之处，令人窒息的静谧中透出怜悯、温顺之气。回廊通向正殿，殿内端坐一尊高大的佛祖像，在阴影中略显模糊，面前的几案上早已堆满虔诚的信徒敬奉的米饭和鲜花。和尚打起坐来，我也有模有样地跟着学。起初我并未注意到几案旁边的白铁皮功德箱，这会儿悄悄塞进自己的敬佛之物。和尚显得有些吃惊，但随后露出欣然之色，他冲我点点头以示谢意，然后递来一枝形似睡莲的紫色花朵，这种叫作莲花的植物是佛教信仰的象征。后来我把莲花带回船上，插在水瓶里在小桌上放了好些天。船舱服务生是个伶牙俐齿的普罗旺斯人，说这莲花有股子烂泥味，会让我发烧生病，极力劝我扔掉，可不久花儿就谢了。

新加坡

客轮恢复了平稳。透过舷窗，我看见洒满阳光的码头上人群渐渐聚拢，眼巴巴地朝这边望过来。舱外零乱的脚步急急又匆匆，连船顶的货物都跟着振动起来。忽然间听见过道里有人喊我，出舱门时还撞上了来通知我的小伙子，原来有我的电报，就在大楼梯旁司厨长的办公室里，必须签了收条才能拿到。办公室几步路就到，可我却觉得有些惴惴不安。

看到电报的那一刻才发现是自己多虑了，上面的字句令人欣喜："恭迎大驾。"电报发自上海，署名对我来说再亲切不过了：李煜瀛①、郑毓秀②。

我在巴黎认识了李煜瀛，同年，著名的孙逸仙先生也来到巴黎，若用他故乡广东的方言发音就是"选亚先"。那时民国尚未宣告成立，孙逸仙遍访世界，号召华人同胞伸出援手、援请各国外交官的支持，或至少在对待自己一手促成的革命时恪守中立。我永远不会忘记他那张使徒般儒雅而坚毅的面孔，淡淡短髭下紧抿的双唇，嘴角处的浅纹就像哥特大教堂中圣人或主教的雕像。

李先生和孙先生一样，也为祖国穷尽一生之力。李煜瀛出身北京名门，先人曾任清廷高官，本可仰仗财富和外交官的身份之便在国外轻松宣扬革命，可他却甘愿抛弃荣华，安于清贫，为神圣的事业倾其所有。他精致的面庞犹如象牙雕刻，平静而恬淡，但抬起双眸时，整张脸立刻被炯炯的目光照得熠熠生辉。他话不多，说起话来慢条斯理，但却字字坚定率直、掷地有声。

郑毓秀小姐以苏梅·郑③之名在欧洲更为人所知，这个名

---

① 李煜瀛（1881—1973），中国社会活动家、教育家、故宫博物院创建人之一。字石曾。

② 郑毓秀（1891—1959），早年同盟会成员，曾参加刺杀清摄政王行动。中国近代以来第一个女博士，后为妇女运动领袖、教育家。后去世于美国。

③ 原文为"Soumé Tcheng"。

字是她在撰写回忆录时所取。她与孙逸仙是同乡，出身广东望族，十分尊崇传统。

这位具有反叛精神的女子拒绝了家族包办婚姻，为此曾在老祖母面前跪求原谅。加入革命党之后成为一名无所畏惧的革命女青年，虽有许多战友为此付出生命的代价，但始终不渝。她曾有惊无险地躲过了保皇警察的追捕，避走巴黎期间，以高贵不失热情的魅力令众生迷倒。其口才可谓所向披靡，我就曾亲见她在索邦大学的阶梯教室里如何慷慨陈词，宣扬人类的博爱，在座之人无不热泪盈眶，她的谈吐就是这样每每激情洋溢而又不失上流社会的彬彬之态。

在中国革命取得不期的胜利之后，三人都回到国内，孙逸仙谢辞总统之位，李先生只愿意充当顾问；拥有法学博士头衔的郑小姐则进入法院任职，但不久后便抽身离去，拥有精神自由的她想要保全思想的纯洁。三人都无法周旋于政界的蝇营狗苟之中，但正是他们提出建立新体制，并不断为其添砖加瓦。孙逸仙是这体制中的圣者，斯人已逝但精神常在；李先生像是哲学先知，而郑小姐就犹如女神了。

此刻得知挚友们正在远方恭候，对此我心绝无疑虑，这可是相交了二十年的朋友，中国朋友。中国将友情奉为美德，与父母的养育之恩、兄弟的手足之情和夫妻的忠诚同等重要。儒家道德观将友情列入人与人之间相互联系的五种关系之中，但没有对其进行新的阐释或补充，只不过为一种自然的情感验明了正身。友情的信条并没有任何刺激兴奋的作用，就好像温和的缓解剂，用以避免因嫉妒而生的不和，是一种源于性情的宽厚之心。所有见证过中国式友情的人都体味得到其中的忠诚、真挚和拳拳之心。我深知此次中国之行必将是一次温馨快意之旅。

港口开工了，一队黄皮肤的工人拖扯着重油输送管；铁轨上的吊车悄无声息地前后滑动着，硕大的身形服服帖帖。稍远处的集市热闹非凡，日头下，木器店前摆满了各色商品：柑橘、香蕉、白皮鞋、草帽、披巾和彩色织物。一群看客正围观一个动也不动的印度人，我立马就认出了他扮演的人物：蒙古人入侵时赤拓城（Tchitor）的国王拉坦森（Ratan-Sen）。这位君王的转世化身可真不少，往左三十步是他，往右三十步还是他。再远点儿也是一样的风景，彩色门面的咖啡店前，一排强壮的印度警察挺胸凸肚地站在街道两旁，神气活现地仰着脑袋，土里土气的平纹缠头布下露出乱蓬蓬的连鬓黑髯。这些警察如同镜中倒影一般，个个好似歌剧《帕德马瓦蒂》中的男高音弗朗茨，简直是对伟大艺术家致敬的幻想。亚洲地区的文化具有相似性，这里人人可以企及高贵，最卑微的艺人穿上戏服就可以成为王子，也可以像《一千零一夜》中的神话那样，在某天摇身一变成了哈利发或首相。

船身另一侧的水域畅通无阻，客轮激起的水流引来无数当地小舟。一船一人，船夫把腰系在船壳上，与之连成一体，手中一只短桨飞快地左右滑动，好似鱼儿的附鳍。这个小镇搭建在脚桩之上，远远望去，海上的茅草屋顶星星点点，船夫都是马来人，应该就是本镇村民，这些毛头小伙头上的布围巾缠成帽状，古铜色的皮肤闪闪发亮。他们来此并非为了招呼我们这些船客或是兜售商品，而只关心某个英国运动队扔弃的网球，那球在水花里起起落落，在船夫间传来传去：短桨倒成了球拍。其中两人很是灵巧，微笑着露出一口大白牙，敏捷地对攻着。其中一人借对手转身之机将球准确地转到项背处，只见他轻轻一拐，球就溜上了肩头，顺着手臂轻巧地滑至手腕，接着漂亮地一桨把球挥向对手猝不及防的角落。球会落到哪里呢？正当我们顺着网球的轨迹看过去时，船夫轻搅几下桨板（正好发挥了它本来的功用），摆动独木舟，刚好把球接住，赛局继续。

一位略通当地土语的看客向马来人讨要那只恰好冲着他飞到步行桥上的网球，可惜手不够快，没接住。马来人互相嬉笑着，塌鼻子的面孔被笑容拉扯得愈发显得大了。整个上午他们就这样懒洋洋地待在那儿，不求施舍也不问工钱，就因为喜欢凑在一起找乐子，在海天交接之处嬉戏玩耍一番，像偶见的鼠海豚和海豚似的成群结队地围着船只雀跃欢腾。

客船重新起锚，离开港口向对岸靠去。沼泽湾谷的尽头就是马来人的村庄，从欧洲人占据的山丘上可以俯视整片河谷：绿荫掩映下的回廊别墅，还有沙石小径和草坪。看那河湾尽头闯出一幢小木屋，四周的栅栏延伸到海里，这是沿岸地带必不可少的防鲨栏。一个身着泳装、姿容曼妙的年轻女子推开屋门，跳入水中，看到我们高兴地挥手致意，然后又转身没入水中。倘若围栏有缺口呢？她根本没考虑这许多，真是个无忧无虑的美人。

西 贡

今早我们出发前往圣-雅克海角，在我看来这不过是东方一个昏暗的岬角，可对于我那些在这里几乎都有一官半职的同胞们而言，看到高耸的岬角就像听见敲响了警钟，因为在那里将揭晓他们离开后做出的决定，关于他们前途的决定：多半忧甚于喜。殖民政府考虑得还真是周到，派人送来了药丸做午餐，连同欢迎的问候。

凌晨四点抵达西贡时，这顿午餐就会被消化殆尽。

客轮停了下来，小艇离开岸边慢慢靠了过来，躁动不安的人群挤在舷栏边翘首而望，仿佛想一眼看穿小艇里装了些什么。寂静蔓延开来。就在酒吧伙计拿着一叠黄色信封出现的那一刻，人们如释重负地小声嘀咕起来，拥着他走到吧台旁，等待分发信件。我不禁想起索邦大学的考试，还有那些紧紧尾随办事员等待张榜的考生们。欧洲人曾嘲笑旧中国的官员录考制度，还有那些年过六旬的考生，可我们在这把年纪上（甚至更老），虽无考试的门槛，不也巴望着能平步青云吗？

普通船客先行涌出闸口，脸上挂着佯笑，我能够理解这种善意的伪装。军人们则仍挤作一团，都站在圆桌旁等着长官念完那封冗长的电报。这支在马赛登船的队伍要在土伦上岸，之后在荣市（Vinh）安营扎寨。"任务艰巨，我对你们有信心。"两名被委以重任的军官受到长官的嘉奖。这个称职的军官训起话来驾轻就熟，将可能出现的抱怨和非难顿时化解于无形，须臾间就激起了士兵的斗志和忠心。上尉在加入这支队伍之前还颇为担心，怕自己的到来会让最年轻的那名少尉因超员而被迫离开。士兵们对此颇有微词，指责他玩弄手腕，不过他在接管队伍之后，立即以自己的有条不紊、细心周到和威信赢得了众望。三天后，上级长官对上尉的表现予以了肯定，所有的积怨随之烟消云散。真是个不错的差事，可以大大方方地施展拳脚。

我们重新沿着满是淤泥的河道前行，平缓的河岸没有了青灰色的灌木护航，几乎与水道混为一体。远处再也看不见狭长的泥潭，取而代之的是一片稻田，一排庄稼人正弯着腰移栽秧苗。另一端是农人们晚间栖身的柴泥茅屋，晚归情形就像虫蚁返巢。眼前这幢石头屋子楼高两层，门口栽着两株枝繁叶茂的菩提树。屋主是个中国杂货商,他靠向农人贩卖就饭配鱼吃的调料发了财。

尘埃四起的河岸,灰蒙蒙的建筑,还有那间小咖啡馆狭长墙影下的圆桌,一切的一切都让人想起法国,以至于争相跑来招徕我的人力车夫看起来反倒像背井离乡的过客,一路而来就为了在家门口看看殖民地的新鲜景儿。卡提拿街的拱廊下挤满了卖花人、摄影师和理发匠,让人生出到了马赛的错觉。但不远处掩映在高大树木下的宽阔街道和政府的官邸,却自有一番亚洲的威严气概。几公里以外就是老城堤岸,大道两旁也栽满了树木,就像在法国和中国一样,老百姓可以在树荫下摆上针线担、水果货架和露天烧烤摊。这些出来讨生活的人挤挤拥拥、推推搡搡、勤勉而富有生气,好似劳作的蚁群。

晚上我拜会了一位朋友介绍的智者,在他家大谈古亚洲的秘术和宗教,不觉中竟耽搁到深夜,尽管主人一再保证我决不会于深夜之际落得影只形单,可我还是有点担心。不过他说的确实没错,我才跨出大门,两个在角落里徘徊的车夫就跳上前来,就像法国旧时的夜行出租马车,不过这些车夫人数更多,为人也更谦和。载我的车夫微笑着跟我道谢,然后迈开大步轻快地小跑起来,习习微风之下更添凉爽之意。这个季节里几乎每天日落时都会下一阵雨,把炎炎酷热冲散了几分。熬过沉闷的一天,终于可以畅怀小憩、舒展身心。

街上一片死寂,就像老爷们都歇了的乡间小镇。

对于此地的法国人来说,这确实是个乡下城镇,如今他们不仅住了下来,还不忘带来些流言蜚语和嫉妒猜忌。很多人都难以适应当地气候,又因为常常喝酒把别人当成出气筒,对下属非责即斥,对同事诬蔑诽谤,对上司牢骚满腹,而殖民政府不仅要担待这些本国子民的错处,还要忍受连天的抱怨。现在,人人谈论的危机已经让他们焦头烂额。之前,橡胶和其他殖民地食品的价格一路上涨,那时候只要投注就能稳赚不赔。可好运转瞬即逝,谁也不想一败涂地、空手而回。人人趁机自诩商业天才,理应得到庇护和救赎。

从前,人们来到这里是为了安家落户,可自从目睹了一夜暴富的坏榜样,人人争先都是为了挣笔快钱好带回法国挥霍。年轻的官员一门心思想着如何重返这片幸福之地。而军人,除非特许,按照规定待满两年半后就必须离开,这样一来人人都有份享受,不过得到的至多也就是军饷和津贴。后来政府渐渐发现症结所在,于是根据具体情况强制规定或建议学习当地语言,但为时已晚。大多数新生代法国人只跟家里的用人或翻译说话,他们像英国人那样称自己的仆人为"boy"[①]。这样,在当地的短暂逗留也就成为认识这个复杂而古老的社会的唯一机会,要知道,这个社会也有富人、穷人、

---

① 原文为英语。

贵族、贱民、商人、艺术家和官员。

每个阶层都有难言的痛楚。糟糕的收成让不少地区出现粮食匮乏。大米生意不好做了，由于中国这个大买家因战争和银币贬值而越来越穷。即便在政府机构里任职的安南[①]人，也只能领取一份远远低于法国同僚的微薄薪水。初等教育基础薄弱，中等教育凤毛麟角，而高等教育就只有远赴法国了。留法归来的学生们在那里受到平等对待，回来却遭受殖民地的冷遇，因而气愤不已。所有的人都要背负重税，忍受各种非难。

人们因而怨声载道。人们确实开始抱怨了，这是从前从未有过的，也是真正令人感到惊诧和震惊的。法国政府踏上这片土地之前，当地民众在旧王朝的统治下忍受着另一番苦难：官员的敲诈、司法的冷酷、战争的残忍、和平时期的匪盗。凭着一股子世代相传的坚韧，人们忍辱负重挨过了暴风雨，这种中国传统道德推崇百年的精神历久弥新。如今人民挺直腰板、大声疾呼。到底发生了什么？人们开始抨击西方的教育、人权宣言和共和思想。

可这被视作是一小部分精英的躁动不安，而事实是整个国家都在低声怨诉，这声音传到村村寨寨，多少算是共产党人的组织者在那里把高呼饥饿、要求公正的村民聚在一起，

---

① 越南旧称。

成群结队地上街游行。

应该相信这是眼前正在发生的事情。这些年来，法国移民和官员的臭脾气显然为此种下了祸根。对此人人负有责任，阴云笼罩着整个国家。我们的殖民行径刚刚创造了奇迹：让安南人变得和法国人一样狂躁不安。

殖民政府必须在喧然四起的民愤民怨中治理这里。如何认清自己呢？又如何不会迷失于振聋发聩的怨艾之中？大道尽头栏杆之内的白色官邸表面看来仍旧一派静谧，树木青葱、草坪碧绿、花团锦簇，然而电话铃声响个不停，行政报告仿若雪片，各种电报、会议、官员接见，还有满怀期盼的来访者。蓄着一部灰色大胡子的巴斯基尔先生满面笑容地接待了我，询问我的旅行近况，炯炯的目光透过夹鼻眼镜，脑门上布满忧心忡忡的沟壑。我循着他的思路揣测着各种令人耳朵嗡嗡作响的简讯、回复和日间的会面，尽量用概括性的字眼谈论他所关心的重要事情：不做回应会显得有失礼貌，但追问细节又会显得唐突。

我有幸受邀参加了巴斯基尔先生和他直接下属的私人宴会。一个小时后，当我私下里再次看到他时，他已经卸下重负，游弋在自由的思绪空间里。我的记忆中，官邸之外的他像一个为自己的花卉深感自豪的园艺专家。他悉心耕耘这片土地三十年，根据土质的不同和植物的特性进行嫁接、修剪和埋桩，从柬埔寨的沼泽地到老挝的山区，从贸易活动繁盛的交趾支那①辗转到旧时宏伟建筑林立、文化气息颇浓的安南，或是因边境的防守位置而成为军人最佳供职地的东京时，他会购买种子和化肥。他凭借一口流利的安南语，能够和这三省境内的商贩和农户闲聊家长里短，询问上学的孩童，安抚幽怨的优渥阶层、镇长村官和普通家庭的父亲。他跟这些人可以互诉衷肠。

这次旅行我与他同往，我们离开丰饶浮躁、没有过往的西贡城来到乡间，享受那里的宁静和纯朴的粗陋生活，跟主人微笑致意，然后迈步走进绿树成荫的宅内，矮身歇在镂空雕花的躺椅上。他深知这个聪慧而细腻的民族理应得到敬意，在此之前，这种文明对艺术和道德的重视曾远远胜于现在对计算和机械的关注。文艺复兴和几何思维出现之前的年月里，我们也曾植根于相同的土壤。希腊人开创了几何思维，对它也只是谦和地利用，而如今我们却如蛮族般无所不用其极。

巴斯基尔先生是普罗旺斯人，古老种族的后代，因而也懂得如何把握分寸。他说："我们观察透视法的规律，这是一种惯例。我们的眼睛并非摄影镜头。"他本人就是个画家，谈起绘画技法来头头是道，但却因谦逊而不肯向外人展示自己的作品："我不过是信手涂鸦罢了。"他还深谙音

---

① 法国殖民时期称呼，位于今越南南圻。

律，跟我诉说对交响音乐会的无比怀恋，这是唱片所无法取代的。一幅画首先传递出的就是生活的幻象，也仅是幻象而已，当回过头来再次看到同样的画面时，这些幻象就会带着一模一样的细节烟消云散。人无法两次踏进同一条河流，也不会两次听到同样的旋律：幕间休息的片刻，我们所处的场域已然发生了改变，乐曲也随之而不同了。若我们将时间中的某一刻抽离凝固，这个瞬间就会随即停滞，消弭。

柬埔寨的交响乐团演奏乐曲颇为生动悦耳，老挝的笙管演奏和乡村舞蹈自有特色，安南的流行歌曲也不乏风雅之韵。这些国家的人民都是音乐家，巴斯基尔先生正是在聆听了一支组建时日不长的学校军乐队演奏之后，才发现这些人对西洋乐器早已驾轻就熟。教授西洋音乐就像教授装饰艺术，需要统筹安排，在推进传统的同时又不会令其支离破碎，这种方法在这里已经取得了喜人的成果。

同学习音乐相比，其他的问题更为急迫。首先要生活，要和睦相处。但有口饭吃还称不上是生活，只是苟活罢了。作为一个真正的人而生活，就要懂得自知和自我表达。

文明之所以不同于蛮荒，是因为前者能够孕育出不同的思想和作品。无论我们把人类社会想象得多么原始，若没有一定的文明基石，它就无法成其方圆。这里的各类群体都具有相当的文明程度，这也是为什么人们会表现出如此强烈的精神需求。

巴斯基尔先生是个富有人文情怀的总督。成为人文主义者，就要具有人道精神，这不仅是就天性而论，也是就文化而言，此外还要对因果有清醒的认识。

侍者端上了冰镇饮料，晚宴提前开始了。主人攥着那只用了多年的烟斗，抽完最后几口烟，起身告退，明天一早他又要踏上漫漫征程，避开暗礁险滩，逆风而行，紧紧盯住那看似遥远却终将抵达的目标。巴斯基尔把我托付给另外三位同在殖民政府任职的客人，雷瓦尔少校、布鲁索中尉和文书蒂奥利耶先生，指望这几个年轻人能够充当我的向导。才一上车，三个人就开始夸赞上司无微不至的关怀。对此我并不感到惊讶，短短几天我已看出巴斯基尔是个心思极为细腻的人，是个不动声色就能了解他人个性的人，就像汉语中谈到朋友时所说的"知音"。

我们来到郊区老城堤岸，城中四处路灯高耸；城里的生活要富足阔绰些，也多了几分刺激。安南人在这里只能做些小买卖，试图扩大营生的无一不遭到中国人的排挤，原因是安南人既没有足够的热情和经济实力，也缺乏公正廉明的精神，而且没有行业协会，或当地称为批发商"行会"的凝聚力，这些行会的公共基金在特殊情况下可以为资金匮乏的商人提供资助，作用相当于法国工会的经纪人或是公证所。只不过法国这两个体面的协会几乎没怎么做过雪中送炭的义举。

几乎每个离乡经商的中国人都有致富的法子。堤岸城里就有一个这样的中国人,当初他以劳役犯的身份来到此地,如今已是身家百万①。滚滚财源全赖稻米,因为中国人垄断了稻米的加工和出口业务。

这些粗壮的劳工在办公室、工厂和商铺中忙碌了一天之后,仍有劲头在嚣扰的夜晚宣泄精力。不过,听说自从市价下跌以来,这里的热闹劲儿已大不如前,我实在难以想象这种情形。灯火通明的街道亮如白昼,行人如洪流般漫过人行道,直涌到车道上,勉勉强强地为不得不减速慢行的车辆闪出道路。人们涌进小饭馆里,围坐在一起玩着中国式的多米诺牌,本地叫作麻将或雀牌,欧洲人称其为 mah-jong,又或是聚在一起悠闲地饮茶。大烟馆好像法国的酒馆,一家挨着一家,里面早已座无虚席,门外悬挂着戳了官印的铜板,上写"鸦片专卖"。穷困潦倒的烟民自己没有烟具,就蜷缩在长凳或墙边角落里就地吸食;烟枪和油灯可免费索取,但不包括盖子里那几滴黑色的膏状物。经过加固的盖子状若烟馆里杯子形状的器具。烟客们一言不发,人人欢欣、神游九霄,紧紧抓住那一丝丝转瞬即逝却又得之不易的解脱之感。

表演已经开场多时,可戏院门口仍然人流滚滚。门口的检票员只肯用手势跟我们交流,对于我想把当地语言说得字

---

① 以越南比索计算。

正腔圆的一番努力只是报以一脸讪笑。我只好自我安慰地想："他大概是广东人，听不出我的北方口音"，可还是不免有些心虚。我们终于在长凳后面的包厢里坐下，前面的观众飞快地扫了我们一眼，就转过头去。这是一出浪漫剧，至少从舞台拉起的横幅来看是这样：《滴滴泪珠儿》。首先出场的是扭捏娇羞、声音清脆的天真少女，男主角是个蓄着黑色山羊胡的才子，还有个宽肩厚背、庄重老成的父亲。对白不是让二胡和双簧的尖利声音盖住，就是间或被震耳欲聋的铙钹给打断，铙钹用来提示高潮和呼应木夹板。人们大概对剧情早已烂熟于心，大部分观众都专心致志、目不转睛地看着戏台。还有一些人则仰着脑袋、眯缝着眼睛，另一些则一动不动，连眼皮都懒得抬，呆呆地看着某个地方，瞅也不瞅演员，在戏场子的喧闹聒噪中犹如蜡像一般，散了神的人大概更加接近至福吧。

香 港

闹钟响了，我却什么都没听到。只记得当时自己正顺着深渊向上攀行，却陷入柔软的梦境，身不由己地带着它爬上来。我一身破衣烂衫，步履蹒跚地在浴室里、饭厅中和甲板桥上逡巡。我回到家中与亲人重逢，四目相望，不觉心生悲戚，片刻逗留之后就要再次离去。那一刻，我察觉到所有这一切并非真实，只是不愿恢复清醒。昏暗中理智的微光和伪装的欺骗令我心生凄凄、惴惴不安。

灰色的天空让人想起了欧洲，裹在浓荫中的陡峭悬崖顶着厚厚的云层，更让人有身临其境之感。这里就是锚场，灰色的帆船穿行如梭，外围河道里的摆渡船在岸间往来不休，我们经过停满黑色货轮的商业停靠区，在不远处高出海面四五层楼的大型客轮之间找到一块停靠地。停靠通道足够宽敞，但已被先到一步的船只塞得满满当当。我们的船要停在哪里呢？起先我并未看见防波堤后面的空隙。船向前靠去，停好之后船头刚好超出堤岸一半的长度。轮船插进空档，船身像天平的刃形支撑一样倚在岩石角上旋转，恰好留出了保护船体的回旋余地，为防碰撞而放下来的麻绳碰垫完好无损。悬梯才一搭上打开的舷舱门，一群中国人就蜂拥而上。这些在西贡登岸的乘客都是南方人，多数来自广州。岸上，寻见亲人的船客们把箱子和包袱交给脚夫，这才放缓脚步，从容地走向出口。一群年轻妇女正兴高采烈地聊着，身着蓝色丝绸长裤，撑着洋伞，伞尖斜挑着，刚好可以让她们满带鄙夷地斜瞟到客轮上盯着她们的那一群乘客，但她们旋即将目光转向从面前经过的一队孩童，孩子们手牵着手，排成一行，迈着小方步。可别小瞧了这群柔软纤细的女子，走起路来虽如风摆杨柳，可却没有被取缔已久的缠足旧习所累。她们虽都已为人之母，但神色依然娇艳俏皮。在欧洲，除非是事事有人伺候的少奶奶，很少有人能在数次生养之后还能如此风情万种。她们的丈夫不过是普通的小商贩，并没有仆从如云，生了孩子也是亲自哺乳。

我想起中国十八世纪的一个动人故事，其中对传统的反叛和质疑与法国故事的情节颇为相似。说的是一个因丈夫宠爱"小妾"而陷入绝望的妇人，闺中密友对她的遭遇深感同情，为她带来一面镜子，教她如何对镜微笑。喜新厌旧的丈夫竟被这笑颜迷住，重投妇人怀抱。欧洲人难以接受男人三妻四妾，中国的伦理道德虽然没有对此大加推崇，但报以容忍的态度。而数百年来几乎在所有的法国小说和戏剧中都出现过的主题——通奸，对于中国的传统道德来说却是罪孽深重，因为此乃破坏家庭的元凶。现在，中国社会有教养的阶层因受欧洲思想的影响，已将一夫一妻制尊为必守的规范。难道是担心出现像这些娇艳的南国女郎一样经得住岁月风霜的情场对手？要知道，相同境遇下同龄的加斯科涅[1]或普罗旺斯的妇女，大多已变成肥胖臃肿的主妇或温吞和气的大婶了。

中国香港，在本地语中意为香气四溢的港口。从这里乘船或坐火车只需几小时就可以抵达富庶的广州城，正是源自

---

[1] 法国旧省名。

广州的水流把香港的三角港冲刷成了海湾。可香港这个名字在中国人听来，却好像警钟的第一声悲鸣。一八四二年八月二十九日签订的《南京条约》要求关闭这座小岛的停泊场，并将其割让给英国，接踵而来的一系列不平等条约成为现代中国爱国志士的心头之痛。这一切都发生在那场每个小学生都被要求铭记在心的耻辱之战——鸦片战争之后。顾名思义，战争起于两广总督禁烟的决定，英国为保证从印度运出的鸦片能够顺利进入中国，于一八四零年和一八四一年先后派出两支舰队驶入中国海域。第一支舰队直指广州，第二支则占领了宁波港、吴淞口和上海港，其间中国军队虽也进行了英勇的抵抗，但终因实力悬殊，惨遭英军坚船利炮的杀伐。条约中还规定向欧洲各国开放广州、福州、厦门、宁波和上海为通商口岸，形成了后来数个中国城市中的"外国租界"（当然并不值得称道）以及这些国家的特许治外法权。几个尚未到达目的地的乘客也上了岸，我知道他们要去哪里。被分派到各个停靠港口接待船客的小向导，吹嘘这里崎岖不平的道路上那些有钱的欧洲人坐在轿子里是多么的神气活现，还有那索道，想省钱省时间的游客可沿索道而上直达顶峰，一览天际的风光。从这里可以望见绿树丛后层层叠叠的屋宅，直到最后排高出丘陵的房子，好似悬在半空之中。我暗暗揣测藏在掩体阴影里的角面堡，还有那调好了准星的大炮，正虎视眈眈地瞄着海面。银行、乡村别墅、碉堡要塞，全然一幅十九世纪大英帝国主义的缩影。东印度公司为保护自身利益组建了军队，后来生意由政府接手，改为征召雇佣兵来确保运送曼彻斯特的棉纺织品和谢菲尔德的五金制品贸易通道能够畅通无阻。搅炼炉和粗纺机夜以继日地为整个世界轰轰转动着。靠近人口稠密的城镇和热闹集市的地方，旅行商人们守候在特设区域内等待货物运抵。一切以实利为先。这座港口的位置隐蔽，岛屿四围的海域水质清冽，开合自如的峡口紧紧扼住宽阔的海上通途。为此英国抬着火枪粗暴地将当地居民赶走，把这里据为自己的歇脚地。如此粗鲁、蛮横和背信弃义的举动引起众人责难，而英国人却充耳不闻。离开本土的英国人自逞仰仗大不列颠岛在任何地方都可以攻无不克，本土政客们则大言不惭地称为伟大的孤离，自称拥有绝对制海权，殊不知这都是靠吮吸他人骨血挣来的，如同过去的罗马帝国，只不过英国人仰仗的是蒸汽、电报和钞票时代的好手段。

泥瓦匠的疗伤灵丹却是木匠的致命毒药。帝国主义就像议会制、自由贸易和其他十九世纪万用万灵的妙药一样，让二十世纪染上了热症。既然作出了诊断，英国就动手开始寻找药方。

埃及、爱尔兰、加拿大、印度，英国在各个殖民地放松了统治力度以求平息民愤。态度真诚而无畏，只可惜治标不治本，病痛源自更深层的原因，随时可能转为恶疾。

我独自站在桥上,还有个兜售明信片的商贩正偷眼看我,另一个在不远处刚刚摆好了桌椅茶案和几条马尼拉藤条长凳。我巴望着这场阵雨快些过去,好让他们断了招揽客人的念想。可我也不愿和那些欧洲人一道,我对摇摇欲坠却又强装无敌的戏码不感兴趣。

我沿着货栈,穿过水洼和堆放在工字梁上的货物,一直走到出口。我谢绝了人力车夫,这些拉着两轮车的人一字排开,就像法国停在人行道旁的出租马车。不觉中来到一条熙熙攘攘的大街上,这就是海岸边的中国区,九龙[①],意为九条龙。

行人、汽车和车夫在泥泞的车道上混作一团,左躲右闪着以免碰撞,像水塘中的鱼儿一样灵巧地蹭滑开去。人行道上的拱顶廊柱和商铺前人潮涌动,好不热闹,店铺借着廊柱的遮掩连橱窗都省了去;若不是横悬在拱顶下的各色商标,这些铺子真好像一家商店摆开的柜台;这家售卖油光闪闪的点心,那家出售自行车、香烟和各种尺寸的镶金樟木盒,其中最小的是一只首饰盒,最大的是一口考究的棺材。一个剃头匠正站在门口(这里光线更加充足),拿着一根一头裹着海绵的小棍专心致志地替一位大婶掏耳朵,大婶看起来十分受用,头一动也不动地和等在一旁的其他客人调笑打趣着。

---

① 原文为"Kiou-loung"。

一家出售盒装药粉和汤剂的药铺在廊柱上挂了块招牌，上面写着医生的大名，他本人正在铺子的里屋写着药方。

小广场上一家四面敞开的饭馆前，没找到座的食客挥动着筷子飞快地将热气腾腾的米饭划拉下肚，主妇们围着人行道上的一个商贩，那人篮子里装着当地的蔬果，看起来形似绿豆荚，标价只一位数。我对此一无所知，所以没敢上前凑热闹，继续往前走。人们适时地为我闪开道路，但都对我一言不发、不理不睬。可当我停下买烟的时候，有几个路人也停住脚步，好奇地观望我这个异乡客会有何举动。我不懂方言，只好跟站在货架旁一声不吭的商贩不停比画，那模样活像个鱼儿咬钩时猛收钓线的渔人。

正当我挑好香烟时，走来一个身着短裤和粗布短上衣的青年工人。他指着一包塞得更满的烟，拿起来放到我手里，烟贩虽然微露愠色但很快缓和下来，重又露出一团和气的笑脸。当我抬眼寻他想要致谢时，那好心人却已没入人流。就算我某天再见到这个陌生人，也未必认得出了，我欠他的不仅是几根香烟，还有这一丝偶得的友情，它钻透乡愁，让我重感人情温暖。清风拂过，而我不再形单影只。对九龙这块土地我心怀感激，谢谢它至诚的待客之道。

第二章 镜 像

上海之夜

河道里的水混浊不堪,我们的船仍在向上海港慢慢靠去。一侧河岸隐匿在白茫茫的地平线中,不远处另一侧河岸上,灰蒙蒙的柳荫掩着绿油油的稻田,我家乡附近的杜省也有这样的柳树。船客们全都挤在甲板上准备着登岸,大家都有些不知所措,海军军士费尽口舌要求填写的报关单又搅得他们心烦意乱:检查入境行李的规矩在别的地方已是由来已久,而在中国仍属新鲜事物,让欧洲人服从亚洲法律的管束,不啻有辱尊严的行为。"这个执行不了多长时间,"一些旅客说道,另一些则表示:"这样可无法杜绝走私啊。"

线网相连的五角形电杆犹如原野湿草上平行织结的蛛网:世界上最强大的无线电报站之一。浮于大地之上的天际挂着缕缕青烟,地平线上密布着天然气和石油储存站。河岸越来越近,随处可见灰帆的小船、货船、拖轮和摆渡船,船首和船尾间的甲板层层相叠，好像衣物烘干机。当客船停驶进码头对面事先安排好的泊位时，落日的余晖正浸入红色的水面。海关的柜台和栏杆后面挤着一大堆高举胳膊的人。我看见自己的名字在其间飞舞。我盯住自己的名字，认出了两位来接船的朋友，一个法国人，一个中国人。登岸还真花了些时间，客轮因为进退不得，于是将两根缆绳牵到岸上来引导汹涌的人群。验毕护照，我忙跟船上众人一一道别，但愿没有落下谁，在踏上码头的那一刻，夜幕已经降临。陪着我的中年脚夫满脸皱纹如刀刻一般，透着随时乐于效劳的专注神情，稍后他会陪我到路灯下认领行李，我们二人心领神会，深感高兴。但还得面对身穿盘花纽短军装、神情生硬冷淡的海关检查员。看到我没能马上翻出报关单，他似乎微微地耸了耸肩。我着实有点手忙脚乱，竟然忘开了一个锁扣，所以箱子才不肯打开；他看不过，没再坚持，放我过了关。来到外面，两辆汽车已经停在街边，朋友让我带着一部分行李上了其中一辆，另外一辆则和余下的行李尾随在后。

时间无多，我们必须横穿市区，这几乎相当于从格勒纳勒到迈尼蒙坦特的距离，途中还得抽空把一套礼服送到曾在半路留宿过我的一个法国朋友家。道路一眼望不到头，一幢幢的石头房子高耸在两旁，行人个个神色匆匆，电车嘎吱作响，车灯摇曳。

仿佛音乐会上的第一声琴音总能让整个大厅顿时安静下来，我们穿过这片喧嚣，突然间就毫无过渡地置身于中国节日温柔甜美的气氛中。这扇双扉门的视觉转换效果比剧场的幕布更胜一筹。镏金大厅阔气宽敞，水晶灯坠里电光回旋。整齐的餐桌静候着客人的到来，桌上摆放着蓝色和粉色的盘子、雕花酒杯，还有象牙筷。"您可是来迟了呀！您在新加坡收到我的电报了吗？"

她稳健地快步走到我前面，眼中闪着喜悦、智慧与热情。"您知道吗，我都八天没好好合眼了！"她冲着我这个老朋友微笑着，未等我先开言，就边夸奖边把我引见给站在一旁的其他宾客，这些身着丝绸长衫的客人中有部长、将军，还有外交官。众人微微点点头致候，我顿时感觉自在了不少，忙用汉语客气地回应道（还特意加强了重音）："久仰，久仰[①]"，意思是"本人倾慕已久"，或者以韵律稍逊的法语来说，就是"希望有幸认识您[②]"的意思。她自豪地望着我，其他客人则和颜悦色地注视着我。

我从未尝过如此美味的燕窝羹，一层细细的白藻卧在温热的汤羹上，味道清透柔润，好像无垠大海的香泽，只有在透过天际的粼粼微光中才体味得到；浓而不腻的汤汁轻抚舌尖，丝丝入微的滋味起初稍嫌寡淡，但随后便觉得咸

---

① 原文为"Kiòu yàng"。
② 原文为法语。

淡刚好。"淡"这个字在中文里并无贬义，而是意指一种理想平衡的中庸状态，是大智慧才能达到的境界。艺术家在这种状态下可以像在白绢画布上那样，营造出独此一处才感察得到的微妙变化。"花非花，雾非雾。"这两句诗出自中国极具盛名的诗人白居易之手，我还想加上一句："味非味。"我正试着跟邻座一个满面专注的娃娃脸女孩解释自己的这种感触，她出于礼貌，回应说喜欢法国的象征派诗歌，还问我是否和她一样，同拉弗格的作品相比，更喜爱兰波极富韵律的诗句。

我的另一侧坐着民国教育部长。他往我盘中夹了一大箸鱼翅，按中国的习俗，对客人的关照代表着友情。我很喜欢这道菜爽脆的嚼口和棕色的汤汁，正是海中生猛之物该有的味道。与此同时，坐在稍远处的另一位客人举起酒杯，请我与他同饮："干杯！"这酒杯大小若顶针，桌旁的侍者小心地提着盛满温热米酒的上釉铜壶，一见到酒杯空了就过来斟满。四溢的醇香让人想起陈年的绍酒，只是口感没有那么辛辣。我特别想知道对面那位目光锐利如剑的老先生在兴致盎然地谈论什么。他是上海的大富豪，一个无人能够拒绝的显贵人物。我终于弄明白了：他正兴奋地描述着自家花园里一株得来不久的奇葩。

大家在草地上品着咖啡，对着台阶摆放着长凳和椅子。只见从台阶上出现两位穿绸裹缎的公主，灯光下显得光彩熠熠。其中一个梳着明代宫廷妇女的攒花冠形发髻，头微微偏着；另一位则神气十足，顶盘棋头，身穿满族的直褶旗袍。后面这位下了台阶走过来，脸上始终挂着和蔼的笑容，这时凉风渐起，吹动着树叶，她因而关切地说道："你们会着凉的，进屋去吧。"

大厅里的桌子已经收拾了起来。这位中国女性轻移莲步，红润的脸颊与其说是脂粉的颜色不如说是欢快的神采。她眼眉低垂，只看见那一弯灵动的秋波，一双秀目宛若新月，娇羞妩媚中带着几分恬静可人。坐在暗处的乐师拉响了二胡，琴声清澈悠缓，她如泣如诉的歌声和着琴曲婉转而出。这出著名悲剧中的女主角被无辜定罪，但从未想过向命运屈服，只是面对眼前残酷的一幕不禁呆若木鸡、心惊胆寒。

女主角魅力十足，丈夫是个杰出人物——中国驻海牙国际法庭代表。

跟着，一个小女孩来在兴高采烈的观众面前，虽然只有七岁，但动作伶俐、满面微笑，已经能够表现令人叫绝的唱音、滑音和颤音，诠释出乐曲中的啜泣、叹息、嘶喊和低语。

"这是我侄女。不久我们会送她到法国求学。"女歌者在我身旁停留了片刻便轻巧地转身朝其他宾客走去，真是位体贴周到、轻盈可人的女主人。

餐　馆

"昨晚您是在阿里巴巴的藏宝洞里吧。"隔壁房间里突然爆发出一阵炸雷似的喧闹,而我此时正要张口答话,声音全被盖住了。硬邦邦的尖利声音直要把耳膜都穿透了,我在堤岸听见过这种声音:这种"短双簧管"需要鼓足气力使劲吹才会发出声音,和布列塔尼的彭巴尔德(bombarde)双簧管十分相似,声音尖利且更为嘹亮。这种乐器来自域外的土耳其、阿拉伯或者蒙古,进入中土已有数百年之久,如今在全国大众戏剧和节日庆典中广为使用。

其中一位宾客起身前去察看,回来后失望地一摆头,双手握成喇叭大声喊,好让桌子那头的客人也听得到:"没法子!隔壁是婚宴,广东人的婚宴。"大家闻言只好闷头继续吃饭,这样也好专心品尝据说味道很不错的菜肴。这家餐馆其貌不扬,几乎没有外国人光顾,不过邀请我们的中国朋友对国人青睐的好去处可是了如指掌。他离开巴黎已有二十年,今早拜访我之前未曾通过任何消息。这些年他做过学监、某省政府的总秘书、老师、记者。携妻带儿,常常漂泊不定,现下在一家电报局谋事。人还是那么快活热忱,兴高采烈地跟我述说自己的经历,粗粗的雪茄烟一天到晚不离手。不过鸦片的味道让他犯恶心,看来他是无福享受这种快感了。

其他的客人都是记者,大部分是欧洲人,我刚才正要答话的就是他们中的一位,他这会儿仍等着我答复,一副绝不罢休的样子。那么他当真以为我对关于民国政治人物的流言蜚语一无所知吗?这些流言让人觉得像是法国。除了两三个为了让余下人等汗颜而被众人争相称赞的人物之外,没有一个部长不被指责为唯利是图,没有一个公务员不被认为是声名狼藉、缺乏诚实的无能之辈,也没有一位将军不被冠以背信弃义的老顽固之名。我也不会坚称可以有所保留地相信这些诘责非难,人无完人嘛。然而忘我的精神只属精英之流,其余芸芸众生是无法时时做到抛开个人利益和克制私欲的。曾被称为不可收买之人的罗伯斯庇尔也因此而有别于法国大革命中的其他领导人。但在某些专门研究罗伯斯庇尔的历史学家看来,他的清誉果真名副其实吗?

政治在任何国家都是耍手腕的游戏,这种看法在法国和中国尤为普遍,因为两国皆崇尚对话,大家都乐于在交谈时打趣对方。不同的是,在中国,每天收听充斥着无知与傲慢的殖民地高音喇叭中夸大甚至扭曲的谈话内容,不过是为了把它传达给这个世界上其余的人。诽谤对于教育背景相同的人来说是种绝佳的消遣娱乐,因为玩家都知道个中的言下之意,而这种游戏并非舶来品。

"双簧管"仍旧响个不停。隔壁参加婚宴的宾客比我们也强不了多少,嘈杂之下也没有办法搭话,索性一言不发地随着乐声徜徉。这群中国南方人跟法国南方人一样,自己并不会制作"双簧管",也是花钱从巧手的工匠那里购得的。铜管发出的刺耳声音就像飘在空气中的一团蜜,引来了成群的蜜蜂。大流士·米约的芭蕾舞剧《世界的创造》中,每逢悲怆的高潮,先是打击乐器、弦乐共鸣箱、响板和铜锣在刹那间一起奏响,紧接着是热带森林般深幽的寂静,前后一动一静的鲜明对比瞬间造成声响的幻觉。现代几何学发明了表面覆盖复歧点的线段。同样,这段如丝的乐曲仿佛一根卷曲的红铁钎,充满了整个透明炽热的螺旋空间,我们既听不见自己也看不见自己。挣脱了束缚的灵魂快乐得飘飘欲仙,在这片刻的静寂中,有人提议让女伶再次登场,这只需往附近某所会馆去个电话就行。

我们开始享用甜点,隔壁的客人也一样,此时"双簧管"已是昏昏欲睡,时不时从软木环的缝隙中蹦出两个音符。女伶们走了进来,没有戴头饰,露出齐眉刘海的短发,凝在嘴唇上的笑容就像巴黎歌剧院里向观众致敬的舞者一样,只不过正偷偷打量我们,目光中带着好奇和不安。裹身丝裙勾勒出动人的曲线:中国人并不喜欢过分凸显身体线条,恰到好处的风情应懂得拿捏分寸。她们是中国的交际花,这一称谓并非在欧洲所指的烟花女子。这些中国女子擅长音律,大多知书达理、温文可亲,为聚会平添风雅之趣,而出场费则由所属会馆决定。若想进一步交往,需得到本人同意,若想俘获芳心，那必得不吝殷勤地讨好，成为朋友。

坐在我身旁的这个女子面庞精致，目光稍带忧郁，说一口代表中国文明社会的北京话，还很喜欢读书。有人拿来了笔墨，我一边抱歉自己笔法不精，一边客气地称赞她灵动的眼波。众人一边恭维一边传看着字幅。这女子凝神盯着我，问我来自何处去往哪里，边说边靠了过来，愈发亲近一步，柔若无物的手指掠过我的手腕，似乎想看看这洋人是什么做的。"不过老皮①一张。"她听了娇笑不已，对同伴重复着"老皮，老皮"，那些人没有那么讲究礼数，顿时笑作一团。

当我们起身要离开时，她旁边的一位中国客人告诉我，这女子曾嫁给一个学生，后来被弃，现在带着两个孩子，为了养家糊口才做了歌女。

音乐会

乐队排坐在台阶的回廊之下，听众们在草坪边或坐或立。演奏这场音乐会的是大同②乐会，团长斜着身子站在排挂成长方形的组锣前，手打木筯，确定节奏的快慢。他过于专注而身体略微有些前倾，露出了灰色胡髭的阴影，恰好勾勒出细

---

① 原文为"lào p'î"。
② 原文为"Ta t'oûng"。

致的侧面轮廓。有时在乐章将近结束时,他会来到法国乐团指挥的位置上站立片刻,轻打木筊,乐队闻声而止,而后木筊的叮咚之音一落,乐队又重新开始演奏。

这支乐队以笛子和琵琶作为主音乐器。叮玲清脆的笛声和琵琶伴着柔和的旋律轻轻跃动,笛管和琴弦和着旋律流淌出活泼悦耳的音符,没有郁郁的低音,也没有激烈的变奏,只有婉转流畅的旋律,就像画中随心而动的笔触。竹髓薄膜发出恰到好处的颤音,比法国笛子的声音更为饱满,而装有活动簧片的笙则加强了这种效果。纯净、雄健与温婉的绝妙组合听得人心中一亮。演奏曲目有:《大中华》《上海印象》《高山流水》《神州气象》《风云际会》等。

无奈身边闲聊之声不断,为了好好欣赏这首描绘韩信战功的琵琶独奏曲,我走上台阶,马上便有人搬来了椅子;这位骁勇善战的将军是汉朝开国君主的麾下爱将,那个动乱的年代距今不过二百二十年[①]。

据说,琵琶大约就是在那个时候从中亚传到了中国,不久便风靡全国,凭借精妙的技巧创作出丰富的演奏曲目。隆隆轰响的低音,灵动跳跃的琵琶音,如泣如诉的颤音,雄浑低沉的奔马音,兵刃相碰的金属音,顿挫有力的号歌,整齐的行军步伐,反攻与溃退,感恩礼拜的肃穆祈

---

① 原文此处有误。应为约二千二百年。

祷：这首史诗般的乐曲就像法国十四世纪的《战争进行曲》(*Batailles*)，是专为琵琶而作的。这种乐器音色急促清亮、悠远绵长，从伴着清脆锣声的高亢颤音到余音绕梁三日的细密低语，变化多端，可与西班牙吉他媲美。不过琵琶的音色更冷峻，更利落，更阳刚些：这种"中国吉他"并不适合用来演奏小夜曲。

想什么有什么，多谢上天眷顾：我马上就可以欣赏到中国最雅致的乐器——古琴的演奏了。这种古乐器的诞生要归功于神话远古时代的贤君，抚琴的传统从那时起世代相传，备受历代诗人、画家和哲人的推崇。大约公元前三世纪的一个故事里说到两个朋友，一个弹琴一个听，听者听得细致入微、心领神会，琴声刚起就已朗声解出曲中之妙："水何其静"，"山何其高"。他死之后，再无人可解曲中之妙，琴师遂愤而毁琴。从此，人们借用故事中的"知音"一词来比喻心有灵犀的挚友。

从字面的真实意义来解，古琴的确是一种名副其实的室内乐器，微妙之处就在于，这种乐器需要私密的空间。其余的宾客正在草坪上围着各式点心大快朵颐，我们则径直来到屋里。我一眼便认出了这部如贡品般陈放在桌上的狭长乐器，黑木材质，隆起的琴面意指苍穹，上绷七根琴弦，若干白点在侧旁一字排开。琴师正襟危坐，正在调试琴身另一侧平整底面上的琴轸。他仔细检查琴身和琴架是否沾染了灰尘，保持琴身的四平八稳也非常重要：琴师指挥着一个学生往桌脚下塞小块的垫纸。

一切就绪，就在琴师举起弯曲的食指准备拨动琴弦的那一刻，突然响起一阵骇人的嘈杂。原来是隔壁刚刚打开了高音喇叭，正播放一个美国频道，长号的怒吼和萨克斯管的嚣鸣透过敞开的窗户扑了进来。哪怕冒着在午后酷热中窒息的危险，也只得赶紧把门窗关得严严实实。我们倒没觉得酷暑难耐，形如枯木的身体已经感觉不到热浪的侵袭，心如死灰对一切都已无动于衷，只有这玄妙的琴声能拨动心弦。

琴师用右手或钩、或拂、或抹，拨弄着琴弦，轻重缓急各有不同，有时两弦齐弄，犹如和谐的乐海上涌起连绵不断的清澈水波。左手准确地按住每个音位，标准音尚未消散之际即迅速滑开，轻轻抚逗着琴弦发出或悲鸣或嬉笑的旋律。光靠双耳是听不尽曲中之意的，我与琴师近在咫尺，耳内听得手指的摩挲之声盖过渐渐消散的尾音；用心领会才听得出音符中的啜啜低语，乐曲交错相生，须臾即逝的变奏仿若隔世之音。

希腊人的三分音和四分音，法国以弦乐器演奏的格列高利圣歌（采用多种纽姆记谱法）中则有滑音、羽管键琴上的纹饰和颤音，但这些技法都是为了尝试打破严苛的算数定律，好让浑然天成的音韵多几分自由鸣响的空间。中国的琴则以另一种方式为没有乐谱的音乐预留了可以自由腾展的空间，就像天然朴素的教义其实更接近不可言传的真相。

《醉渔唱晚》，渔人其实并没有酩酊大醉、脚步踉跄，只是淡淡的清酒引得他兴致盎然、灵感迸发，伴着低音弦的震颤谱出这段活灵活现、抑扬顿挫的叠句，和着摇曳的微风与薄雾轻掩的粼粼波光不断回响。随后演奏的《洞庭秋思》，旋律舒缓凝敛，思绪不禁随着琴声游游荡荡，在宁静的空气中缠绕蔓生，耳朵仿佛也渐渐地弥散消融。音韵如雾霭般渐次升腾，曲声张弛有致、一呼一吸，德彪西想必也会听得乐而忘返吧。

这样的演奏我只能用"妙不可言"来形容。主人向琴师点头首肯。第二天，主人给我带来了他撰写的《中国音乐史》，一部值得细读的珍贵文集。就是他亲自创立了这支乐队并悉心调教。我总是对郑觐文先生这样不遗余力保护音乐传统的人钦慕有加。两天之后造访上海音乐学院时，我又忍不住想再次聆听由著名艺术家、琵琶教授朱英先生演奏的《十面埋伏》。我还担心远道而来教授演唱、钢琴和小提琴的俄国人会因此而感到意外或不快，其实我绝非认为中国和欧洲两地的音乐无法交融，既然音阶都采用同样的音符，那么就应该没有交流障碍可言。虽然内里相同，但形式相异。要找出业已存在的共同点，不仅要熟知德国的音乐史，还要了解中世纪至今的欧洲音乐史。

佛宗禅拜

上海至杭州的特快列车十分舒适，五个小时就可抵达目的地。陪我同往的是中华民国国民政府中央监察委员会的一位先生；他亮出徽章，站台上排成纵队的士兵们双脚向后一并，一齐用略带沙哑的嗓音高喊敬礼。我是二十多年前在巴黎认识他的。我见识过他的厨艺，欣赏过他打羽毛球的伶俐英姿，放过他做的风筝，还跟他一起学过健身操。其间他一直念完医学博士，同时负责管理里昂中法大学并多次前往欧洲处理公事。

垄间低矮的黑莓树丛把稻田整齐地隔开来。拉车灌溉的水牛这会儿正在圆顶的草棚下躲阴凉。地平线上看不见河道，只见风帆飞扬的小船来来往往。站台通告牌上的汉字旁写着政府刚开始试行的西文字母，我在别处还从未见过。包厢里提供的是美式餐饮：烤鱼吃起来像裹了面包屑的猪排，甜点是浇了炼乳的牛奶杏仁糕，幸而还有香脆可口的苹果和清香四溢的茗茶。

两点钟到站的时候，一辆汽车已经在等候我们，随后六点就要再次出发。一道下车的乘客多是携家带口的观光客。我漫不经心地随着人流。外省车站、大门口的检票员，还有身边怀抱行李或小孩耐心等待出站的人群，这一切对我来说都如此熟悉，就算和导游走散了也不觉得担心，笃定在出口处能碰见他。

　　道路顺畅无阻，这个地区幸免于内战之祸，公路未遭毁坏。汽车一路飞驰，沿河是一幢幢休闲度假酒店，道旁的大树下放有长椅。山峦迭起，无边的水面浮了上来，眼前的景色笼罩在一层庄严的气氛中。

　　半山腰上的塔楼探出树丛，一条石子路像梯子一样斜搭在山坡上，我们沿路来到塔楼近前。塔高十三层，外围皆有屋瓦环绕，瓦檐下垂旋即翘起，好似受到地面的推力一般。楼梯的钝角贴合八边形墙面，隐没在浅灰色的阴影中。登上二楼就可以凭栏远眺，看得见隘谷里丛生的一小片竹林和纤细的棕榈，小船鼓起环形的风帆在灯火阑珊的河面上缓缓行驶，岸边两棵百年侧柏叶错根盘，遒劲有力的枝干如同画笔挥就一般。艺术与自然经历千百年的荟萃交融，从未有过纷争、背离与非难，就像相濡以沫的夫妻，灵犀相通而无论相互的服从。

　　我们再次下车，钻进一条绿树成荫的小道，如织的游人在潺潺的小溪边悠然自得。迷人的小山谷依偎着悬岩，清幽肃静。岩壁上凿有洞穴，上方塑有佛祖及其弟子的石像。沿街的店铺鳞次栉比，后面是寺庙，再远些是修道院。店里售卖各类水果、甜食、忠孝图、念珠、桌用束棒（以当地一种特殊木料制成），还有一种状若石榴的木雕祭祀用品，远看形似不倒翁，配有一根挂着绳索的大头棒；孩童们把它当作玩具，在我们身边吵嚷着拍打个不停。

来到此地的都是香客游人。人们并不急着赶往正殿，而是歇在树荫下，每人手托一个凉钵，踱着小方步，免得钵里的水溅了出来。有位拄着拐杖的老太太，虽然走得比旁人都慢，但已经来到殿内。只见她亲手奉上自带的贡品，以求祛除风湿病的妙方。而那对小夫妻是想赶在日头落山之前来拜观音娘娘，仁慈之母或许会将怀中的婴儿赐予他们呢。

庙内正中高耸的华盖下端坐着一尊巨大的木雕像，脸上挂着恒久不变的微笑，悠长深远的目光望着远方。殿门左侧沿着墙角排放着长椅，一群肩披袈裟、身穿深色袍服的僧人走过来坐下：正值晚课时间。他们两人一排，看着摊在桌上的课本，就像谱架前的乐师，一个翻书，另一个默诵经文。韵律有致的诵经声就像我们的格列高里圣歌，只不过低音的回声没有任何变化，站在一旁的住持手握木鱼，敲打出规律的节奏。我蹑手蹑脚地朝这群好似繁忙蜂群的人靠过去，屏息聆听。

长方形水池旁的罩檐下几乎座无虚席，但大家都不开腔，难道是在模仿池中的鱼儿不成。玉泉之水流淌到这里，涓成一汪通透见底、展如镜面的碧波，只微微泛起涟漪，果然是名不虚传。鱼儿或红或黑，更有几尾好似皓首老翁，停下来时就像钉在池底，体型最大的身长达一米。喝口清茶正好解渴，但买来的薄饼却坚硬无比，就只好掰成小块抛给如枯叶般浮在水面上的鱼儿了,眼瞧着它们慢慢地扶摇而来。那边坐着几位长者,在谈论些什么,那一定是那位古代哲人书中所写的:"是鱼之乐也!——子非鱼,安知鱼之乐?——子非我,安知我不知鱼之乐?"①

一个年轻人随意靠在古朴的栏杆上,显然意不在池中鱼儿。从他一身欧式礼服和泰然的神情看来,该是个学生。桌旁端坐的年轻女孩是他的同学,短发,紧身短裙,光洁的指甲,精心修饰的脸庞,一副标准好人家女儿的模样。她没有转过头,而是从睫毛底下偷眼看那男学生,而青年用洋洋自得的目光拢住那女孩;为了炫耀自己的财富和气力,他大把撒着钞票,不停地将薄饼抛向水池的最远处,直惊起一片激荡。

此时此刻,我们漫步在一条铺满落叶的小径上,就像法国弗朗什孔泰地区的森林。我认出了橡树、桤木、铁线莲、当归、树莓、蕨类,还有高高的带黑色斑点的禾本植物,修长的茎被游人攥在手中。一条潺潺的小溪冒冒失失地流过树枝堆砌的浮桥,我们朝着水流的源头走去。传说从前有一位贤人想找块清幽之地隐居起来,一只老虎用利爪为他劈开山岩引出这汨汨清泉。绿荫中有一抹微白,是与虎跑泉同名的虎跑寺。一个满面微笑的僧人站在形如小亭的庙堂台阶上,

---

① 《庄子·秋水》。

堂前一排柱廊。塑像经风吹雨淋已经开始发黑，经幢顺着梁柱悬垂而下，前面摆着桌椅。茶香四溢，本地产的茶叶。除了茗茶，这里还酿造中国最负盛名的美酒。放眼望见伸向天际的树梢。寺里的和尚问我姓氏、家乡、来此何干。我们交换了名谒，按欧洲修道院的形制，这个僧人相当于负责接待访客的神甫。同欧洲的神父一样，他也深谙待客之道，礼数周到而不失尊严，温和亲切的面庞，从容而温文尔雅。我征得同意为他拍照，他一语不发地看着我摆弄相机，这个已经远离俗世的人原本对来生之外的事物一概不感兴趣，现在表现出的好奇只是出于礼貌，因为对他而言，仅是存在还不足以获得永生。

公元前六世纪，佛教开始在印度广布影响，打破了婆罗门教的专属地位（如同犹太教之于一个民族），令它成为普罗的信仰。佛教中至高无上的美德就是悲悯之心。被迫离开发祥之地的佛教反而在外乡日渐繁盛起来，若干佛教分支的祭祀典礼都与天主教会的颇为相似。十九世纪的唯物主义者正是借这些相似之处来抨击基督教。相反，就像佛教借鉴欧洲异教的某些观点一样，这些相似之处也可以成为体现其自身价值的凭据。这里并没有澄清之意，而只是援引偶然性和巧合罢了。在这些遥远的事件中，又怎会看不出人们对未知真理的渴求呢？

据寺庙的口传教义所述，佛教于公元六十七年踏着先知的梦境来到中国。帝王夜梦金像，醒来后立即命人将其描摹下来。不久，雕像制作完成：这就是佛祖。无独有偶，十个世纪之前的另一位皇帝也梦遇一人，并最终在一处土方工场找到了应梦贤臣。①

新教发展得很快，因为道教的思辨理论已经为它铺好了前路。老子写成了道家的第一部文字著作，其年代要早于孔子，但如果孔子门徒所记属实，那么老子就曾与孔子有过一番对话，还把孔子问得张口结舌、无言以对。道家的道，意为道路，支配种种事件的发展，引导宇宙万物的运行。但据说道的出现本属无心之举，是为了表达一种可以抛却定义束缚的道理，即不为名所累。正如老子《道德经》（道与德的圣典）中所说："道可道，非常道。名可名，非常名。"

道即非存在，也非虚无，但又同时包含这两种特殊的界定。

佛教从婆罗门教中借用的"灭亡"或"涅槃"一词实际上具有负面意义。一样通过渐渐消除情感、意愿和思想来获得注视道和归于道的德行。此外，佛家还提出了道家理论中所没有的怜悯和一种独创观念，每当存在方式改变时，它能够让负罪的灵魂和因积善而得到解脱的灵魂坠落或升天。但灵魂在重新获得肉身之前，也少不得往地狱中过渡净化一番；

---

① 据上下文，这里应指周文王梦到姜子牙，但文王实际是在渭水边遇到姜子牙的。

维吉尔①在《埃涅阿斯纪》中也采用了这种混合体系。与奥德赛时期的希腊一样,古代的中国人坚信下界的存在,亡灵在那里重新找回消减后的生命影像。随后,道教借用了佛教地狱中的监牢、公堂和酷刑,反过来又为佛教提供了更为清晰的观念和更为简练的风格。

"佛本夷狄之人,与中国语言不通,衣服殊制。口不言先王之法言,身不服先王之法行,不知君臣之仪、父子之情。

"假如其身至今尚在,奉其国命,来朝京师,陛下容而接之,不过宣政一见,礼宾一设,赐衣一袭,卫而出之于境,不令惑于众也。

"况其身死已久,枯朽之骨,凶秽之余,岂宜以入宫禁!孔子曰:'敬鬼神而远之。'古之诸侯,行吊于国,尚令巫祝先以桃茢,祓除不祥,然后进吊。今无故取朽秽之物,亲临观之,巫祝不先,桃茢不用,群臣不言其非,御史不举其失,臣实耻之。乞以此骨付之有司,投诸水火,永绝根本,断天下之疑,绝后代之惑。使天下之人知大圣人之所作为,出于寻常万万也,岂不盛哉!岂不快哉!佛如有灵,能作祸祟,凡有殃咎,宜加臣身。上天鉴临,臣不怨悔。无任感激恳悃之至,谨奉表以闻,臣某诚惶诚恐。"

以上文字出自大文学家韩愈为劝阻君王迎佛骨而写于公

---

① 古罗马诗人。

元九世纪的《谏迎佛骨表》。

灾祸终于降临。对思想之力毫无察觉的君王根本听不进大臣的这番慷慨陈词，盛怒之下将他发配到远离宫廷的广州一带看守村寨。这位皇帝笃信佛教，在他之后佛教受人尊崇的地位一去不复返。流亡他乡的大臣可以安息了：谏言身后方得闻。儒家的实证主义箴言重获统治地位，此后中国的统治阶级对外来宗教的态度几乎再也没有脱离过中庸之道，偶尔采取的激烈手段也只是为了反对教权。统治阶级甚至通过没收财产的方式来解散重新组建的佛教组织。明朝的开国皇帝虽然在年轻时曾在佛寺中待了数年，但后来的皇帝对寺庙颁布了一道沿用至今的禁令，规定每个僧人只能收一个徒弟。寺院僧丁果然如统治者所愿而与日俱减，这不仅仅是一种宗教的消亡，更因为没有时间，缺乏热情和知识而斩断了精神传承，但还不至于人迹全无。佛家与道家都接受女性宗教团体的存在，但须与男性分室而制。这些女僧的风俗催生出法国自中世纪以来众人皆知的笑柄，因而这里不必认真计较。

如今佛教已成为蒙古等地的国教，但自有其独特的形式。日本佛教植根于中国，宗派繁多，异常活跃，寺院的住持在正式典礼中都要登上祭台。而在中国，佛教因更具普众性而拥有众多信徒。"不同教，同理①"的公理已经让经中原重返西藏的传教士古伯察②失望至极："教有不同，但道同。"由此产生了对本我的体谅，这确实让我们这些内心无法达到如此平和境界的俗人惊叹不已。说到上海的出奇之处，有一家烧制寺院饭食的佛教小馆。只要看看这里提供的早餐就足以令人称绝，只用四季豆、核桃仁就能制出品相、味道与猪肉、鱼肉和鸭肉丝毫不差的菜肴，堪称是烹饪而非信仰的奇迹。我不知道和尚们在寺院里是否也惯食如此美味，享用这样的饭食绝无任何不可，因为僧人吃素只是为了不杀生而并不禁口舌之欲。

　　饭厅墙壁上挂满了佛教图画和写着诸如"若要祛除痛苦，必先毁灭自我"之类的箴言。上菜的间隙，我们慢条斯理地默默领会墙上的智语，就好像欣赏画作。虎跑寺的其他香客们也和我一样，没忘在奉上祝愿和祈祷的同时，仔细体味一番佛祖的教诲；人们走在凉爽的小径上，一句一句地默念着，等走到庙门前时就已经全部铭记在心了。这几年，除了寺庙的外观和应时的装饰外，中国佛教组织还不断尝试在其他方面做得更好。中国以自己辉煌的过去为傲，而天主教廷的成功范例颇令其受到鼓舞，因而请来专家重新整饬七零八落的教义，好让它渐入人心。我有幸在巴黎见到一位佛教的显赫

---

① 原文为"Pou t'oûng kiao, t'oûng li"。
② 十九世纪法国传教士，入华遣使会会士。

人物，相当于我们的红衣主教，他将虚空视为至高境界，也就是佛教和道教的圣体。他原本想在欧洲建立一所佛教寺院，还为此各处奔波选址。即便不是虔诚的佛教徒，也会注意到中国宗教信仰的觉醒，并会把它看作是个好兆头。

从上海到南京

午夜时分，我欣喜地发现车厢里的床已经铺好，还备了草秸拖鞋。晚上我们去了戏院，而白天由于太过匆忙，我只匆匆瞥见震旦大学高大的建筑，敞阔的门窗和笔直的屋瓦。城外通往震旦大学道路的另一头，是同为耶稣会所开办的、以观象台而闻名的徐家汇中学，不久前离世的台长劳积勋神父是一位博学多闻的台风预报专家。此行虽显仓促，我却有幸从几位曾在此求学的中国朋友口中了解到这所学校的教育所赋有的重大意义，这几位朋友不仅深谙法语的精雅细腻，还兼具文学品味，这样的年轻人在如今的中学里已属少见。大家对无私教导每一位学子的老师都怀有深深敬意。南京政府对此感同身受，于最近正式授予震旦大学官方身份。

耶稣会培养精英的初衷从未曾改变，虔诚同时求知。在这里，虔诚和求知的顺序颠倒了过来，首先是求知，跟着是由情而生的虔诚，即中国人对师恩的感激之情。"我父亲曾经非常担心,"其中一个年轻人向我吐露道,"人家跟他说我改信了天主教。"倘若我是这个不信教的父亲,我也会担心不已。今天没发生的事迟早都会发生,他那曾未受洗的儿子对基督的虔诚已远非他所能想象。

上海印象。法租界里矗立着一幢奶油蛋糕似的建筑,很像蒙特卡洛赌场,但要大出十倍;摆着小桌的露天台座,还有宴会厅、舞厅和泳池。猎兔犬在台阶下的跑道上疲命狂奔,对张贴出来的牌价和站在砾石路上吵吵嚷嚷的赌客毫无兴趣。俄罗斯商店里出售沙皇肖像和瓶装果酱,当然了,这些果酱可不是沙皇时期酿制的,可也辗转了好几个中间商才摆上这里的货架。另一些俄语招牌上登着教授音乐和舞蹈的广告。法国的银行因为没有牌价,拒绝为我兑换英镑。而中国的银行职员则用算盘飞快地算出牌价后,帮我兑换了英镑,兑换率还真是出人意料。这所大学建有上课用的大厅和面向草坪的实验室,木匠们正在加建侧翼;每扇门上都写着"打倒日本帝国主义"的句子。中国的爱国学生们并没有用黑炭把标语写在石膏柱上,法国学生是会这么干的,而是先写在纸板上,然后再工整地粘上去。百货店里陈列着新到的商品,窗户直开到跟人行道平行的位置,这是因为沉重的建筑体正慢慢陷入柔软的河道。一国的建筑风格与当地的土地和气候不无关系。纽约的岩石岛地形天生适合修建摩天大楼。中国的茅草屋、亭阁、正屋、宫殿或是庙宇都没有墙,而是架在矮柱、立柱、圆柱间的砖土或木石隔层，像树木一样牢牢钉入耕地里。

我推开门透一透气：清亮的灰色日光照进走廊。七点到站，该动身了。火车开始减速，铁轨没入水中。在法国有一条经过我家乡的铁路也常常会有这样的情形，那环绕平原的铁路线就像这里的，也是夯土堤坝，人工丘陵的脊线细如小径；侧翼皆以相同的倾斜角度向外张开，构成坚实的基础，下面铺有防水的草坪基垫。但这里的丘陵上布满了茅草搭建的棚屋。三根相互交叠的树枝撑起一口锅，一把湿柴禾燃起微弱的火苗。男人拨着火，女人往锅里撒了把米，小孩子们望着呼啸而过的火车咯咯直乐。对于他们，院子里的树木或捆扎的稻草看起来大概就像无边湖面上漂浮的灌木丛吧。

巨人般的长江从西藏顺流而下穿过中原，可以轻而易举地将加隆河与罗纳河及其支流席卷一空。长江水涨，泽国千里。姐妹河黄河则在更靠北的地区流过，浩荡的水势也不可小觑。两只巨兽被驯化后成了滋养一方、运送货物旅人的福气河。中国就好像扩大了好多倍的埃及，尼罗河的长度也随之增加一倍，更不用说支流了，任何一条放到欧洲都是首屈一指的大河。除此之外，中国的河流另有特殊之处：尼罗河河道几乎呈直线，而中国的河流则左辗右转、迂回曲折，甚至在这片地质学上称为黄土（被称为冲积平原）的脆弱大地上改变了河床。几乎无法触知的细小灰尘随风从沙漠一路飘来，如绒毛般轻轻降落在此，日积月累。就这样，黄河在一八六四年①突然决口，向北撕裂近百公里，其害可与今天长江的泛滥等同。受灾民众数以万计乃至数以百万计。

　　文学圣书《诗经》中记载了中国古代君王大禹治水的丰功伟绩。中原大地经历了一次可与《圣经》中的洪水相比的灾难之后，他为了整饬河道，数年间踏遍河谷山川、不休不眠。文章内容或有可能失真，因为相关年代要早于焚书坑儒（公元二百一十六年②，铁腕君主秦始皇为彻底击垮守旧派而发布的命令）。经重新整理和编写后，得以见证此后一直延续至今的治水传统。中国历朝历代的编年史中都有水渠和堤坝工程的详细记载。皇帝既是受天之命，就要像大禹那样熟谙水务。若大水冲毁家园，那么皇帝就该担当责任，或受罚，或退位。如今的民国也是一样。今年长江决口，政府当负其责，本该及时修缮堤坝，但为何没有善尽其责？钱款都花到何处？为内战所需，还是中饱私囊？这样的流言已然不绝于耳。我对这样的愤慨感同身受，也准备与民共愤，全因为在其他国家也有过同样经历。比如上个世纪末③的法国，我家乡附近的堤坝决开一道两三百米的口子，必须即刻填补起来。经过多番讨论、权衡和商讨，修缮工程终于在去年动工。其

---

① 原文此处年代有误。应为一八八七年。
② 原文此处年代有误。应为公元前二一三—前二一二年。
③ 文中年代均以作者所处年代为参照，此处为十九世纪末。

间三十年，河水不断泛滥，冲刷上岸的卵石覆盖了千亩良田，还不得不疏散了一座小村庄。不论国土大小，危害无减，公愤亦同。

南　京

明朝的开国皇帝一三六八年定都于此，此后南京成为南方的首都。南京与北平南北相对，犹如天地相向，而意为"光明"的明朝将整整一个王朝都敬献给了上天。首都之位不复的北京更换了较为普通的称谓——北平，意为北方太平，但在十五世纪初重又恢复北京的叫法，因而明朝就先后拥有两个首都。一六四四年，满族人夺取政权，把更接近故土的北京定为首都。一九一一年，国民政府推翻清朝统治，起初为了避免靡费和出于对外国使节的尊重而不愿离开北京，后于一九二八年才将南京定为国家的政治首都，而北京重又改为北平，成为古迹、博物馆和高等学府云集的文化之都。

往日辉煌不再的南京，在太平天国的冲击下自20世纪中叶渐渐没落。太平天国的首领提出统一国家并建立与基督教相似的新宗教。其施政纲领的开篇文章中提出"驱逐外夷"，也即驱逐清政府，得到了所有中国人的支持。因为这些来自

"蛮夷之地"的外族人满腹猜疑,不仅剥夺汉人在军队中的晋升机会,而且强迫他们留起代表奴役的发辫,规定汉官不得在本地任职,想尽办法令汉人身在故土却形同异乡客。持续十几年之久的太平天国运动最终在无情的镇压下归于平息。太平天国起于南方各省,因为那里天高皇帝远、人心激愤向往自由,但后来却以失败告终,这场运动最初获得民心的美德已然全部丧尽,落得只能靠着暴力苟延残喘,这样离终结之日也就不远了。

这个过度扩张的城市如今像一枚干涩的核桃仁一样蜷缩在城墙筑起的壳中,但交错的街巷仍在源源不断地为城市输送养分。按照合理可行的计划盖房子,也就是今天所说的城市规划,将在这片废墟之上大展拳脚。我走之前了解到城市计划规模宏大,于是想说服几家法国公司参与其中,可他们却充耳不闻。也怪不得后来满眼看到的都是美国的掘土机、水泥管和压路机。

各部委大楼由庭院相隔,比邻而居。建筑采用古典的中式风格,但内部配置现代化设施;楼体采用石材建造,高两到三层。通风良好的廊柱和列柱、采光充足的大扇门窗洞和上翘的屋檐,这一切都令这些建筑看起来不带丝毫阴沉晦涩和矫揉造作之气。外交部的大楼尤为惹眼,引人注目的柱廊和双层屋檐,一层像毛皮软帽一样翘起,另一层则如腰带般环绕在最高一层楼的檐下。

大楼内部设施包括书桌、文件架、电话等全国可见的办公设备。黑木的家具棱角分明、得体雅致；宽大的前厅，养眼的楼梯，接待厅里随时都有人为来宾奉上茶水。一整套机构正运转起来，这样的机制在封建中国虽也曾有过，但已事过境迁。后来，大总统们和军阀首领走马灯般进驻这里。各个部门职责明晰，正如一位显赫的外交官跟我说的，现在终于知道到哪个窗口办理何种事宜了。

城墙下是另一派繁忙的施工景象，暗道过于狭窄，导致汽车、公车、卡车或运菜车都无法通行，不过好在市政当局规划得当，在拓宽通道的同时又避免了伤及墙头雉堞达一人多高的墙体。这里的城墙始建于十四世纪，与法国同时期的城墙相似，但看来更加雄浑有力。中国旧时的统治家族已经消失了近一千六百年，只有分封给王室成员的宗藩。王冠形的石墙环抱着城池，既不代表藩王，也不代表王室；它象征君权，皇帝的天赐之权。

忠　仆

汽车停在依坡而建的小路上。副驾驶座位上身着白色衣衫的仆人下车来，捡起一块碎石，"您看，"他对我说，"这石头是紫色的。"紫金山并非浪得虚名。

南京城东南一座凉爽宜人的别墅里,筵席已经备好,我只需在晚饭后赶回城里即可。我们沿着左边的道路越过连绵的租田,地里堆着草垛,还有木板搭的牲畜棚。随后地势渐渐升起,眼前出现成片的榛林、千金榆和梣树,碧蓝如洗的天空里飘着大朵大朵的云彩,在起伏不平的地上投下若明若暗的阴影,齐整的天际线却是一派不容亵渎地清晰明了。

首善之府可能不会在意首都有没有漂亮的大道,这就大错特错了。若空气混浊不堪,则令思绪纷乱。若举目不能四望,则令意志消沉。智者需要解乏之物、清神之景以保平静泰然、时时之超脱。正所谓理顺则事成。

以上文字写于公元八世纪的唐代。唐王朝曾经历过穷奢极欲的富丽,也品尝过碧波水畔和孤寂山间极尽温柔浪漫的遐想,而这一切仍然真切地存在,这不,这辆雅致的公车上,坐在我对面的不正是两个深宫中来的娉婷女子吗?一身出游的装扮,短短的裙裾洋溢出欧式风范,可柔美的线条和精致的丝缎又是中国特有。两人的头发梳得一丝不苟,俏皮地斜戴着软草编的小帽,好像特里亚农女牧羊人,口若樱桃,轻施粉黛。这少妇是谁,那小姑娘又是谁?她们二人各有特点,一个耀眼夺目,一个安静恬淡。眉弓下透出的眼神无论咄咄还是娇羞,都汪着一潭清澈的水波。一个身形苗条,宛若豆蔻少女，另一个则丰满如婴孩。两人身上芬芳各异，那香气玲珑精巧、温存甜美、悠远绵长。

　　皇帝没有了，只剩下公主，她们不是近三世纪以来手中只有女奴的清朝宫廷的格格，而是首都重新成为旧日王公贵族群聚齐首、流连忘返之地的民国的公主。欧洲、美洲的共和国没有这样的公主，真是一大憾事。受人拥戴的政府还要拥有光鲜的外表，这是树立威信的必要条件，非此不能服众。反对者会说这将大大增加开支，可想想吧，建造宫殿和举办宴会的花费又怎会多过无耻的大人物们揽入自己荷包里的钱财呢。漂亮的年轻女子的确不总是最佳王牌，丑陋的老妇可以更加致命。温婉可亲的中国女性令国家以之为傲，让我对中国愈发青睐。这些聪明伶俐的女性全心全意地爱着这个国家，甘愿为它倾其所有。当她们为国家辩驳时，我不得不承认，她们的微笑让人对她们愈发信服，让民国、客人尽欢颜。

　　汽车再次停下。道路右侧，越过水渠可以看见巨大的石龟背上立着块拱顶石碑，上刻横向碑文。这是一座陵墓的入口，前面的墓道被两旁的桧木和山楂树挤得越发狭窄，守陵人倒是各守其位，两两相对、等距排开，灰色的石头身躯将树丛向两侧分开。昂首挺立的战马站在最前面，浇铸于地面的马夫像神情凝重，手握缰绳。守陵石兽紧随其后：体态浑圆的绵羊和怒发冲冠的雄狮。陵墓就在不远处，从手抚弯刀、身披战甲的武将前走过,便来到一体长袍、下巴抵着笏板的文官像前。那逝者又栖身何处呢?没有石块垒砌,没有纪念碑,甚至连墓主名姓也看不到,他就长眠在这座只披裹了灌木和野花的小小土丘之下。四周的丘陵渐渐低下去,远远地望得见城墙。穿过树丫的微风摇曳着灯光,也带来日头酿熟的芳香;我们都心怀敬畏,默默地采摘着山萝卜、康乃馨和铁线莲。

那个时候的中国动荡不堪,亦如其历史之常态。元朝经历了短短一个百年便耗尽元气,最终陷于分崩离析。消灭外族统治者的时刻到了。一个名叫徐达的村野莽夫投身起义军小分队,在全国开展游击战。勇猛过人的徐达不久之后便转入另一支更强大、更规范的队伍,与他有着相同出身的首领曾在寺庙里当过小和尚。赢得了首领信任的徐达被任命为分队队长,他既有才干又不乏慈悲之心,善待俘虏、严苛治军,对虐待百姓的军士处以斩刑。队伍所到之处,百姓无不称颂,渐渐地,全民倒戈。数年后,当年的首领做了皇帝,徐达则率领大军继续追击已经溃不成军的蒙古人,直到把敌人赶出了中原。

皇帝没有忘记患难兄弟,封徐达为右丞相,虽然他一再谦让,皇帝仍视他如手足,但封官后,徐达就再不肯接受其他赏赐。皇帝为使徐达接受所赐宫殿,冥思苦想,终得一法。一日,他令徐达饮下数杯陈酿美酒,不善饮酒的徐达醉意朦胧坠入梦乡。皇帝趁机命人将他抬进宫殿，徐达醒来后发现自己卧于一张华美无比的锦床之上，惊恐万状，连滚带爬跌下床来，俯在满面微笑的皇帝面前，结结巴巴地连连称罪。徐达被迫留在了宫内，在他渐渐习惯之后，皇帝又命人在宫门口建起一座状如凯旋门的牌楼，以表彰其丰功伟绩。

徐达不久后去世，时年五十一岁①。据明朝正史记载，他被葬于钟山北麓，皇帝命人修建了神道。钟山是地理名称，俗称紫金山。神道就是我们刚才所经之路，夹道的雕像为逝者引来祥福之气。

皇帝封徐达为中山王，中山之王。这个称谓就好像拿破仑为纪念麾下将军的战功所授予的封号，因为是皇帝所赐，所以取代了墓主的本姓，徐达在此被称为徐中山。

"您知道二十年前谁来过这里吗？"我怎会不知，那可是将载入史册的大事件。同样出身于农户，不过是在一八六六的广州南部，其时，刚刚平息的太平天国运动对当地居民来说仍历历在目，他决定尽毕生之力以恢复中华之秩序、正义和繁荣，当务之急必须推翻已经没落不堪的清朝。一八九五年，贻害无穷的中日战争结束后，他在广州筹备第一次起义不幸被清廷发现，幸而逃过追捕，但于一八九六年十月十一日在中国驻伦敦使馆遭到缉捕，直至

---

① 此处年龄有误。应为五十四岁。

时任英国外交大臣的沙里斯伯侯爵强力介入才得以脱身。此后十五年间颠沛流离，辗转于欧洲、美国、日本等地，成为各国政府眼中的危险人物，期间曾数次回国，却因被悬赏而不得不藏身于中国南部与越南东京（Tonkin）接壤的密林中，在那里得到了法国当局的帮助。他曾筹备过十二次起义，均以失败告终。抗击西班牙的弗兰德斯民族英雄纪约姆是个沉默寡言的人，他曾说："采取行动并非只为希望故，鼎力坚持亦并非只为成功故。"这位中国的解放者在自传中借用了《尚书》中的"知之非艰，行之惟难"，而他的信条意思恰恰相反："知难行易。"

　　事实证明了他的信条。专注内心、凝神自省、悉心研究、苦苦思索，他将矢志不渝的理想作为抵抗多舛命运的内心护甲。这一天终于来到了，他的思想点燃的火花眨眼之间在中原大地燃起熊熊烈火，当时身在美国的他对胜利的突然降临也颇感意外；他在收到一封恰逢其时、几经辗转的电报后，旋即回到国内，迎接他的是鲜花和掌声。他以全票当选新生国家的大总统，对此他心怀感激却坚辞不受，因为在他看来，接受皇帝退位的清朝旧臣袁世凯在各方都拥有人脉，可谓应对过渡时期重重困难的最佳人选。于是他走过神道来到中山王的陵前，神灵对他耳语了些什么？也许正是他所期待的训诲吧，因为在离开之后，他把皇帝赐给墓主的封号用作了自己的名号。按照一个非常古老的中国习俗，此举也表明他把获此封号的先人当成了自己一生的榜样。他姓孙，名文，父母叫他作逸仙，意为逍遥如神仙，与道家思想有关。名放在姓后，孙逸仙的粤语发音为 Sun Yat-sen，这个称呼现在已闻名于世。他的著作被民国政治家奉为圣典，在这些书中，以及公共纪念建筑物上孙逸仙的肖像中，其祖姓——孙的后面，都加上了中山这个他自己后取的名字，这也正表明了他本人的精神承袭。

沿着尘土飞扬的道路，我们回到车旁。这时，只听见一阵有节奏的喘息声越靠越近，原来是个菜农正甩着步子给自己鼓劲呢，他肩头挑着根竹扁担，两头挂着盛满果蔬的篮子，好像天平两端的托盘。这意外之景令我们都不禁笑了起来。仆人喊了一声，菜农就像开动的机械装置，一下子刹不住闸，往前又走了几步才停了下来。他把担子放在青草幽幽的路旁，大张着嘴望着我们，像是刚从梦中惊醒。我们从筐里抱出四季豆和甜辣椒，把钱堆在地上。菜农低声数着，然后说给多了，就又添了几只茄子，容不得我们反对：这是生意，不是施舍。他坐下又站起来，挑起担子，回头望望我们，谢谢我们替他减轻了肩头重担，又开始有节奏地喘息起来，重新踏上灰扑扑的道路，再次坠入双眼圆睁的梦境中。

我们呢，可是把一片菜园搬上了车呢。

帝　后

天空阴云密布，两座青葱的丘陵间隐约露出晦暗的城垛：在位三十一年的皇帝不得不离开这重新攻下的都城，死后被葬在离此不远的地方。石块铺砌而成的神道是浩荡的丧葬队伍送别的道路，两旁除了传统的石兽雕像之外，另有外藩进贡的石兽：两只跪姿骆驼、两头大象，勾勒出完美的弧线。已逾百年的文官武将像高大肃穆、夹道相视。绿荫环绕的大理石平台通向一座恢宏的城堡式建筑的暗门，这是拱门式隧道的入口。隧道沿着陡峭的坡势而上，横穿整个堡体，走出隧道便是葱茏的侧翼，周围的丘陵上传来阵阵松涛。陵寝依照皇家形制营建，气势非凡，可自然之手没有给它任何优待，依然毫不在意地在这里信手涂抹。葬礼进行到最后，盛大隆重的仪仗队伍不能再随王伴驾，天子从此将一人独守棺椁，把一具残躯奉还给丰饶的大地。

这座庇护所神圣不可侵犯，只能用目光来穿越坚实的护墙。我们在高大的陵堂内举目凝望墙壁上高悬的两幅画像，就在朝着丘陵方向的殿堂深处。

画像上的皇帝有着一张不寻常的面孔，但真实逼人，栩栩如生的脸颊向内凹陷，冷硬的下巴，满是皱纹的额头，还有眉弓下吊起的三角眼。这样一张凝重的脸庞饱受权力之争的啃噬之痛，想必那华服之下靠铁的意志强撑着的躯体早已疲惫不堪了吧。然而他并非孤家寡人，死后如生前，都有皇后陪伴左右。皇后身形圆润，光洁的额头，目不斜视，满面诚恳安详之色。

皇帝出生于贫苦的村户人家，排行老四。那一年收成惨淡，他眼见父母兄弟死于饥荒，自己不过十七岁。幸亏好心的邻居赠他薄地一块，才得以将亲人入殓下葬。如果史载属实（正史记载往往带有反教权的色彩），他孤身一人进了皇觉寺，但不久之后就离开了。

这少年剃度成了小和尚，化缘途中不幸病倒，亏得乡里好心人的悉心照料，等回到寺中不觉三年已过。可没过多久他再次离开，这次是去跟蒙古人打仗。俗世间的善恶美丑他早已看透。

队伍规模不大，首领很快注意到他，还撮合他跟另一位首领结亲，媒人大概之前就对这家女儿的淑德有所耳闻，所以愿意成就美事，而这女子后来果然成了贤内助。只看画中人的恬淡雍容，谁又能想得到她曾随夫征战四方，为他蒸饼煮肉，没有火就用体温捂热饭食，好让他晚上回到驻地能饱餐战饭。多年以后，他登上龙位，却对妻子的粗茶淡饭念念不忘："那才是人间至珍，胜过豌豆羹，胜过最肥沃的土地种出的小麦。"他偏好素食，皆因当年曾遁入佛门。

她一直把家务管理得井井有条，后来做了皇后，勤俭持家就是出于慈悲心怀了。皇后的裙袍都由可以重复洗涤的生丝制成,这样可以穿着更长时间,也就为国库省去不必要的开销。倘若衣料有剩,皇后就命人送给公主:好让女儿们知道布料来之不易。她命皇家制衣作坊将羊毛碎料收集起来,制成被褥送给穷老病困之人。皇帝对妻子言听计从,完全出于一种中国任何一个历史时期、任何一种社会阶层中都不少见的全心信任。就算龙颜大怒,她也不惧向皇帝进言,气头上的皇帝无法立刻冷静下来,但思量之后也会在第二天宽恕皇后。

皇帝精力过人、性情火爆,但内心仁慈。他在战争年代赦免罪犯、遣返战俘。一日,有人捉住元朝的最后一位皇孙并送到皇帝面前,皇帝却不顾群臣反对将其释放。另有一次,众臣围在王座前得意洋洋地炫耀自己的战俘人数,他厉声呵斥其中一人道:"蒙古人统治百年之久。我的父母和你们的父母都曾是元朝子民,何故在此夸夸其谈?还不快噤了声去!"尊重生命是他的治国原则之一,也是他用于政治的一条重要的佛家教义。在执政的第二十个年头,也即公元一三八七年,他曾说了这样一番话:

> 所谓敬天者,不独严而有礼,当有其实。天以子民之任付于君,为君者欲求事天,必先恤民。恤民者,事天之实也。即如国家命人任守令之事,若不能福民,则是弃君之命,不敬孰大焉。

又说：

> 为人君者，父天母地子民，皆职分之所当尽，祀天地，非祈福于己，实为天下苍生也。

中国远古时期的史书礼经中就已出现过同样的观点甚至词句，但带有完全不同的劝诫口气，似乎受到一种更加虔诚和温和的宗教的影响。

皇后比皇帝早几年因病离开人世，身染沉疾时不过五十一岁。她拒不受医，因为担心太医无力回天而掉了脑袋。

正史中的这些细节并无谄媚之嫌。据当代资料所载，中国有隔代写史的惯例，也即后朝编写前朝之史，即记载明朝史实的书籍是在清朝编纂的。

虽然石阶上刻有凹槽，但感觉脚下还是有些滑，我们就这样下到昏暗的隧道里。"我害怕，"女孩们对我说，其实是在开玩笑，她们可是一路走在我前面呢。后来大家陆续来到平台上，她们正为树丛的枝叶所吸引，讨论着树木的名字，实在是因为这些姑娘太过喜爱大自然。人总是想去了解所爱之物，要了解就必当关注，必当把它置于我们灵魂之前过堂讯问。如果万物皆无名，那么之于我们、外在于我们的就什么都不存在了。孔子曾让弟子阅读一本自己所编的民歌集，说道:"多识于鸟兽草木之名。"

一个女孩突然跑开去,穿过平台跑到另一头的栏杆前,只见西方浓密的树荫和岩石阴影正一点点吞噬着渐渐下沉的夕阳。女孩轻挥手臂指着那轮斜阳,不经意间,无比感怀地朗声喊道:"啊!日落西山!"这原是一首诗的标题。

改革先驱

一个阳光明媚的清晨,我前来觐拜孙逸仙之墓。再不见守陵卫士也没有神兽,整个丘陵化作一部宏伟的楼梯,一片耀眼的白茫茫。"您不怕累着吗?"我的朋友关切地问道。这可不比轻松的漫步,而是名副其实的攀登。陵殿修在山脊上,华光闪闪的琉璃屋顶稍向内缩,架在间距宽大的圆柱之上,为肃穆的殿堂遮风挡雨。山巅响起的是谁的声音?孔夫子早已有云:这是人性之声,天际线越宽广,声音越洪亮,所及之处人类的思想总能发出共鸣。

中国的传统山岳正如此,但也有游移着不幸、阴霾和苦痛的传奇之地。在普通百姓的将死之年,清心寡念的道家高人则会踏上寻求余生归宿的漫漫征程;一旦成了"真人",就可以得道升天。因为道家和所有当得此名的宗教都渴望永生;可长生者终究少之又少,而永生之道又总是不为外人道。

孙逸仙是儒学家，为世人殚精竭虑。清帝退位民国建立时，他对认为革命已经结束的战友们说道："革命才刚刚开始"，那是在一九一二年。在历经了无畏的尝试和流血牺牲之后，革命先驱们终于建立起共和国大厦的第一层阶基：国家获得解放。然而他抬眼望见那通往山巅的台阶依然隐在云雾之中，眼前发生的事情根本不与他喘息之机。

在谋求更大的进步之前，保住当前成果已属不易。恣肆的党派之争对新政权构成威胁，更须时时提防旧势力的颠覆。法国于一七九二年建立共和，但眼看着它在三年之后沦为督政府，再到执政府，最后成为第一帝国，最终，刚刚改弦更张的旧制度在一八一五年复辟。一切即将再次重演。当新生的中华民国在初建之年对政治内乱显出恻隐之心时，这又怎会令人吃惊呢？

最初就有人意识到应当警惕大总统袁世凯。他可不是一般的野心家，而是纯粹的野心家。老于权术且贪婪成性，本性令其在权力的泥潭中越陷越深。但他确有爱国之心，一心想成为一国之主，并自认自己的治国之才无人能及。袁世凯来自旧制度，对这种迄今只在中国存在过的政府形式眷恋颇深。经历过的种种事件令他无法相信理想，而只遵从于强者的理性法则。只要旧王朝一息尚存，他就会尽忠到底。一八九八年，傀儡皇帝想要冲破牢笼，根据一名心腹的建议，尝试建立自由帝国。袁世凯得知这一计划之后，马上跑去通报皇太后，以确保她铁权在握。然而皇太后和皇帝于一九零八年先后去世，皇位传给了一个四岁孩童，而执政的则是一帮初出茅庐的亲王。

君主制在中国被视为神圣的权力，但自上古以来，这种权力就是可被废除的。天子不过是上天的养子，若他有负苍天，上天就可以不认这个儿子。革除天命，即革命。起义成为必行之事，而牵头的政党就叫作革命党①，革除天命的党。

在远古神话时代，权力的让与属个人行为，将死或意欲退位的皇帝指定一名有德之人为继承者，以此来传达上天的意愿。但不久之后，国家成为家族的私产，从父到子，根据长子继承权代代相传，而若这个家族恃权为祸，继承权就会被收回，这时，上天就会降下天灾人祸，以示惩戒。

清王朝所为招致天怒人怨，所有的中国人都对奴役中华的清政权的覆灭额手称庆。袁世凯与孙中山在这一点上很快达成一致。但袁某的爱国心只不过是想以另一个王朝取代清朝，就像从前的元朝，他又野心勃勃地自认为应当成为开朝元勋，功勋与明朝开国之君不相上下。

孙逸仙在清朝覆灭前曾任革命党的领袖。后来成为执政党，名称稍加改动，革命党就成了国民党，国民之党。以具有鲜明共和精神的纲领为指导，国民党在一九一三年四月八

---

① 原文为"keu ming tàng"。

日召开的国会选举中获得多数。然而袁世凯却于十一月八日宣布解散国民大会。这次二级普选结果被斥为骗局，人民群众不明原委，代表们把投票权当作筹码，最终结果不过是一群伪君子和投机者所代表的"中华之意愿"。对此我并不感到惊讶，在欧美的共和制国家，选举前权衡得失不也是司空见惯的事吗？谁敢说一千个选民中，哪怕是教育程度最高的社会阶层，有那么一个可以探讨政治问题和评价候选人德行的？共和会议中，不总是那些叫嚷得最凶的人获利最丰吗？幕后交易中，不也总是那些出价最高的人占尽优势吗？

这乃是民主磋商的天性之恶，游历甚广的孙逸仙把这些都看在眼中。可议会制度是个现代产物，中国必须采纳这种制度才能与其他国家齐头并进，尔后才有可能谈及更远大的发展。这只是个阶段，一个必须跨越的阶段。

孙逸仙的政党遭到驱逐后重新成为革命之党，他也重新踏上颠沛流离之路。他在日本找到了栖身之所，并谋得一份观察员的差事。他后悔没有带妻子同往，两人是同乡，育有一子。妻子出身普通家庭，深知旧制度早已令丈夫失望至极，甘冒与之抗争之险，但却无法理解在胜利之后，曾经的战友何以在一夜之间反目成仇。那个年代，婚姻在中国不过是个经双方同意便可随时缔结或终止的合同，无须任何民政或宗教部门介入。离开第一任妻子之后，孙逸仙于一九一五年十月二十五日与最亲密的革命战友的女儿——刚刚在美国完成学业的宋庆龄小姐结为夫妻。她所拥有的不仅是美貌，还有智慧与财富，她的陪伴让孙逸仙品尝到了宁静的幸福。宋庆龄与他有着共同的信念，时时鼓励孙逸仙要继续艰苦卓绝地战斗下去。

此时欧洲战事正酣。德国认为与袁世凯结为联盟是明智之举。就在万事俱备只等新帝登基之时，袁世凯却于一九一六年六月六日暴卒。孙逸仙于第二年的九月十日回到广州，准备与自己重拾国民口号的政党一起建立独立政府。

而中部和北方省份则饱受军阀混战之苦，人人都想各自为政、扩大地盘。这样的祸事早已有之。在改朝换代的长期动乱中，中国多少次被割据成块，而当上天终于降下旨意时，每每能凝聚在稳固政权的周围，重新回归统一。

但这一次，外国列强的加入令国内矛盾愈发复杂化，实属中国政治在十九世纪之前见所未见之事。最近的邻居因其贪婪而最令人生畏。日本向德国宣战，并于一九一四年秋轻而易举地获得其在中国山东省的租借地青岛。到口的肥肉哪里还有返还之理，日本在第二年的春天就让中国明白了这一点，它强迫中国政府立即接受其对青岛的控制权，并增加其他条款以确保日本在华的特殊地位，即耻辱的《二十一条》。日本人挑了个好时候：世界的注意力都集中于欧洲战场，而中国真好像在密林深处遭遇劫匪。

袁世凯在北京的继任者既想弥补与德国交好的错误，又想加入盟军。他在报纸上宣布中国军队即将奔赴欧洲援助盟军，孙逸仙得知此事后，发表了致英国首相劳合·乔治（Lloyd Georges）的公开信，坚决反对派军的决定。他提醒说，日本身为盟军成员，却对中国犯下大罪，并指出，基于中国军队所受的训练，此次援欧计划终将成为徒劳之举，只会让国内军界借势膨胀。孙逸仙的目光所及从未离开过中国的命运轨迹，乱局当前仍能保持清醒的判断。

最终，军事援助变为派遣几千华工奔赴欧洲战场，工人们不辱使命，在前方表现英勇，履行了自己的职责。作为回报，中国于一九一五年与日本达成的协议被纳入一九一九年的《凡尔赛和约》。孙逸仙之前的担忧不无道理，此后，盟军就一直通过支持北方军阀跟他唱对台戏。战败的德国暂时退出，而日本依旧虎视眈眈。孙逸仙先后前往美国、英国和德国请求派遣教官，皆无功而返。一九二三年一月，孙逸仙与来沪的苏联副外长越飞（Joffe）会面，请求他向华派遣教官。后来鲍罗廷（Borodine）受派来到中国，即刻被任命为广州政府的高级顾问。

然而内战不断，硝烟此消彼燃，孙逸仙为此殚精竭虑，直至生命最后一刻。这么多年为了躲避追捕围困、悬赏缉拿所受的颠簸之苦，对于他来说绝没有被迫同室操戈那般痛心。各方确实一直在协商，哪怕在战时也未曾停过，可对于欧洲人来说，这不啻于哗天下之大宠，他们在战争伊始就宣称"坚持到底"，这可恰恰得到了验证，原来他们所指的是坚持到一切都灰飞烟灭。法国有句俗话，说官司再好不如糟糕的和解，比起外表光鲜的辉煌胜利，中国人向来更喜欢人人有份的和解，可这次因为利益相关方实在太多，人们终于无法达成和解；总会有人拒绝和解，也会有人宣称利益受损而撕毁协议。必须在这张布满陷阱、阴谋和叛变的大网中不断抗争。一九二四年年末，孙逸仙赴北京与两位北方的大军阀进行协商，却病倒在北京。送往协和医院后被诊断罹患肝癌，于一九二五年三月十二日病逝，时年五十八岁。现代医学借助显微镜和培养液也未能查出病因，也许原因根本不在于此。即便不是生物学家的人也懂得，肝病通常因忧虑而起。孙逸仙是为国忧心而死。

他这一世的作为就止于此，剩下思绪继续向上攀。要走的路还那么长。高坡上，黑黝黝的长方形披檐下已隐约可见陵墓的入口。

当年孙逸仙避走欧洲时途经巴黎，那是我第一次见到他，身穿英国牧师式的修长礼服。他在年少时受兄弟接济前往夏威夷基督教会学校念书，后到广州和香港攻读医科并获得医学和外科文凭，同时加入基督教循道宗。与太平天国的起义者相比，他与基督教走得更近。

但他并非传道士，这个身材瘦小的男人站在旅馆的房间里等着我，坚毅的目光盯着我目所不能及的目标。他说话声音很低，面带微笑，嘴角因思虑而微颦。在他身后一步远的地方，恭恭敬敬地坐着三四个青年人，神情专注，犹如卫队一般。造访的前一天，他差人送来一本油印的小册子，里面陈述了未来革命的全盘计划，分为军法之治、约法之治、宪法之治三个阶段。而现在，他认为我已对此有所了解，所以谈起了另一个问题——巨变之后中国与列强的关系。法国会如何举动？沙皇肯定会心有不甘，但不会表露出来。我尽力回答他的疑问，却不敢直言他所坚持的这个未来在我看来是那么遥不可及。而他却一语成谶：第二年，存在了千百年的中华帝国一夜之间化为瓦砾。

"知难行易。"这是他思想的信条，时时刻刻以此为言行的遵照反躬自身。在生命中的最后一年里，孙逸仙在上海发表了六次演说，耶稣会的埃利亚神父有幸得到一套品质极佳的演讲稿法译本，其中附有颇有见地的评论。演讲内容根据三民主义（向人民保证了民族、民权和民生）描绘了城邦，或更确切地说，未来社会的全景。这一秩序的建立是个循序渐进的过程：要义之一即前提条件得到满足，这样才能保证后续步入正轨。通过选举实施民权，除了行政权、立法权和司法权三权外，政府还增加了监察权和考试权。后两种权力同样职责分明、互不干扰，这早在公元纪年初设立监察史和考试制度时就发挥过大用处。监察史负责监督一省的长官，而且有权向皇帝进谏，是个冒风险的差事。考试制度旨在选拔行政人才，到清朝时始局限于八股文作，毫无思想自由可言。而目前为止，除了任何人治机构都无法避免的错误以外，这些制度都还以教育和人才为先。

中国有史记载的所有朝代，都对民生问题关心备至。在儒学获得辉煌重生的宋代，于公元十一世纪，还曾在数年间推行过类似国家社会主义的制度。而对于一个纯农业国家而言，这样的制度尤重鼓励或规定种植几类常年生作物，比如植树，还有通过农产品的流通来规范行市：政府根据年景的好坏，有权收购或强制农户将富余的收成卖给政府，然后将收缴的粮食作物分配到供不应求的市场上，以此抑制投机。而欧洲十九世纪的工业发展则提出了另一个问题——劳资关系。孙逸仙否定了代表强权的资本主义，他认为，中国还不存在资本主义，也不用与之斗争，只需通过逐渐增加地税，以国家意志收购大型企业，推进互助合作等办法就可以防患于未然。

从未在这个世界的常态中存在或出现过的体系，就可定义为乌托邦。不是所有的乌托邦都能成为现实，但有一种可以。可以实现的是可能的而不是现实的东西。可以在某一天得以存在的首要条件就是：从前曾存在过。

对于尼禄时代的罗马公民来说，从犹太派中脱离出来的基督教就是乌托邦，因为它要求教徒待奴隶如手足。试举另一个没有那么多上帝旨意的例子——儒学，这种学说在刚刚出现时所遭受的冷遇绝不亚于罗马人对基督教的不屑。

那时中国的混乱状况可与法国查理大帝最后几任继承人的统治时期一比：法定君主不过是政治傀儡，手握实权的领主才是真正的统治者，他们为所欲为，互相之间争战不断。这段时期权力之争不断，充满杀伐与叛变，正如后来一位义愤填膺的道学家所说："子弑父，臣弑君。"没有什么抵抗得了人的狂欲。没有一座城堡与乱伦和通奸的恶行脱得了干系，正如孔子所云："父为子隐，子为父隐。"

孔子在家乡只能蜷缩在狭窄的几案前做些文书工作，失望至极的他背井离乡，跑遍全国一心想要寻找愿意实践自己观点的贤主。这真是疯狂之举。那些蛮横不亚于欧洲中世纪君主而骄纵更甚的封建领主，怎会愿意尝试推行如此严格的制度？君之于臣，就如同父之于子，夫之于妻，兄之于弟，友之于友，都通过相互间的善行来维系。孔子冒着丢掉性命和身败名裂的危险历经周折却一无收获，回到家乡时已是心无任何执念的垂垂老者，从此后只专心教育弟子，其学说经徒子徒孙代代相传。谁能相信三百年后封建制度的不复存在，谁又能想象在相互争论、喋喋不休的十个哲学流派中，儒家学说竟成为复辟王朝的道德纲常？

这种史无前例的封建制度将所有人玩弄于股掌之中，混战不断的实权人物决不会亲自出马，而是拿老百姓当枪杆子，这样一种封建制度难道不该消失吗？怎么能许下空愿就坐等这一天的到来？必须清楚明日该做之事。

我们终于来到最高处的露台。已经有人捷足先登，一群学生刚刚攀了上来；旁边那一大家子人正在欣赏广袤无垠的景色，女人和孩子在一边大口喘着气。每天从早到晚，中国各个地区前来朝拜的人们都要一路而上来到陵墓前。告示牌上写着"左门进右门出"的提示。走进墓内，两边各有一名工作人员，身着军服，卡其布的上衣，漆皮肩带，显得既大方又得体，二人专门负责监督人流朝一个方向移动。出去的时候，我在游客登记簿上留了言，出口处的工作人员还凑过来看着我写下那几行中国字。

建筑主体按照中国传统形制修建成长方形，小巧的侧翼护在周围，一气浇铸而成的圆柱支撑着高大宽阔的正殿，正面墙壁上的门窗洞用于通风和采光。正中纪念台上的浅浮雕来自法国，是著名雕刻家朗度斯基（Landowski）先生的大作。只见浮雕上四处奔走的孙逸仙在为迎接他的民众演讲，为共和国宣誓。跳出这些历史事件，我脑海中浮现出另一个场景。巴黎某条小巷的陋室中横放着一张桌子，众人挤坐在一起。粗瓷碗碟中盛着燕窝汤、炖鱼翅、烤鸭、浇汁鲤鱼、海参羹、凉拌豆芽、蟹黄煎蛋，还有各式点心，好一顿丰盛的中国大餐。大家不谈政治，这群革命战友倒好像放假的小学生，陶醉在孩童的快乐与兴奋之中；有人讲故事，有人拌嘴逗乐。"这张脸中间的鼻子最丑了,不过我们已经看习惯了,"其中一个人说道,旁边那位正跟圣西尔军校(Saint-Cyr)的一个学生说话,提到一句中国的谚语:"废铁成钉,废人当兵。"邀请我们的老先生坐在桌子下首的主人位上,他面带温和的笑容,把所有的菜都尝了一遍,称赞厨师手艺高超。这顿饭人人都凑了份子,在中国吃饭是一种欢乐聚会的艺术,然而,只需一个眼色,在座各位就会悄悄奔赴需要他们的地方。确实,这些人也就在几日之后离开了,大都明白再无回返之日。不知这些可爱的客人如今还剩下几位?李奥达尼(Léonidas)曾对温泉关(Thermopyles)的将士们说道:"今晚我们将赴普鲁托之宴。"这是最后一次享用拉西第蒙(Lacédémone)的炖菜。而此时此境,这些当世的英雄不说恐怖笑话,只有发自内心的喜悦,相互祝愿着用心品尝美味佳肴。

祭堂的尽头,人们在地下室紧闭的门前垂手而立、静默致意;孙逸仙的遗体从北平运到南京,于一九二九年六月一日被安置于此。当天举行了盛大仪式,来自十九个国家的代表与中国政府和各界人士出席了典礼。梵蒂冈也派遣刚毅恒主教以教廷代表身份参加了葬礼,据一位高级神职人员说,此人的出席犹如"时代的标记",预示着"不久的将来"必有善果。

就像希腊的德尔斐山峰,如今这里也成为民国的精神灵地。而业已点燃的思想之火炬,其光辉理应穿越国界照耀远方。孔子、孙逸仙,还有后来许许多多的追随者,在这两千五百年的岁月里都不约而同地致力于在普遍法则和人类本性,而非一族、一国或一阶层的特权之上,建立自己的理论学说。这种人际关系的模式与孔子所提倡的已大有不同,因为需要考虑到西方工业带来的变化。若此法在中国行得通,那么经过不同生命形式和习俗所要求的调整之后,应当可以放之四海而皆准。从露台放眼望去,无边的田野和丘陵不禁令人如坠大地万象之中,小我与大我不觉浑然一体。

哲　人

我们来到南京市政厅,进门左手一排小隔间,门从外面用插销扣住,一人高的地方有个圆孔。这是清朝大考时的考棚,考生自带笔墨纸砚被反锁在里面,门上的洞口用来递送饭食。

两座喷泉间的石子路通往敬意厅,大厅尽头的墙上悬挂着孙逸仙的巨幅画像,前面整整齐齐地摆放着椅子;两旁挂着国旗和党旗,青蓝底色,左上角一轮十二道光芒的白色太阳。在所有的行政部门、军营和学校里都有同样的布置形式，每逢星期一早上，所有人都要在画像前三鞠躬，然后宣读写于一九二五年三月十一日孙逸仙逝世前一晚的政治遗言：

> 余致力国民革命凡四十年，其目的在求中国之自由平等。积四十年之经验，深知欲达到此目的，必须唤起民众及联合世界上以平等待我之民族，共同奋斗。
>
> 现在革命尚未成功。凡我同志，务须依照余所著《建国方略》《建国大纲》《三民主义》及《第一次全国代表大会宣言》，继续努力，以求贯彻。最近主张开国民会议及废除不平等条约尤须于最短期间促其实现。是所至嘱。

最后默哀三分钟。

然而时至今日，即便如此的虔诚也未能催生任何奇迹的发生，但这并不会令人怀疑他的挚诚。当然了，让北方军阀头子，比如土匪出身后来进驻北京的张作霖，放弃占领的省份，把自己腰包里的钱成百万地捐给国民政府，说起来容易，最终还得靠国民军首领蒋介石将军的大胜仗，才让他们安生了一阵。现在掌权的是依照苏共模式于一九二四年重组的国民党。一党之内要是人人能够同心，协力进行普选，至少可为国民会议选出六七百人规模的专家顾问团，以尽早结束临时政府执政阶段。但党内既有激进派也有温和派。

取得优势的温和派把已在中、西部地区频频动作的共产党排除在外。激进派拒不承认对手的独裁行为,要求即刻召开国民会议,并与共产党修好,携手抗击刚刚袭击了东北和上海的日本军队。而在中国拥有租借地和特权的外国列强,本该自动取缔通过巧取豪夺签订的不平等条款,以高姿态彰显自己的无私与慷慨。但除了经历革命的苏俄和战败的德国,以及在华利益属次等要求的几个国家外,其余各国都不肯放弃到手的好处。

我的故友李煜瀛出现在南京市市长漂亮宅邸的门前,跟我打着招呼,就像昨日才别,坚毅的语调丝毫未变。我本打算过几日去北平与他相聚,但一家政府专机于昨晚将他送至此地:需要他出谋划策。他坐在我身旁,边问边打量着我。略显灰暗的双眼仿佛触手可及,就像朋友的温柔的双手,坚定有力,让人无法拒绝。

李煜瀛在家中排行老五,其父李鸿藻曾授业于同治皇帝,并任总督。他继承了父亲儒雅的脸部线条、处变不惊的镇定和一部分遗产,不过钱财早已为革命所用。他很早就确定了人生的志向,与身边的一切——父亲的权威、家族的传统、养尊处优的习惯和朝廷的眷顾,都格格不入的志向。百折不挠的勇气让他冲破一切障碍,但也带来无法想象的后果。这个旧时代的贵族子弟一直鼎力扶助孙逸仙,宁直不弯的刚毅性格有时也会让人难以接受。他只相信科学,从未借助基督教或其他任何宗教来探究生命，探究人类外在和内在的生命和运行规律。离开中国后，李煜瀛奔赴法国学习生物，确切的目的是为了让自己的想法更加明晰化。英国的经验论、马克思的历史方法、笛卡尔借以认识宇宙的几何推理，还有法国十八世纪的哲学家和十九世纪研究政治和伦理的社会学家，凡此种种都未能满足他苛刻的思想追求。当时他年纪尚轻，但已为人夫，妻子毫无怨言地同他一起过着因自甘清苦而愈发窘迫的生活。他根据保健学原理建立了一种学说，禁止吸食鸦片、烟草，禁止饮用酒精和发酵饮料，禁止食用动物肉，禁止纵欲。他原想在全世界推广种植一种类似鹰嘴豆的豆科植物，或至少让这种植物的食用功能广为人知。这种豆类在中国北方和东北产量甚丰，在欧洲多以日语名 soja[1] 为人所知；他不仅找出了业已存在的加工方法，比如制成面粉、豆芽或酱油等，还提炼出豆奶和一种类似奶酪的紧致膏体，味道与肉相似。这样一来，仅凭这种独一无二的产品，花费无多就可以保证全人类的饮食供应。

为证明自己的理论，李煜瀛甚至在巴黎郊区建起了作坊，遗憾的是未能收到成效。不久后，为了在中国民众中普及教育，他把几批贫困儿童送往法国求学，并负责一切生活学习

---

[1] 即黄豆。

之用。遴选不设考试，因为在他看来，对于一无所知的人来说，考试是一种对已有所知的人的不平等优待。只要怀有一颗恩德之心，大字不识的穷汉也能像饱读诗书的文人那样领悟神的真理。但这对人类自己硬造的真理却行不通，它是人类从自认为应当遵循的推理中生拖硬拽出来的，所以很可能在这样一种真理面前，只能感到彻头彻尾地如坠雾中。

我们虽因信仰不同而相去万里，但就像不同宗教的虔诚信徒，一直都互有好感乃至成为朋友。他是个不信任何宗教的宗教徒，对科学有着信徒般的热情和殉道者般的勇气，像苦行僧一样钻研，对科学的奇迹怀有无可置疑的信念。但科学无法唤起由信念而生的种种美德和裨益，它至多只能充当一种测量工具，无法感知好与坏，就像温度计无感于好天气的和暖，或是显微镜对病害的漠然。他心中自有另一种灵感源泉：仁慈。

如今李煜瀛已过知天命之年，山羊胡拉长了脸颊，就像画中智者的模样，或隐居山林，或抚琴树下，或在崖边小亭里研书。李煜瀛如画中人般入定沉思，只不过隐于俗世中。在这候见厅里，在李煜瀛坚如磐石的睿智面前，来自四面八方的碎语长言和戏码，携着敬意，纷纷上演。他慢声细语地说着话，少有动作。这些人远道而来，带着远方主人口授面书的指令站在门口的侍者面前。在这里大家只听不论。

"您对艺术和政治感兴趣吗？有多大兴趣？百分之十？百

分之二十？"对这个算术问题毫无准备的我信口答道："百分之五十。"他看着我没再说什么，大概不太相信。

该如何跟他谈论日本入侵中国这个迟早要发生的问题呢？我深知法国政府的态度把他置于何种的尴尬境地；他从未停止向中国传递法国人的友情，而今，法国却成为西方列强中唯一对日本持公开支持态度的国家。不难想见其中商人的利益串通，无论在中国还是法国，哪怕最诚实的政治家都不得不对此违心屈从。各大报纸在这些金主的控制下，往往充斥着欺诈和偏激之言。口称为民众的无辜而辩解，却将过错归咎于欺压其软弱、利用其轻信的人，表面维护实为指责：面对滥用专权，软弱就是有罪，而顺从则沦为阴谋最可靠的同谋。正如南京政府清楚看到的，唯一的求助对象就是国际联盟，能力虽微但胜似没有。中国表现出极大的耐心，并证明了自己拥有的权利。如果日本采取进一步行动又该如何呢？那么苏俄就会多一个以资本主义老大自居的好战邻居。看来冲突在所难免。"有可能，"他对我说，"侵略者总有一天会被制止、驱逐，甚至反过来被别人侵略，这是每个践踏他人领土的国家都要付出的代价。即便没有来自外界的力量主持公道，迟早也会受到其他形式的惩罚。如果胜利只会滋生骄纵，令强者从中渔利，那么这胜利就无异于一剂毒药。军党和资本家们会让国内的稳定为自己的利益服务，这样日本就会越来越焦躁不安。"他以古代的两句四字箴言为例，一句描述社会秩序："各守其位。"另一句形容战争的后果："两败俱伤。"

有客来访，是个中年男子，圆圆的脸庞带着精干和率直，他进屋时没关门，后面跟进来两个侍从，抬着顶轿椅，上面躺着他几无生气的同伴，侍从把那人抬起来小心翼翼地放在一张躺椅上。在中国历史上，公元前二十世纪曾有一位贤君，因为偏瘫只剩一条腿和一只胳膊可以动弹，他在位期间出现了路不拾遗、夜不闭户的盛世。这个躺椅上的共和国老兵正忍受着另一种病痛的折磨，整副身躯犹如尚未僵硬的尸体，刀刻般的脸上双目熠熠生辉，残躯依然滋养着思想的烈焰，再没有什么可以让他分心。我不想叨扰三位，政府会议将持续一整天，他们也只有这会儿可以聊聊家务国事。在孙逸仙创立的体制中，商谈是必不可少的程序。部长在未征求顾问的意见之前无法实施任何计划，而要结束这项计划，则必须得到国务院的批示。部长必须参加中央政治委员会、中央执委会和执行委员会在每周规定日期内举行的各项会议，但他有两名副手，一个可以作为其在委员会和理事会中的代表，一个可以代其执行部委之职。法国的部长可没有这种便利，不是被更加频繁地前往议会为自己辩驳或是与委员会纠缠不休吗？民国的这种制度有一个好处，监察之后再做决定。议会制度往往造成这样的情形：一项经过长时间研究的计划被出乎意料地否决，令艰苦磋商的成果在瞬间付诸东流；最著名的要数美国总统威尔逊一案,他同盟军各部长一起合作起草了《凡尔赛和约》,却未能获得美国参议院投票通过。一位等候指令的中国部长只是个代理人,在任何情况下都没有全权之权。外来客们有些坐立不安,想要看看这无休止的争论到底能得出什么结论。中国和美国不同,时间不是用来争分夺秒地赚钱,而犹如一阵轻风,一阵只要懂得驾驭就能行得更远的轻风。

下午,我在法国领事馆受到热情接待,我在那里将行李打包,又把音乐学院刚刚馈赠的礼物放了进去:装着笛子的长匣子和一把精心包起的古琴;听说十六世纪明朝一位出身皇族的著名音乐家曾抚过此琴。李先生的突然出现让我大感意外,本想着不会在此与他重逢的。他趁着空当跑出来,带了几封刚写好的信,准备给他在北平负责接待我的同僚,之前已经发过电报和航空信通知了他们。为了让我不至于在头几天就迷路,他还画了两幅地图,一幅标着预定套房的位置,另一幅是附近可以闲逛的地方。"我们已经尽力为您提供舒适的条件了。缺乏经验,有不周之处,还请您多多包涵。"他的语速并不比平时快,但一口气叮嘱完所有的话,然后笑盈盈地望着我转身离去,我甚至没来得及致谢,那笑容分明是旅途平安的祝愿啊:驾着思绪伴我旅行,每天了解我的所遭所遇,但不会过于挂怀。

乡　间

早晨的阳光穿过空旷的道路，在站台上投下火车的影子，孩子们高举手中装着黄瓜的篮子和扎成捆的报纸在站台上飞跑。木牌上写着站名——徐州，这个名字早在很久之前就已出现在献给一位传奇君主的玉册里，大概至今有三千年了吧。火车在夜间渐渐离开长江往北行去，但仍未走出上海和南京的所属地——江苏省。

昨晚可是过得不易，必须乘船渡过眼前的大河才能达到对岸的北京特快火车站。我想大概是在换乘小船的时候把烟盒给弄丢了，从远地而来泡在青灰色浪涛里的小船工也替我惋惜不已，但劝我还是不要冒险回到车厢。后来烟盒居然找到了，原来是自己忙着出发渡河时弄错了口袋。

地势较低的路段仍旧一片汪洋。木板搭的天桥代替了人行道，连绵不断的过往人流小心地挪动着脚步。水直没到汽车轮毂的位置，只好向慢慢靠过来的船夫求助，把车开到他们的平底船上，再沿江而下直到岸边。小孩儿们在水里只露个脑袋，就像泡在露天的大澡盆里，嬉笑打闹着弄得水花四溅。一个孝顺的小伙子背着个双腿绷直、面无表情的老妇，赶集回来的妇女们像抱孩子似的把包袱紧紧搂在胸前。人们都蹭着脚尖互相让道，愉快地打着招呼。善良的中国百姓，就像在法国，总有法子苦中作乐。

第二章 镜 像

客船又重新航行在河面上，迎面吹来的风激起一簇簇浪花，掀动着船身。政府派来接我的小艇就在前方，但必须先绕过面前这艘巨大的蒸汽船。我们的小船在绕过蒸汽船的时候蹭到了船舷，微微有些晃动，幸亏灵巧的船夫及时稳住了船身。片刻之后，我们已经安然地坐在了小艇的艉楼上，煤油引擎开动了起来，桌上的黄茶冒着热气。"刚才真吓着我了。"同伴对我说道。我知道，这个和气友善、才华出众的官员能以万夫莫当之勇为国家献身。我跟他一样，刚才也看到小船将倾的那一幕。当时我有些担心，但并不害怕，就像那些跌跤的孩子，一边大声说没摔痛，一边强忍住泪水。

欧洲的封建制度要晚于中国，它给后人留下了处变不惊的遗训，就像兵刃相加的斗士面对利刃的冷静。这乃是迎战敌手时的金科玉律，可这种沉着却无法吓退滔天的巨浪和伤寒杆菌。

在上海之役中，一位营长要挑选六十名勇士去完成一项有去无回的任务。连问两次，全营官兵都自告奋勇，只好抽签决定。任务要求趁夜爬过战壕直捣日军阵营前线，每人腰缚炸药，在枪林弹雨之下随时就会引爆。任务顺利完成。一名出租车司机被征往城中码头，日军小队长和四名军士要他运载弹药匣。小队长手拿左轮手枪坐在司机身旁，四名军士步行跟随，司机一下子把车开进河里，顷刻间连车带人全都没入水底。

中国历史上此类故事不胜枚举，最近所发生的不过让无知的外国人士惊讶不已罢了。

粉脸金发，身穿米色大罩衫，大概是美国人。他们下车来活动腿脚，又在出发那一刻跳回车上，回车厢的途中看见我就像对一件家具一样视若无睹。如果是中国人从走廊里经过，会口称打扰，接着跟我闲聊起来。所有人都礼貌地向我表达了对法国人的好意，但当我表示怀有同样好感的时候，他们就会露出怀疑之色：有何凭证，至少得证明法国对别的国家没有那么吝啬苛刻。他们其中一个是铁路监察员，另一个是某省政府的秘书，两人都曾留学美国，并暗示中国真正的朋友在大洋彼岸。我决定返回包厢，里面已经打扫干净。

卧铺车厢的管理员过来查看小桌上的茶水是否还热，见我买了报纸，问道："日本人，作孽啊！您有什么消息吗？"我把报纸递给他，但他仍然想知道我的看法。"国际联盟会帮我们吗？"对他感兴趣的这个问题我可以直言以告，公正的法庭必会认定中国的领土主权。

他一脸凝重地认真听着，并点头称谢，然后拿起茶壶和报纸转身离去。后来我在走廊尽头撞见他和几个同事挤在一起正看那份报纸，而我说的那番话于他就像化在齿畔的糖果，忙不迭地与别人一同回味。

在中国的每个社会阶层中都有爱国主义，但如果刨除中国留学生这部分年轻人，爱国主义就是成为一种私人信仰。

一个中国人属于他的家庭、村庄、工作单位（发放薪水的老板取代了父亲的位置）、行会、省份和民族。这些如同心圆一般的团体经一种天然的纽带相互维系。一国之民不分彼此、相互尊敬，像大家庭一样聚在一起，而国家的概念与这种体系并无固有联系。是君主制的理论学家们以家庭结构的模式引入了国家的概念：首领、大法官、省长、总督和皇帝，在层层相连的等级中掌握最高权威，同时肩负父之于子的责任。这种理想的政府只存在于神话中的君主制下，而中国有幸在最为繁华的盛世中与这一理想擦肩而过，而每个行将就木的王朝就只能与它越走越远了。正如彼时的清朝，朝纲开始败坏，民怨渐起，人们纷纷指责其本性让朝廷利令智昏，从此百姓只好凡事靠自己，直到民国建立仍旧如此，因为新政府还无法让民众重拾信心。但若国家有难，老百姓就会拿起武器奋战到底。我们在上海就曾见到乡野村民和贫民窟的工人从阵亡战士的手中拾起步枪，继续与侵略者战斗。这些游击队员让日本人吃尽了苦头，因而遭到无情杀戮。在押或在审的犯人们在"中国东北"组成了救国帮派，一逮到机会就不断骚扰日伪军。

中国人民懂得在不同的境遇中以不同的方法抗敌，比如抵制日货。在中国卖得动的日货只有棉纺织品和五金制品，此时却连连碰壁，这对本不富庶的日本可是不小的损失。日本人向中国政府连连抱怨，可政府也无能为力：抵制日货并非官方命令。没人知道这股抵制潮从何处开始，通过各种行会、家庭和所有同心不同质的渠道迅速扩大，就像海绵吸水。有人指责中国人排外，何其荒谬。中国的道德观要求对所有人尽到同样的义务，中国人憎恨的不是外国人，而是侵害国家的人：十九世纪仗着坚船利炮在中国土地上作威作福的欧洲人。而今，他们对外来民族看得真切，也分得清敌我。

明天早上达到北平最早也得十一点钟。沉沉的车厢无声无息地滚动着，太阳已经越过我的窗户，光线扫进走廊里。我就着清茶香烟过了一天，看着沿途缓缓而过的风景，壮丽而静谧。列车进入孔子的故乡——著名的山东省。连绵的平原好似一片棕土湖沼，一直漫到陡峭的山峰之下。高粱、小米、玉米和黑麦捆扎成束，或堆放在田里，或垒垛在房舍旁。这是第二季收下来的粮食，做口粮。如果风调雨顺的话，现在播下麦种，夏初时节就可以收割拿去卖了。窄窄的田垄一根杂草也没有，好像尖头犁耙划棱出来一样顺溜。黏土或石头砌成的农舍大多集中在一处，好多留出几亩晒垡田。这样不觉形成了小小的村寨，围墙相连、道路环绕，跟城里相仿，不过每幢房子在天井和花园之间都种了树，既可以乘凉又可以收果子。有时眼帘中闯进一片连着果园的农庄，就像弗朗什孔泰地区的农垦区，周围也种着树：斑斑点点的果实像一盏盏小灯笼在树叶的缝隙间闪烁，形状和颜色好像西红柿；这种香甜多汁、清冽可口的果子叫柿子，欧洲人较为熟悉的叫法是日语名 kaki，这种水果还被引种到了法国的南部地区。

田里散落着柳树丛，树荫下是长满青草的土丘，好像巨型鼹鼠挖刨的隧道，其实是坟茔，修在这里承袭祖先的福荫。惜土如金的农民特意在坟茔四围开凿了沟渠，以示对逝者的尊重。

数百年来，在这块人口稠密的丰沃土地上，人们开发山林、建屋造房。那山顶上正有一座庙，依山而上的坡道上种满松树和侧柏，树木间距颇宽，可见蜿蜒的山道，拐角处浮现出开阔的景色。远处的山势尖削入云，却稳如磐石，峰峰相依、山山相靠，盘绕的山根在地面上铺开来，阴影里紫光浮动，太阳下一片橙黄扑面，就像厚墩墩的布料上利落的切口；这山笼罩着帝王之气。

北平第一日

渐没的九月捻黄了湖面睡莲的叶片，紫禁城与我们仅一湖相隔。堆叠起来的大片枯叶让湖面免受秋风的侵扰，无云的天空下，绛紫的宫城投影在平滑如镜的湖面上。

沿着西湖堤畔走过隔开南湖的河堤，途经竖着竹华盖的小码头，但我们没有停留，而是沿着种满榆树和无花果树的气派大道，朝着大理石拱桥走去，桥拱正冲着北湖。远处，与眼前安然的景色格格不入的是高耸在剑形屋顶下一座雪白的教堂钟楼，还有一个同样惨白、一动不动的看门人，这钟楼是清朝一位皇帝修建的藏传佛教庙堂。我的寓所就在附近，就在墙内树荫掩映下的琉璃瓦之中。我很快就找到防御暗道口走了出来，出口只有一个看守这座公共花园的门卫。想必以前得向当班的军官出示玉制或铜制的通行牌才可出入吧，因为住在这里的每个人都得对宫廷负责。今天这里已改建成大学，李煜瀛为我安排了一套房子。

今早八点我被一个站在车厢口的警察给叫醒了，这时火车已经停下，他口里重复着一句话："骗子[①]！证件！"我先把车票和卧铺号牌掏了出来，也包括前几站的票，接着又掏出护照。但这个身穿墨绿色制服的警察却一脸漠然，只一个劲儿摇头，我可有点着了急。忙不迭跑过来的检票员抱歉地说："不明[②]，他弄错了。"但那警察仍然不依不饶，还嚷嚷着"骗子"。我只好把名片递给他看，可这有什么用呢？真是让人哭笑不得。可当他看见我从钱夹里一叠白色纸片中抽出一张的时候，立刻扑过来一把夺走，接着打了个放行的手势，走了。而我呢，只看见窗外的人流里夹杂着几张欧洲面孔，如潮水般汹涌，人们在天桥楼梯上挤作一团。

---

① 原文为 P'ientzè。

② 原文为 Pou mîng'。

离车厢窗口最近的指示牌上写着"天津中"。我们已进入北平省境内，今称河北，黄河以北，这里以警力出色闻名，可不，那好警察才问了我的姓名，又拿了我的名片呢。

"这就是为什么千万不能在名字上出乱子。"听我述说一切的朋友说道。至今人们仍恪守不与同姓家族结亲的传统婚俗，哪怕祖宗十八代之前都没有沾亲带故的也不行；这种情况在一个姓氏不多的国家（几乎所有省份都使用同样几个姓氏）可是常事。因为姓名并非一个含糊的符号，而是词语捕捉到的生命迹象，而当人们需要为维护自己姓氏挺身而战时，所有人都对此深信不疑。而在中国，名字中含有寓意，无论家族祠堂的祖先牌位，还是官方祭祀的庙宇，有名字就够了，肖像是次要之物，这就是为什么中国没有偶像崇拜。

原本计划来一次哲学家的漫步，但这次似乎不同寻常，结伴而行的乃是两个欧洲人。威图德·雅布朗斯基（Witold Jablonski）可比哲学家要强：一个眼界比法国人更宽，几乎张口必谈古典时期的人道主义者。因为来中国之前，他在家乡的自然观察站里神游了欧洲大地，他了解这些地区的语言和伟大的文学。他还有个胜于人道主义者的身份：波兰领主。从没结识过一位纯正波兰贵族（我的意思是纯正的波兰人）的人，全然不知思想与自尊、善意与慷慨的和谐是多么难得。我在巴黎认识的他，他就是在去年从那里出发来到北平。他在一所大学教课，住在"欧美归国留学生公寓"，从来不去专售外国人用品的商店，就是英语行话中所说的"curios"。像今天这样的外出，我怕是再找不到比他更好的旅伴了，不过我的计划中可不会再安排这样的行程了。

沿着大理石桥一路往前，穿过外城一扇气势恢宏的大门，来到一条沿着笔直河渠修建的大道，这是城墙的第一道防线。这里就是内廷了，坐定东南西北四点的正长方形，大小如同一座城池，四周护有角面堡，因为皇帝的寝宫、御花园和觐见殿都在内廷。就像巴黎的卢浮宫，现在这座皇城也划归国家所有。四面城墙正中各有一座重檐庑殿顶檐的城门，一名守卫负责售票和维持入城秩序，游客只能朝一个方向从那些可望而不可即的珍宝前走过。家具、绘画、书法、青铜或玉制的花瓶、池塘、亭台楼阁和百年古树，还有庄严肃穆的大理石台阶，不禁让人联想皇帝在这儿度过的日子。现在，这里的一切都向公众开放，就像博物馆的展厅。学生们缓缓移动脚步，和我们一起细细解读着风景画天花板上的诗句；中国画与法国绘画不同，并不满足于惟妙惟肖的模仿；中国画可以借助自然之物谱写出不同的交响曲，画家本人或是某位文友从中获得灵感写下诗句；画作完成之后，常常几易其主而留下爱画之人的签名、印章，或是诗题评论等，内容因此越见丰富。中国文字的丰富多变远胜于法文，与绘画相得益彰。

书法本身就是一门艺术，这些白色布幅上书写的大字，没有任何其他衬托，只有笔画和字所包含的意思，就已堪称杰作。风骨[①]：这一双重隐喻指出了书法应当具备的神韵。思想的清风托起刚劲的笔画翛然而落，突然发力的弯曲又不致折断，与脑海中的想法合二为一，或笔走游龙，或点顿收势。骨架要站得稳当，不管分散聚拢还是此撇彼捺，总保持一定的顺序，这是肋骨和胫骨，那是脊椎和髋骨，油亮的浓黑色定下了轮廓，停顿片刻再次起笔，留下一片墨迹如云如雾。书法可张可弛，随笔而行的目光将跳动的笔触传入心扉。

"下笔如有神"，这句一千五百年前的古训如今仍被画家奉为金科玉律，通过书法可以更好地体会这句话。世间万物就是一个个象形文字，艺术家通过具有特殊意义的行为使之重现，我们应该像读诗那样去欣赏一幅画作。静止的空间只有在隽永的凝固中流动起来才会迸发出生命的神采。

"快过来坐！"刺耳的喊声引得我们回头看去，那位满脸兴奋的妇女不是冲着我们喊的，她趁守卫走开的当儿瘫在一张黄色丝面的躺椅上，看颜色就知道这曾是皇家物品。一个年轻人，大概是她的儿子或女婿，背着口渴时沏茶用的暖水瓶，听见喊声，拉着胖乎乎的妻子过来坐下。女人身边还跟着两个小孩，显然没有坐在这张气派的椅子上洋洋自得的父母和祖母那么兴致盎然，就像法国的老百姓趁着暴乱闯进杜

[①] 原文为 Foung kou。

乐丽宫，神气活现地登上宝座，逼迫路易十六戴上革命小帽。受压迫的人们总爱这样实施报复。

我们顺着人流来到门外，只要穿过面前的大道就可以重归宁静。正对城门的那扇门通往王宫里的一处旧园子，如今成了公共花园。园子修在有三个峰坡的山丘上，每个坡上都有一座小亭。人们把这山丘称作景山①，或煤山②，为避免名字过俗，明朝时改为万寿山③，意为万年之山，也就是万岁爷的山。碎砂石的小道顺着山坡缓缓而上，两旁种着侧柏，满是岁月沟壑的树干撑起一片依然四季常青的叶冠。迎面走来几个路人，眼睛也不抬地继续着他们的神思遐游，还有一些坐在路旁的长椅（好像卢森堡公园里的那样）上休息，我们就好像从他们眼帘中晃过的游影。

未免太过疲累，且本着意犹未尽才是旅游之最佳境地的宗旨，我们两人决定不再继续朝前走。东侧坡上来路的旁边，一道木栅栏围起的空地上是一株早就寿终正寝的枯树，跟刚才路旁看到的一样，不过树干上缠着铁链以赎渎君之罪。一根粗壮的侧枝向外伸出，就像支撑深色针瓦檐廊柱的小梁，明朝的亡国之君于一六四四年四月九日④清晨在此上吊自尽，

---

① 原文为 King chan。
② 原文为 Mei chan。
③ 原文为 Wan soei chan。
④ 此处日期有误。应为四月二十五日。

因为当时起义军已胜局在握。按照惯例，黎明时分要敲钟传唤大臣上朝，可那天一个人也没来，皇宫里空空如也，大家要么逃跑要么投敌。人们找到皇帝的尸首时，袍子上用鲜血写着天子最后的圣旨：

> 虽朕薄德匪躬，上干天咎，然皆诸臣之误朕也。
> 联死无面目见祖宗于地下，去朕冠冕，以发覆面，任贼分裂朕尸，勿伤百姓一人。一人。

一九一一年，正是清朝将倾之时，皇位继承人甚至无法出现在祭奠上向民众致意，因为那是个四岁的幼童。其他的王子王孙尽管再也无法像从前那样讲究排场，但仍可住在城里的府邸中。国民政府在小皇帝成年时拨给他一笔钱，在北京和天津两地置办了一套设施齐全的房舍，保其衣食无忧。日本人占了东北，末代皇帝答应登上"满洲国"的新皇位。如果一八七一年普鲁士人许诺给拿破仑三世一个阿尔萨斯王国，他也会欣然接受；又或者反过来，倘若法国人在一九一九年给德国王储许下同样的好处呢。此前一年，末代皇帝于一九二三年选自满族大户的一个妻子离开了他，并威胁说如果胆敢强留，就到法庭告他虐待，并提出离婚诉讼。为避免家丑外扬，庭下调解判他每月支付赡养费五千大洋，相当于三万法郎。但判决期间，末代皇帝已经离开天津去到

"满洲国",笃定在那里可以躲过法庭的判决,因此拒不支付赡养费。直到几个在中国还做着饭店生意的朋友苦苦相劝,再加上本族一位王爷的介入,才把所欠款项偿清。

李煜瀛先生真有先见之明,幸好他在南京给了我一幅北京寓所的地图,悔不该在出门时把它忘在了桌上,这下可好。应该不会弄错门洞的呀,可一路望过去,每栋楼都有一扇朱漆大门,造型一模一样,都是三道台阶加一座驱恶避邪的石屏。附近的指示牌只让人愈发糊涂,一个上面写着某某技术学校,另一个写着什么行政办公室。我们徒劳地绕着大街转了两圈,最后问到一个警察,他认真地听我们解释,就像对待每个中国同胞那样。思索片刻之后,他把我们带到一条平行的、差不多模样的大道上。雨檐下站着几个小时前头一次见我的门房,他认出了我,挥着手向我示意。

福禄居

"面包好吃吗?我是在一家法国面包店买的呢。"指派给我的小伙计恭敬得不得了,为了不扫他的兴,我就着最后一杯茶又吃了一片。这伙计像个士兵一样立正站在几步外的大管家面前,一袭黑袍,剃了头,满面庄重,眼皮耷拉着,就像隐修院里渐渐老成的小杂役,虔诚地专注于眼前这卑微却不得不做的活计。

海蓝和珊瑚红双色窗间墙的雕木走廊里，伙计侍候在房间的玻璃屏风前等我起床。我告诉他一天的安排，然后他郑重其事地一字一句重复道："中午有约，晚上不回来吃饭，十点钟备车。"

他的诚实守信让我打消了紧锁抽屉的顾虑。每次差他去买邮票或香烟，回来之后他必定会立即拿出细心圈点过的票据，总显得落落大方。无论我几点回来，脚才踏进第一道院子他就会飞跑过来；跟我打招呼时总是轻轻点头，双手平放在胸前，不卑不亢。走到三阶门槛前时，他总会搀着我的手肘，就像是对老人家或主人的必尽之责。我大衣还没来得及挂起来，热茶就已经端上来了。

我住在第三道院子的西角，齐整的院子铺着方砖，种着几棵野生苹果树；我总在早晨时分看见年轻的小伙计跳起来摘那枝头上如樱桃般红彤彤的红果子。琉璃瓦的屋顶下支撑着透明的小梁。但如今房间顶部封上了漆木的天花板，和墙壁一体都是英式风格。房间尽头新加了一扇隔板，后面是浴室，和隔壁饭厅一样，摆着中国造的欧式家具。这几处宅子现在属于由李煜瀛管理的北平中国大学[①]。但如果要跟人力车夫、司机或是小贩通报地址，就得使用他们惯用的旧名："中

[①] 由孙中山等辛亥革命先驱在北京创办的私立大家。初名国民大学，一九一七年改名为中国大学。一九一三年四月开学，一九四九年四月停办，历时三十六年。

海福禄居[①]。"

那么以前又是什么人住在这些巧致的房舍中呢？我很容易想到那些，按照史学家的说法，被"供养"的宫女。好几个人挤在一个屋檐下，就像其中一个郁郁寡欢的宫女所说，不得不"在帘后梳妆"，一首公元前二世纪的古诗描绘了此种情形。而廊前盛满石雕水果和花簇的瓮罐则是清朝末年一位皇帝命人放置的，就像特里亚农（Trianon）庄园里敬献给波蒙纳（Pomone）女神的祭品。房子的年代不算久远，但宫廷礼俗尤其是妇女闺房中的礼俗百年间却几无改变。这些隐居深宫的女子如何在宦官（其存在始于两千年前，终于一九一一年大革命）的监视下打发时光呢，除了钩心斗角、说长道短，有文化的尚可吟诗作画，其他人怕也只能对镜贴花黄了吧？若她们其中的一个被皇帝看中，就有幸跨过紫栅墙，在开满睡莲的湖畔博得龙颜一笑，获得恩宠，那么就可以指望着诞下的龙种成为太子，在新君登位那天荣膺皇太后之衔。中国历史上的女性一直对政治有着巨大的影响。有兴邦盛国之主，也有毁国灭家之辈。很多人都靠这际遇之争飞黄腾达，慈禧太后就是如此，在执掌清朝政权最后的岁月中以强悍姿态令世界侧目。

---

① 原文为 Fou lou kiu。

但天子的垂青可能转瞬即逝，那只能重回深宫，生活虽百无聊赖却也衣食无忧，这样的日子已经羡煞了未老先衰的苦役妇人。一位女诗人就经历了这样的遭遇，为皇帝生下的两个女儿都死在襁褓之中，有感而发作诗一首：

> 惟人生兮一生，勿一过分若浮。
> 已独享兮高明，处生民兮极休。
> 勉虞精兮极乐，与福禄兮无期。
> 绿衣兮白华，自古兮有之。[①]

她就这样借着隽永的回忆疗抚心伤。顿挫断句的格律是当时的风尚，诗句独特之处在于结尾处渐缓直至消失的韵律，带着一丝轻描淡写的孤傲淡雅。而她用来形容幸福的"福禄"一词被沿用至今，福禄居，幸福的安身之地。

冷面美人

中国二十四大史官里的头一个——司马迁，是公元前二世纪末西汉王朝的太史令，在书中记述了周幽王的不幸经历。

[①] 出自西汉班婕妤的《自伤赋》。

周幽王在继位的第三年，即公元前七百七十八年，迷恋上一个名叫褒姒的妃子，甚至不惜废黜王后和太子而把褒姒封为后宫之主，将其未足月的儿子立为储君。司马迁在遍查旧史之后不禁长叹道："周朝将亡矣！"

史书对这一时期的记载完整详尽，其中说到约公元前二十世纪，夏后氏建立了第一个世袭王朝，他死后有两条神龙停在朝廷前："余，褒之二君。"褒国之名一直沿传至今，该地位于今山西省境内，当时的西部边界。夏朝的君主不知是该杀掉它们、赶跑它们，还是留住它们，于是命人卜卦。结果卦象都不吉利。王又占卜是否该把龙的唾液收集起来，结果大吉。于是写成简策向二龙祷告，两条神龙在留下唾液后就消失不见了。夏王将龙涎藏于密匣内，后来传至殷朝，又传至建立于公元前十二世纪的周朝。但到公元前九世纪后期、周厉王末年，有人因好奇竟然将密匣打开，龙涎流在殿上，无论如何擦拭不掉。周厉王得知后按照一道咒语所示——因为龙涎乃其精气所化，含阳气或正气，可被相反之气所激发——叫来一群赤身裸体的宫女对着龙涎大喊，结果唾液变成一只蜥蜴，爬进了厉王的后宫。后宫有个六七岁刚刚换了乳牙的小宫女，正巧碰上这只大蜥蜴，成年后竟无故怀孕，惊恐万状的女孩把孩子扔在了荒郊。这一年，周宣王即位，有一天听到一群小女孩唱着这样的儿歌："檿弧箕服，实亡周国。"那个年代，人们都相信看似幼稚的儿歌实际暗含喻世之兆，而这种民间信仰还会持续很久。宣王发现一对穷夫妻正好在贩卖山桑弓和箕木箭囊，便颁下杀无赦的命令，但两人侥幸逃脱。

夫妻俩逃到大路边，夜里听见婴儿的啼哭声，原来就是那个被小宫女抛弃的孩子。他们心生怜悯，冒险带着孩子一直逃到褒国，在那儿找到一户人家收留了女婴，后来，女孩长成了拥有沉鱼落雁之貌的美人。

曾经得罪过周朝的褒国人为了弥补过失，把这个女孩献给了国王，她后来以褒姒之名成了国王的宠妃。

集万千宠爱于一身的褒姒却始终冷若冰霜、愁眉不展。周幽王为博美人一笑，竟然想出点燃烽火台的主意。烽火台原为狼粪所堆砌，点燃后夜可望火、日可见烟，有敌来犯时用来召集各路诸侯。诸侯们看见狼烟纷纷赶来，却不见半个敌寇，这一招果然让褒姒开怀大笑，周幽王忍不住屡屡使用此法，以博爱妃欢心。

被废的王后联合了以狗和远古动物为图腾的西方蛮部。这些部落的族人个个精于骑射，很快就攻到边境。幽王慌忙点燃烽火召集诸侯，可这一次再也没人派来救兵。最后幽王被杀，褒妃被犬戎掳走。

我重读这段历史是因为昨天在博物馆里看到一幅肖像。跟上古之作相比，这幅画就像昨天才完成最后一笔：画中人查香妃死于一七五八年①。那个时代的绘画特点了然于目：鲜亮的颜色，细腻的画风，稍带点儿斧凿之气的优雅，仿佛画师曾在路易十五的宫廷中学艺。虽然从客观上来讲这是不可能的，但一个世纪就像一个季节，影响到的不止一种气候。中世纪的中国一如同时期的法国，拥有雉堞高耸的城墙和惊心动魄的武侠小说：《三国志》就因其浪漫的英雄主义和忠贞的兄弟情谊而大受欢迎。可以说十八世纪的欧洲和东亚都受到同一种风雅文化的浸淫。

那弓和箭囊就像朗克雷（Lancret）或是布歇（Boucher）画作中神话故事的元素，在这幅画里不知所踪。弓和箭囊倒是跟画中人骄傲不羁的神情有几分相符，她胸膛挺得笔直，小巧的脸庞微微抬起，长睫毛下一双清澈的眼眸。或许她的血脉里流淌着龙的唾液，要不怎么紧紧抿住的双唇不带一丝笑意呢。

瓷器爱好者大多知道乾隆的名号，他在位时间之长和功勋之著可与圣祖康熙媲美。和先祖一样，乾隆身为满人但深受汉文化的影响，从他诏书中的慷慨陈词就可见一斑。乾隆能文善诗，在一个崇尚写作艺术的国家里也堪称富有才华的作家。这间大厅里悬挂着乾隆亲题的对联，笔走游龙、剑指偏锋、浓墨顿点，可见其书法功力之深厚。

---

① 此处年份有误。应为一七八八年。

乾隆除了文治，武功也不逊色，在中亚大大拓展了清朝的疆土。乾隆二十年，皇帝派兵征伐西北叛乱，但由于轻敌而全军覆灭。不止一个大国犯下这样贸然远征的错误。那时的清朝富庶强盛，朝廷在重新制定周密计划之后再次发兵，终于志得意满而归。叛军头领率残部逃走，不肯离开的公主最终成为阶下囚被带回北京。她的美名很早就已传遍京师，皇帝这下见到真人觉得比想象的还要迷人，赐名香妃——身怀异香的妃子。看来这朵花会散发出奇异的香味。

然而香妃对故土念念不忘，身在金碧辉煌的宫殿却对周围的一切都漠然无视，令人无法亲近。皇帝对她温言相劝，抱歉因政治需要伤害了她的族人，即便如此也从未得到香妃的半句回应。乾隆帝虽然可以轻易逼她就范，但却一心一意想得到美人芳心。若不是一位清朝将军以此为主题写了部戏，恐怕会以为这是一幕出自伏尔泰戏剧里王室情人向叛逆女俘求爱的情节吧。

宫里的其他嫔妃对香妃嫉妒不已，也对她拒绝恩宠深感不解，于是逼迫香妃离开，香妃大怒，抽出短刀以死威胁。皇太后因此替皇帝深感忧虑，终于趁一次乾隆狩猎未归，将香妃赐死。

北平街巷

很多朋友都跟我抱怨住在前不着村后不着店的地方有多么不便。我虽有辆汽车可供使唤，但如果路途不远，倒宁愿叫辆人力两轮车，法国人称为"pousses"，英国人称为"rickshaws"，而中国人则称为"洋车"，因为这种车五十年前打东洋而来。北平大约有八万名洋车夫，少数走运的被有钱人家雇去，剩下的都只能挣个温饱。大多数人都没有成家，整个白天都在路上拉生意，只穿短裤、棉褂，很多人连住的地方都没有，晚上就睡在车棚里。冬天因为天气寒冷，客人不多。这些车夫日日奔波、忍受天寒地冻，因此常常受到肺结核或肺炎的侵袭，甚至因此丧命。所以做这行的大多活不过四十。有人死去，就有人顶上来，所以到现在，这群生活困苦不堪的车夫人数并没怎么变化。客人总会根据车程讨价还价，按法郎算，从六十生丁到三法郎不等。价钱一经谈妥就立刻上路，抵达目的地时也决不会索要更多，所以无需警察插手。

纵横交错的大道从北至南、从东至西，又宽敞又干净，车夫们成群结伙地站在街口四下张望着，戴着白手套指示道路，好像一个个整齐划一的信号台。他们也就协调一些诸如横穿马路和乱停乱靠之类的小差小错。在这些人口稠密的街区，夯土人行道上的大多是工人，我从未看见有人喝得酒气冲天，也没看见过打架斗殴或激烈口角。不过他们说话的声音倒是很高，互相玩笑地聊着天，有时爆一两句粗口，惹得同伴乐不可支，仅此而已。

一天晚上，我叫了辆洋车去朋友家吃饭，地方不远，我把路名告诉车夫，他问道："哪条路？"这点上，北平跟伦敦的情形相仿，同一条路在不同的街区有不同的叫法。我没办法解释清楚，只能相信他的本能了。我们穿街过巷，路上的车越来越少，房子也越来越低矮。我叫车停下。不一会儿围过来一群好心人，我记得朋友家就在法学院附近，可没人知道法学院。只好继续转悠，后来我听到火车的汽笛声，估计已到了绕城铁路附近，看来是彻底迷失方向了。眼前只有一条布满车辙、坑洼不平的道路，路两旁尽是破烂不堪的房舍。车夫也不能确定，只凭着感觉停在一所门牌号相同的屋子前，用询问的目光看着我，趁便歇口气。门缝里透出暗红的微光，一阵阵好像敲手鼓的猛烈声响从稀松的灰泥墙内传出来。我犹豫着要不要下车，但又不想冒犯车夫，这时走过来一个路人替我解了围，他告诉我们这里住的都是制革工人。那响声可能是有人在状若巫师洞穴的屋子里捶打皮革。没法子，只能沿路返回。当我看见自己寓所的那一刻，心里别提多高兴了。司机正在门口等着我，以前都是他送我，所以这会儿斜眼看着寒酸的洋车夫，这车夫连声道歉，客气着收下了双倍路程的报酬。

另一天早上，一个健硕的车夫轻快地拉着我在紫禁城南面的大道上飞奔。这时前面出现一队年轻人，男的黑色长衫，女的蓝色短裙，手中高举白色的巨型条幅，好像节日的游行队伍，不过气氛更激昂。等走近了，我才看清条幅上写着打倒日本帝国主义和斥责外国列强不公之类的标语；队伍一直呼喊着反战口号，电车打着铃铛穿过，汽车纷纷绕道而行，过往行人停下脚步但并不显得十分吃惊，看来大家对此已经见怪不怪。命运让我生在了大陆的另一端，给了我一副任何一个亚洲人也不会混淆的面孔。车夫健步如飞，我们已经和游行队伍近在咫尺。我无论如何不愿让他减速或掉头，因为要让道给过往车辆，几乎跟步行的队伍擦肩而行。所有人都在打量我，但对我这个如假包换的欧洲人，这些义愤填膺的年轻人并没有做出任何威胁的手势或抛出任何冒犯的言辞。刚刚走到跟队伍平行时，他们就秩序井然地向左转去，朝着一座罩在中门穹顶下的大理石桥走去，渐渐出了我的视线。那大门就像个经年不变守护在此的老嬷嬷，脾气暴烈而又威严不可侵犯，两道钩形瓦檐好像是她沉重的发冠。老迈的中国迎来了自己的孩子。

大道之外的小路交织成一张长方形的网，宽窄刚够两辆车通过。但商业区人流熙熙攘攘，乘车还不如坐黄包车或步行来得快。在中国开车的人都知道，行人不到车跟前是不会停下的。并不是因为他们比欧洲人粗枝大叶，是因为有底气，全仰仗着相互间的体谅之心。行人知道司机既灵巧又谨慎，哪怕再是拥挤的首都，也很少发生事故。我有个朋友早上急急忙忙骑车去学校上班，撞倒了人，后来跟我讲的时候情绪还十分激动，就像被撞的是他：

——那个老人家没听见我按铃，要不就是在想别的事。一下子被我撞倒在地，口里呻吟着："我的腿，可怜见儿的唉！三月前才摔的，刚好，又要受罪了！"我搀着他勉勉强强站起来，试着走了几步：腿没事。我要给他钱，可他就是不要，还说："您没把我怎么着，不用给钱。"然后就走了，还回头跟我说："别惦记啊。"

无论哪国的零售商都会想尽法子把自己的货架布置得与众不同，好招揽更多顾客。在这也是一样，赏心悦目的橱窗里放着丝制的套鞋，里面垫着白毡子鞋垫，旁边是闪闪亮的皮革靴子，欧美式样；另外一家撑着彩色的雨檐；还有的挂着漂亮精巧、式样不一的裙子，各式照相机排得整整齐齐，拍人和拍景的都有；另有毡帽和中式软帽放在一处，还有毛制便帽。各家店铺随您所欲，想进哪家进哪家。尽可以顺着看，货比三家，看中了再进去仔细衡量，就像参观博物馆。店伙计等在一旁招呼客人，无论买不买都笑脸相迎，笑脸相送。开店做买卖就好比领人到家里做客，肯定希望把家里布置得漂漂亮亮，所以店主们总是用招牌彩旗之类的把门脸包裹得如同节庆一般。

　　主人家最期待的就是客人感到心满意足，除却花哨的外部装饰，店主会让每位来客感到宾至如归。这条街上的店铺没有橱窗，老主顾只要看看侧柱上的字样就心里有数了。这是玉器商人聚集的街区。可不要把这种含有石灰质和氧化硅的硅酸盐同翡翠混为一谈，翡翠所含成分是氢氧化钠和氧化铝，只产于散布在中国新疆山区的矿脉中，在顺山而下的激流中也能发现小块的翡翠矿石。翡翠以前是皇帝奖赏臣子的专用物品，皇帝本人则用白玉。白玉跟黑玉、花玉和绿玉相比，光泽更柔润，至今仍广受青睐。还有一种更为珍稀的玉石：黄玉，因为在地下埋藏时间更久而形成独一无二的黄色，在石头上留下永久的时间印记。

　　古老的礼俗将玉石视为所有美德的象征，因为它具有如人性般广博、如知识般细密、如正义般无瑕，如智慧般珍贵的特质。这间厅堂敞亮安静，落下的帘子把街上的嘈杂都搁在了外面，尽可以从容欣赏货架上的器物。镂空吊坠、底座上印有凤纹图章的花瓶，还有净透如月光的茶盏。不仅可以一饱眼福，还能用手触摸。在手中把玩玉器，感觉那棱角的细腻、质地的紧实和表面的温润。玉是有心有灵的石头。

　　弦乐铺子位于远处的僻静角落，门上只写着师傅的名字。狭长店面的天花板上悬挂着一排身形硕大的琵琶。附近作坊的工人们刚刚收工，还挂着沾满木屑的围裙，跑来看我这个正谈论着琴的洋人。我想把在南京得来的古琴装起来，这得配齐三个部件。第一件是弦，第二件是丝制绒剅，第三件是与绒剅配套的琴轸，琴轸平整的一面借助摩擦力与琴的底部相抵，旋扭即可拉紧琴弦。如果不是这位对事事都感兴趣的热心友人相陪，我可就要劳神了。他出身北平首屈一指的大户人家，父亲曾是清朝旧部大臣，从小耳濡目染养成了学习的兴趣，后来又到法国深造。

我们沿着书店一条街往回转，这里最是热闹。男女学生们在珍本书橱窗前流连，另外一些则拥在窗户上的一条告示前，见一个老书生下了人力车，忙闪开道路，老者走进店内，里面的人都忙不迭地施礼。前些天，我一个人到这里的一家店里查询订购的图书。今天是我第二次造访，店主没认出我，但马上把我让进里间，还端了茶来。这里面专门存放价值不菲的珍贵书籍，从地板一直堆到天花板，掩住了整面墙。

一间敞着门的作坊里，几个工人弓身伏在几块斜放着的大石板上，正用刻刀雕写碑文。最年长的那位站起身来特意跟我朋友点了点头，就是他在五年前替我朋友的父亲刻了墓志铭，至今仍将那块碑石当作自己最满意的作品之一。

富人区的道路夹在一堵一堵的墙中间，墙内偶尔探出几绺树枝。每隔几步就能看到一道琉璃瓦的房檐，下面掩着两扇紧闭的朱红门。可别走错了门，因为这里的门牌常常不按顺序标示，邻里间又不大熟悉，所以若弄错了门牌就没人能帮上忙的。来客被引到一条封闭的前廊，从这里经旁边的过道走进花园，转过花园看见一幢对着入口的房子，这是几间会客厅。其余几幢分散在树荫下的屋舍，由回廊联结，或为卧室或为书房。这样，每座院落里的人家就都有自己的私密空间，宛若小小的城中城。

我们发现路旁停着一溜空车，车夫们正排坐着吃晚饭。这是中国人的好客之道，仆人和车夫都聚在一起，享用一顿不比主人饭食逊色的晚餐。夜里回去的路上，只听见寂静中树叶沙沙作响。一幢幢房子仿佛坠入梦乡，隐起身形，就算在梦中也不会有人注意到我的存在。我甚至忘记了自己，隐匿在这世界里，像一滴汇入大海的水珠。

法国公馆

背倚着南城墙的使馆区呈现出一派外交的和谐平静。欧式风格的石质馆驿，只是列柱和开放式的回廊透出几分殖民气息。甬道通往独立的花园，道口把守着石狮和身着该国制服的哨兵。可别小看了这些厚实的围墙，就是它们当年抵挡住了义和团的围攻。如同太平天国，这个爱国组织五十年前兴起时也是以驱逐鞑满为目标。慈禧太后对此深感不安，自以为把这场运动的矛头所指转向洋人的招数实在高明,其实不过让摇摇欲坠的清王朝多苟延残喘了几年,而代价是国家财政至今还背负巨额赔款的重压,更糟糕的是留在人民心中的伤痛记忆。

站在威严壮丽的大道上,会以为身在凡尔赛,若看见木然坐在车上的年轻女子,一副对当地人不理不睬的样子,又会觉得到了印度群岛。我来到法国公馆前,守在门口的中士向我点头示意,而没有像头两天那样敬军礼:成了熟客之后,我在这里就像在家里一样自在了。

如何能拒绝法国领事的邀请呢,尤其是领事韦礼德先生?他的思想令人惊叹,他的和蔼令人眷恋,他的经历叫人眼界大开。他熟谙中国的文化习俗,讲得一口流利的汉语。他了解这个民族的长短优劣、美德与光荣、过失与不幸。所有国家都正在经历的思想动荡成为一股贻害中国的狂暴热潮;这股动荡牵涉到时局、时人,但对后者倒是无法把握的。中国人比任何一个民族都懂得欣赏慷慨赤诚的友情:尊重并倾听。

韦礼德先生所拥有的这些高贵品质在外交界并不少见。经他介绍我认识了不少其他国家的领事和工作人员,他们身上也闪烁着同样的亮点,只不过表现方式不同而已。有一天我问他们其中一个,是否能从中日双方都秉着诚信姿态就东北所签订的各项条款中归纳出清晰的含义,他满腹怀疑地答道:"肯定没办法说清楚,所有的条款都是一样。如果某一条款只允许有一种解释,那么这一解释将永远不可能为双方所同时接受。"这一天,我在须臾之间上了一生中关于外交史最好的一课。

传教士最懂得如何对中国人的信仰提出各种问题,而这些在中国居住了一段时日的外交人员就是最有资格评价时下国情的人。但集权(本身即是通讯便利的产物)常常通过一根电报机线就可以把他们羁绊住,把人的行动自由度减到最低。什么都比不上直接的接触,应该面对面地商讨、解答疑问、找出做出决定的理由,以便掌握最佳时机。法国的政治人物深谙此道,所以常常互访,他们从未像现在这样频繁地出行。而来自法国本土的一道道政令却把这些理智机敏的外交官们绑得牢牢的,他们没有用武之地,沦为不停向所驻国外交官传递本国政府咨文的信使。

中国人的待客之道

我离开福禄居时答应那个忠诚的仆人还会再回来,我也期望日后能重返旧地。他的另一个同伴总在每天早晨准时为我送来早餐并问候早安,然后在隔壁房间里备好洗澡水。内仆、外从、信差、厨师和司机全都是中国人。从第一天开始他们就注意到我会说汉语，对我的照顾关注也是与日俱增，其中一个还看到我在读一部中国文学作品。没有什么比看见一个外国人用心研习中国的历史文化更能打动一个中国人的了。他们不管有没有读过书都对知识满怀崇敬。他们中在有限条件下努力求知的大有人在。一天晚上，守在前厅等我回来的年轻伙计正往布条上抄写一句格言，我夸他字写得好，可他却显得有点窘，一问才知道，他觉得拿了这份工钱就不该做不相干的事，所以我也没再坚持。

领事夫人刚回了法国，过些日子才回来，在此期间，日常事务就由韦礼德先生的侄女德·卡尔蒂耶小姐来打理。尽管家仆们个个尽心做事，可管理这么多人也是件劳心费神的差事，绝非想象中那么简单。有一天，大厨因为不堪无端指责而辞了职，我们只好改去北京饭店吃中饭。接近傍晚时已经凉气袭人，可我们却吃惊地看到一位年轻的意大利外交官还穿着夏天的薄外套。他也是中国的朋友，尴尬地向我们吐露，原来是皮大衣被人偷走了。后来真相浮出水面，大衣被窃并非小偷所为，而是二管家的复仇行为：对大管家位置垂涎已久的他想以此逼迫大管家离开，于是使出嫁祸于人的招数。我回到欧洲之后也曾遇见过一位中国店老板，一个眼里容不得沙子、忠实诚信的人。只要有人经过开着门的备餐室，他就一定会起身过来，边给我们介绍各样菜式，边主动拉着家常。他法语说得很流利，但特别愿意跟我说汉语："先生您说得对,这个'满洲国'皇帝就是个小傻蛋。"又或是:"先生您现在去取书过早了吧?这会儿该还在南京呢。"他看了我放在书桌上的手稿,但其他东西一点儿也没碰。后来他找了个可有可无的理由离开了,我也未能了解真正的原因,但我能看出来他走时很不痛快。我所有的中国朋友都会时不时抱怨家里的仆人有时太过随意,但也都能够欣然接受。"家仆"就意味着加入大家庭的一种方式,在法文①中也是相同意味。当仆人们之间意见相左时,他们总会等着主人的答复。即便是在会馆富丽堂皇的大厅里,如果我再多要一块方糖,侍者不会反驳,但会小声嘟囔:"我刚不是才放了一块吗?"我也小声地回答说:"我知道。"这样也就过去了。中国人从不会低声下气,无论身份如何,都应该把对方当作一个人来对待。是人就会有情绪,因为人都有知觉,如果他不高兴,那是因为他觉得自己的工作被对方忽略了。

文明社会

北平到了,当我看见站台上笑盈盈的陈先生时真是既感动又诧异,他曾任民国驻法公使,在巴黎生活的数年中留下

---

① 原文为 domestique,除了有"仆人"的意思,还有"家庭的,家内的"含义。

了一生最美好的回忆,我就是在巴黎有幸结识了他。他不仅是经验老到的外交家,还是个才华出众的诗人,爱这世上美丽的事物。他来接我实在令人大喜过望。心思细腻的他看出我的离乡之苦,在北平期间一直悉心地照料我。在他雅致的寓所里,我感受到的不仅是诚挚的友情,还有家庭的温馨。

他还让我接触到北平的精英阶层,只未能见到因故缺席的新任外交部部长郭泰祺先生。当初郭泰祺坚持要随专案委员会(他也是成员之一)前往中国东北,日本人对他提出严重警告,并声明发生意外,日方概不负责。但我有幸向优雅聪慧的郭夫人表达了对其夫才华的欣赏,更对他本人的热情和勇气钦佩有加。

我应邀参加的宴会无不气派非凡、热诚无比,各式菜肴美味无比。大家轮流做东款待我,每个人都跟我介绍家乡最出名的特色菜,若我肯尝一口,他们便高兴得不得了。于是我每次都忍不住贪嘴,但若主人高兴,也可减轻些负罪感了。最让我忍俊不禁的是有次无意中听见一位客人低声对身旁的人说(用的还是我的中文名):"莱先生吃很多①。"

我们永远有说不完的话,但很少谈论政治,而是像在法国那样谈论在场或没在场的朋友,也常常兴高采烈地探讨文学和艺术。每个人都微笑着各抒己见,或者开个无关痛痒的

---

① 原文为 "Lai sien-cheng tch'eu hen to"。

玩笑引得对方发话反驳。大家也会玩一玩纸牌之类的游戏，不过更有趣的还是带着友善火药味的唇枪舌剑。

中国式生活中充满了这些令人愉悦的交流方式，因此比欧式生活更紧凑也更和谐。这种生活构筑起牢固的屏障以维持一定的秩序，孔子及其弟子以礼教之名为这一屏障建立起一套道德义务的严密体系。大部分外国人的游记所体现的巨大不同就在于此，读来可以发现其中一些人只在官面场合接触过中国人，或是只跟下层贱民打过交道，后一种人在哪个国家都一样，本性暴露时越发显出暴虐性情。

礼教就像一枚贝壳，提供了一个空心模具，对这个模具不仅需要估量，还得改变标记，变阴模为阳模，以形成新的内在物质，但特征发生改变，化被动为主动，以形成新的内瓤。在这层外壳的所有破损之处，肉质都会马上发炎、生疮：社会肌体形成毒瘤。

青春之殇

中国所承受的痛苦有目共睹，而外国人通过内战和政治混乱就愈发看得清楚。互不相让的野心家们一旦得以染指岌岌可危而又后继无人的最高政权，必会爆发现在这样的混乱场面。但只要重新建立中央政府，乱象就会立即消失得无影无踪,那是因为一国的精神尚未遭受乱象之害。如今,伤痛正在慢慢愈合,但更深层、更严重的病灶仍未消除:糟糕的青年教育。

二十余年来,各国青年内心惶恐不安、自以为是、粗鲁而怯懦,因为他们热衷于偶然的冒险,缺乏行为准则和思想条理。在欧洲,人人指责战争,可它只不过是让 20 世纪物质主义迟早都要引发的危机提前爆发了而已。

物质主义并没有能力造就一种道德观,也无法获得满足欲望之外的其他生存目的。直到战争爆发之际,在今人也已丢弃的传统习俗看来,物质主义是失败的。

宗教凭一己之力就可赋予生存以利益和报酬之外的目的。这就是为什么俄国共产主义者(逻辑不错,但原则欠妥)一心要铲除宗教的原因。这也是为什么今天一众青年精英得以在天主教信条中找到可同时适用于行为、认知和静修的万全之法。这就解释了为什么在中世纪初期的蛮荒时代,寥寥几个修道院的僧侣凭借教会传统就拯救了濒临湮灭的文明。

中国物质主义的出现颇有些令人猝不及防,政府权力的坍塌又令形势愈发复杂,从而导致灾难性的后果。在上海、南京和北平,因无法推托,我参加了几次官方组织的大学参观,余下的都推掉了。可除了那些宽敞的教室和实验室,我又看到了些什么呢?学校管理全都处于无政府状态,没有任何教学效果。就在日军占领沈阳的第二个月,学生们开始罢课，白天召开政治会议，接着前往南京的外交部部长办公室挥棒示威，或在北平或上海站蜂拥挤上开往新首都的列车，与战友们会合。

确实，如果放任不管的话，我相信巴黎年轻的保皇党人也能对布里昂（Briand）或加约阁下（M.Caillaux）施以同样的暴行甚或更激烈的举动。但在中国，这股浪潮波及甚广，因而政府未敢采取惩戒措施。

撇开眼下的特殊形势不谈，学生们平时也会不时地罢课，要求某位老师甚至校长下课，且每每有求必应。缺乏稳定社会地位的老师常常成为朝令夕改的牺牲品：教师职位就是一份薪俸，常常连学历证书都不查验就连同其他好处一并奉送给执政党的支持者。但教书匠始终排在所有职业中的最末一等：这不，如今财政一片混乱，除了拥有法国或美国专项资金支持的几所大学之外，其余院校已经快一年没有发薪了。

中国的大学数量过剩，派往外国大学的留学生也太多。留学海外的唯一目标是获得可以成为工程师或公务员的文凭。但如此打算可谓大错特错，工业领域早已人满为患，而行政部门若没有靠山，实在难以获得一官半职，只能指望着有一天考试和监察部门能够在孙逸仙的五权体系中运转起来。文凭则是不值一文，大部分中国大学所效仿的美国体制首推苦读，但没有任何检验所学的方法，并以考勤记录代替分数。而外国大学也都乐于把文凭颁发给打算学成归国的中国留学生，它们可不愿打击这些年轻人的积极性。

有的学生不懂尊师重教的道理，所以既学无所成也无所可学。而过去的学生则可以在儒家经典著作中以一种与民族气韵相融的形式两者兼修。民国政府把这些古代经典著作从教学大纲中剔除的做法实在是弥天大错。学生们只在中学高年级课程中读到些诗歌散文，这些文章确实写得不错，但没有实效，因为中国的文学和文化皆以古典文章为基础，若对此一无所知就会不得要领。过去的这种现代教学（跟法国的一样无用）为今人所取缔。

至于小学教育，我曾就其体制询问过一位国民教育官员，我永远也忘不了他闪躲的眼神，后来为难地解释说这得根据各省的意愿来。毫无疑问，为中国培养一百四十万名小学教员（官方估计数据），这些省份既没有能力也没有形成风气。即便竭尽所能凑够了人数，那么又如何解决统一教学大纲这个同等重要的问题呢？

在如今这样的混乱时期，除了上海耶稣会大学和新近在天津成立的高等工商学院之外，教育成效勉强令人满意的就只有美国卡西诺山（Mont-Cassin）本笃会于一九二五年建在清朝一位皇子府邸内的北平天主教大学了。其他大学虽也设有中国文学和历史科目，但内容过于专深，非得具备专家水平不可；这些大学的主要专业，通常也是选课人数最多的专业，是法律类和应用科学类。只有天主教大学广开各类科目，囊括了中国文明从古至今的所有内容，兼顾哲学、宗教和艺术类学科。得益于一项私人基金，天主教大学也是唯一想要并成功增设了预科班的大学，此举既可弥补官方教育的不足，也可遴选出有能力、有兴趣继续学业的学生。此外，今年还增加了入学考试，以达到控制人数和择优录取的目的。

初级、中级教育的情形不比国家管理的高等教育更好，后者如今明白了任务的艰巨，所以乐于接受民间办学组织的加入。在这些办学形式中，教会学校目前仍以其数量和资金占据优势。现有教会学校不超过三千所，在校学生十三万，其中七万五千人受洗。北平省南部一所天主教学校的主人最近接到军区总司令的祝贺，感谢学校培养出坚韧刚毅的学生。但在耶稣教会皈依的教徒就难以保证如此成效了。众人皆知的一例便是冯玉祥将军，他因加入基督教青年会并让麾下士兵大批受洗而大受美国的青睐，后来表现出对共产主义的拥护，之后再次倒戈。

很多法国小学教员加入共产党，这令人惊异，但令人费解的是，既然他们接受的都是唯物主义教育，为何仍有人没有加入共产党。共产主义在中国最优秀的大学生里越来越得人心，这些学生并不满足于极端的爱国主义，且具有独立思考的能力。如果留意到这一点，他们就会悉数追随而来。但民国政府未能比法国政府棋高一着，也不具备可以与共产主义理念相抗衡的道德体系和世界观。天主教会则没有这样的软肋，因为如果共产主义的改革措施真能修正权力的滥用并改善底层民众的生存状况，教会甚至能够验证某些措施确有成效，但确切的前提是，这些措施只针对俗权，在教权中，其真理仍是可望而不可即。

这也是我们今天见面要谈的内容，为国家前途担忧不已的朋友们颇感痛心。他们还年轻，但在旧式学校里念过书，如果师长去世，那里的学生们会如丧父般悲痛。他们中的一个对我说："我们本就知之不多，在我们后进校的将会一无所知了。"他实在过于自谦，其实他的才学和品味令我颇为欣赏。至于现在二十岁的年轻人，恐怕他这番话就不为言过其实了。

这座旧王府是为一位贵妃所建，至今仍可见雅致的屋瓦、廊柱和景泰蓝的窗扇。过去的贵妃府成了今天的大饭店，食客们可以在吊脚露台上一边俯望南湖，一边品尝茶水和可口的面裹点心，有肉馅的，还有糖渍水果的。纯净的天空中一轮红日渐渐西斜，在如镜的湖面上投下修长的倒影。湖畔的树木仿佛陷入沉思，连叶片都纹丝不动，偶尔的一阵微风也搅扰不了它们的清思。其他的一切终会消逝，只有这思绪绵延不断。这样一个深藏着宁静与力量的国家又怎会使人失去希望呢？

造访梅兰芳

笑容好似嫣然绽放的花朵，光华璀璨而不失温文淡雅。合体的西服，活泼机敏却无半点唐突，他迈着轻盈坚定的步子走上前来；我竟忘记面前站着的是世界上最伟大的艺术家之一，就这明亮坦率，闪烁着精干与睿智的双眸，就已是造物的恩宠了。梅兰芳的大名在中国家喻户晓，不久前刚从美国载誉而归，近几年又红遍欧洲，那里的人们早就等不及亲睹尊荣了。

我在到达当天就有机会造访梅兰芳，得以与他探讨了一项双方寻思良久的计划，还有幸一睹梅先生令人叫绝的珍藏戏服、珍本诗集和戏剧、音乐类书籍。除此之外，竟然还有小小惊喜：一本多年前出版的关于中国音乐的拙作摊放在桌上，我应梅先生之邀在上面题了词，字虽笨拙但句句挚诚。

今天，无量大人胡同的梅宅特地为我摆了接风宴，筵席之后还安排了音乐会。沿着青苔石夹道、浓荫掩映的小径，我跟着细心周到的主人从门庭左侧穿过，来到第一道屋宅前。一众宾朋中有诗人、政治家、学者、将军和外交官，北平市市长走在头里，大家穿过屋子来到正中大宅，厅里密密匝匝的桌子上已备好茶水，旁边放着糖葫芦、香脆的面裹，还有味道鲜美的核桃乳和杏仁奶。

音乐会安排在头一天接待我的楼上会客厅里，两边各有一间略窄的卧房。儿童乐队就歇在其中一间，带队老师是位造诣很深的音乐家，清朝时期曾改编过宫廷祭典用的礼乐。横笛、竖笛和笙伴着琵琶，应着锣点，奏出气势磅礴的乐曲，音律上下跃动，一气呵成，刚劲之气将所有的个人情绪都消弭于其中。老师应我的要求取出古琴，仔细放在桌上，我怕听不真切，忙往前凑了凑身。指尖漫出的音符或低沉或清脆，循循而进，好似树叶间的回响。

一个面色苍白、略带羞涩的年轻人走上前来，手中的乐器紧靠肘部，我想起曾在堤岸和上海的戏园里听过这种乐器。是二胡没错，从名称就知道是种两弦乐器，来自遥远的北疆。大约在同一时期，也就是我们的中世纪，一种也使用马鬃琴弓的乐器由阿拉伯人从中亚引入欧洲，那就是小提琴的祖先。在中国，这种乐器保留了原貌，琴弓不停地在两根下首连着方形小琴箱的琴弦间穿梭，琴箱是个蛇皮小鼓，连着既没有音位也没有弦枕的修长琴颈。二胡此时还未能登上大雅之堂，年轻的琴师坐在一把矮凳上，琴颈略略高出左肩，他把琴调至戏曲中用来开场的五度音程，接着报出曲名：《病中吟》。果然是位琴艺高手，弓在弦间灵活地游走，迸发出清脆明亮的音律，绝不逊色于小提琴。琴声最高亢之处直穿人心，音韵急升而起，悠扬的诉吟中出其不意地透出抑郁之情，仿若生死诀别，悲戚而温婉，却拼尽全力绽放最后的笑颜。曲终留下一派引人遐思的静寂,听众们良久才又魂归心窍,纷纷鼓掌。

这支乐曲却成为哀告的预言,我在不久之后得知,将它诠释得如此传神的琴师竟因我走之后肆虐京城的猩红热(又称"烂喉痧")而夭亡。

家庭欢会

张灯结彩的大门前是一条窄巷,两旁挂满了彩幅,路当中挤满了人,加上首尾相连的汽车,愈发堵得水泄不通。凑热闹的人里三层外三层,看着身穿艳丽绲边大衣的贵妇们扶着耸肩缩脖、裹在毛氅里的丈夫或是兄弟,掸掉绣鞋上的黑泥灰。这里是丝绸商人会馆,一个富有的银行家在这儿搭了戏台庆贺老父八十岁寿辰。他请了好些个中国名角,甚至请到梅兰芳来唱压轴戏,我就是承梅先生之邀而来。

我们两个近视眼绕着影壁墙踉跄而过,这种墙在中式宅院被用来阻挡邪灵。庭院深处大厅门口的雨檐下,站着位神情倨傲的老者,方下巴,一身居家袍服,我们上前通报了名姓。这位应该就是筹办寿筵的银行家,若不是本人也是家里的某位至亲,因为他刚为我们指了一张桌子,伙计们就忙不迭地一边倒茶一边过来引座。戏已经开场了,迟来的人全都挤着站在最后一排。

一个小伙计在前头带路,我们跟着他在人群中披荆斩棘;伙计的衣领上别着一朵红色纸花(红色乃喜庆之色),以示同家眷的区别。厅里高挂红丝绦,上面用金粉写着祝寿词。我们手里的节目单也都一式红底金字,写着演员的名字和戏牌名。二楼过道里长凳上的客人们挪着身子给我们腾位子,前面坐了一群小姑娘,边看戏边不时东瞧瞧西瞅瞅,对着镜子捋捋额前的刘海,要不就拐着手肘和同伴嬉笑一下,或干脆淘气地相互换个座位,连衣裙的立领上也都别着红花。四门敞开的包间里坐着携带家眷的客人,小孩子用手指着演员央求大人解释戏目的意思。伙计端着茶水点心往来穿梭。剧场正厅里的观众正襟危坐:都是铁杆戏迷。不时看见一只胳膊抬起来,站在墙沿下的仆人扔出去一个白色小包,有人伸手接住:原来是条用来擦手抹脸的热毛巾,用完了再卷起来给扔回去。

台上三个演员:母亲、女儿和女婿。三个都是男演员,近两百年来,京剧中已不允许男女同台。如今只有寥寥几个女角成功登台,但旧俗未改,而且还会持续很长时间。

母亲是个保养得圆润富态的官宦人家女子,集市上常常可以碰到这样的妇女,在杂货铺或女红店里讨价还价。女儿羞答答地撒着娇,女婿头戴明朝官帽,颔下留着八字须:是个青年文人。两口子发生龃龉,老太太攥着劲儿想让两人在晚上之前和好如初。小两口让了步,但并没见到有人搬上演戏用的床来。京剧极重贞节观念,严禁在众目睽睽之下上演床戏;演员就这么坐着,双手托腮;若双手合拢,就是男的,若双手打开,就是女的。观众们都明白这种象征性言语。夫妻俩一边一个坐在桌旁,这就表示睡下了。不一会儿,其中一个看来是睡着了,另一个则幽怨地看着对方,低声抱怨命运不济。看来和睦只是脆弱的假象而已。丈夫有公务要忙,先行起身。他双手一合一张,表示推门,下楼时脚步略带沉重,忽从钱囊中掉出一封信,妻子看见赶忙拾了起来。开始她犹豫不定要不要展开信,但好奇心最终占据上风,看着看着脸上忽然绽放出欢欣的笑容:这是一封推荐信。这时外面一阵响动,她慌忙回到虚设的床上假装睡着。丈夫急急忙忙上楼来,在地上、桌下、靴筒里、妻子的裙袍下一阵乱翻,一脸忧虑之色,随即害怕得颤抖起来。场上一片沉寂,这时台角的乐队敲起急促的铙钹。整个大厅一片安静,这正是扣人心弦的紧要关头,只看演员的动作就已一切尽在不言中。人群里爆发出几声:"好①!"中国式的喝彩,相当于法语中的"Bravo!"。接着,疾风骤雨般的掌声响了起来,但顷刻间风停雨住,故事继续。

人们从不在剧终时喝彩,戏演完了演员退台,然后有人

---

① 原文为 hǎo。

上来撤走台上的桌椅。不是因为戏不精彩,而是因为精彩之处不可言传,只可回味。京剧中有保留曲目的讲究,现在的演员唱的都是经过改编的老剧目,甚至只字不改地挪用故事或小说里的情节。

接下来的一出英雄戏以精彩的跑场博得观众喜爱。士兵们跟着节奏表演相互猜疑、尾随和扭打的场景,没有音乐,只有低音铙钹和尖利的齿轮剐响器交错而鸣,声音持续绵延、相互呼应,表现出对前途的担忧。之后是一幕轻松的喜剧,穷书生被神气活现的客栈老板打发到阁楼上,这时喜报传来,书生高中第一,就要做大官了,老板立时变了嘴脸。演员演得激情四溢,还发挥了几句摩登台词:"不成,你还真以为两文钱就可住卧铺旅馆了吗?"

凌晨两点,台前点起了一排贝壳形的铜电灯,乐队隐入舞台背后。人们兴奋地小声议论着:梅兰芳要出场了。这位名角不仅能演还能编。他不仅带来了同台献艺的演员,还带来了京剧的创新表演,同时保留了传统精粹。

这头戴花冠、身披霞服的年轻女子声声如泣,难道就是他?没错,细细打量那脸部的轮廓,我看到了熟悉的下巴线条、闪烁的眼波和欣快的笑容。他如何生就这样一副婉转于音律间的清透嗓音啊,顿而又起,直冲而上,旋即从容而落,一次次的震颤和跃动难不成是生了双翼?唱词悠远如诉却声声分明，连我这外国人也听得字字真切。窈窕的身姿如风摆杨柳，微微垂下的头几乎没有其他动作，但就像微风轻拂下簌簌颤抖的树叶，这已足以透露出内心的悸动。

演的是个宫中平时无所事事，只等着皇帝几天恩宠的平常宫女。暴君登位，她穿上华服，扮成暴君即将迎娶的公主。她要借此机会接近暴君以张正义，心中虽恐惧万分但毫不怯懦。暴君出场了，魁梧的身躯把护甲胀得鼓鼓的，络腮胡子，一脸的凶相，喷着酒气，贪婪的火苗在眼中跳动。扮演暴君的王凤卿先生也是名角，一举手一投足，曼声吟哦，分毫不差，果然名不虚传。宫女扭捏着靠上前去，斟满酒杯递给君王。不一会暴君变成昏君，宫女于是将左右遣散。他只在好日子才会卸下这副盔甲，可现在她要亲自替他卸甲。暴君对宫女温柔的侍候深信不疑，瘫倒在床帷后，轻声呼唤。她回应道："待妾身拔去钗环，退去中衣、裙袍和鞋袜。"边从小衣下抽出匕首，定睛观看，四肢颤动。暴君不再言语，沉入梦乡。是时候了。

这一连串的情感都通过动作表现出来，不管是真情流露还是演技超群，动作里处处有深意，诠释得恰到好处，就像精确的字词构成的句子。一切都经过精心安排，滴水不漏的编排勾勒出完美的画卷，画中的每个细节都历历在目，铭刻于脑海。这女子跟我们平时随眼可见的妇女可不一样。

她不仅拥有美貌，还有温存、脆弱、勇气、计谋、谎言和英雄气概。浑然天成的唱腔和动作中透着不可侵犯的凛然和永不言败的决心，就像大师的画作中，或更确切地说，中国的书法中毛笔留下的粗浅笔画、挑起或回转、弧线或折角，情感的消长留下的永恒印记。这是一部伟大艺术家笔下的杰作。

戏　曲

中国的戏剧除了对白之外还要有唱段和配乐，既非纯文学剧也非纯音乐剧。要配得上这其中任何一种剧的桂冠之称，所欠缺的是内容和风格。作者对历史、传说或故事亦步亦趋，主要线索不够突出，偶然性也过于频繁：法国戏剧就曾经历过这样的改良，在十六世纪之后才开始模仿希腊戏剧，按照亚里士多德的方式演戏。中国戏剧中的独白和对话大多使用大众语言，若果说唱词还有些诗意韵味，那么节奏也就是跟着配乐而动了。配曲也并非专为戏剧谱写，而只是传统曲牌的一个集合，根据剧情和演员的喜好从中进行挑选。以前的演员打小就开始学戏，往往子承父业，师傅就是戏班子或家里的人。多亏了李煜瀛先生，北平如今建起一所戏剧学院，我在那里看过一次学生的排练，堪称妙趣横生。

但也不能一味抹杀了这些词段的精彩之处。作者通常以史为题，但也总能在感人至深的情景中发掘出崇高的忠贞和勇气。专业演员和票友都知道场景的效果，天分再高些的就懂得如何在突出的效果中加入天成的自然。但这些戏目还需要演员通过精湛的演技加以发挥，同时根据一定的规则为台词配上动作，从而造就一门艺术。另外，戏本写好后，尾白并不是根据特定人物所写，而是根据角色类型而定：少女接受男主角的邀约，或是尊贵的老爷被丑角仆人戏弄等。而今天，通常一晚上要演从不同剧目中选出的多个场景，这就构成了我们所称的多幕剧。

没有对白的动作就演化为舞蹈。现代戏剧中就只有雄赳赳的芭蕾舞剧了，不过确实精彩纷呈，有时会在飞舞的裙角中看到一个满面惊愕的独舞者，手中剑光闪闪，身边飞旋的长矛舞得好似一朵花。曾钻研过古代舞蹈的梅兰芳重现了其轻盈典雅的舞步。正如他在《西施》一剧中婚庆场面的出场，一群手持灯笼和鲜花的孩子进场向他致敬，效果非常迷人。

这出名为《悟空偷摘人参果》的戏，既是宗教神话又是芭蕾舞剧，也是梦幻剧。这部戏始于十五世纪，从名称就可看出杂糅了佛家信仰中的动物转世和道家神话中的仙人果（据说神树之果可令人长生不老）。戏剧借简单的手法展现出天界盛景，仙女簇拥着逍遥自在的神仙们，凶恶的怪兽一见生人就张牙舞爪。神仙对猴儿百般诱惑，猛兽对它穷追不舍，幸而有偷来的法宝护身才得脱险。后来猴儿犯下的错误得到宽恕，最终进入天界。演员的聪明和灵巧很好地演绎了悟空的角色：非人非猴却又亦人亦猴，当它懂得参观奇迹或跪地祈祷时，就化身为人；而后因一时的欲望又野性迸发，斜刺里一蹦便显了原形，四爪伏地。但恢复兽形的情节逐渐减少，只通过一闪而过的隐喻来表现：观众可以看到悟空兽形的出现次数越来越少，直至最后消失而彻底赎了罪。这个故事暗含寓意：永生就在你我之中。明白了这一点，人就能战胜欲念和恐惧，最终成圣。但是不得不承认，观众似乎没怎么入戏，只是被那些舞蹈、打斗和窜来跳去的场面逗得乐不可支，而猴子在台前变的戏法只惹得众人一阵哄闹；猴子被掌声引得越发得意，直到用光了炽热的火绒，才不得不欠身告退，滑稽的动作又引得观众一阵大笑。

戏剧在中国深受欢迎。我每次看戏都是场场皆满，包厢座无虚席，窗沿上搁着茶壶、香烟盒和果盘。楼下的单座上挤满了人，个个聚精会神，有满脸皱纹的老戏迷，也有戴着老花镜的祖母，小伙子们的丝绸袖口里露出手表，女孩子则剪着时下流行的齐眉刘海。所有人都专注地看戏，一声不吭，只在高潮部分会有个把戏迷忍不住大声叫"好"，掀起掌声一片。

就是这样一次看戏的机会，使我欣赏到年轻艺术家程砚秋先生在《荒山泪》中的细腻表演。这出戏内容大胆，讲述了征兵军士敲诈的故事。另一次是赶往广和戏院观看少儿京剧《群英会》，演员们年纪虽小，脚步唱腔可是有模有样。只要戏牌上写着梅兰芳的大名，戏票不出当日即告售罄。梅先生还惦记着给我留了票，让我有机会重睹他在《木兰从军》中的风采。木兰改扮成男儿替父从军，后来荣归故里，抛却浮华烟尘，恢复了女儿身，从此专心相夫教子。梅兰芳在扮演这个女扮男装角色时，在女性的妩媚之中又添了几分男子的英气，令这出戏成为京剧界有口皆碑的名剧。而《汾河湾》讲的是个可怜的妇人，在丈夫离开很久之后发现他做了大将军；这次仍然是王凤卿先生为梅兰芳配尾白，语气中的高傲不羁和炽热诚恳实在令人叫绝。大将军先对原配妻子设下重重考验，确定妻子清白无辜之后才又重归旧好。妻子虔诚温存地跪倒在丈夫面前，关切地询问他现在的生活，拿起象征夫君官阶的马鞭赞不绝口，还为他准备了鱼汤，但丈夫觉得这汤实在难以下咽。突然，丈夫看见角落里放着一只男人的鞋，他有个亲生儿子在自己走后出生，一直陪在被弃的母亲身旁，这鞋就是他儿子留下的。大将军抽出腰刀，妇人却嫣然一笑，他不禁怔在当场。"是啊，"妇人狡黠地说道，"是有人在这，你离开之后他就在这。他比你好，比你年轻。"随后是戏剧性的悲剧收场。大将军在来时的路上误伤一名男童，气喘吁吁的母亲问他道："他穿成什么样子？他背着弓箭吗？"此时他才明白自己杀了亲生儿子。开场时那个痛斥将军的亡魂，在故事结尾终究报了仇。

渔家女为了替父报仇登上小船，并驾船驶离了河岸。戏台上除了演员的动作什么都没有，而我却看到了小舟、河岸，精彩的表演让人永生难忘，演员们表现出脚下涌动的水流和保持身体平衡的姿态。法国的剧院里设有机械装置，可没什么值得自豪的。

艺术之夜

院子里，回廊里华灯初上，味道浓重的刺柏絮飘飘散散地落在树丛中，烤架下的火炭闪着微红的光。一顿蒙古晚宴已经准备好了。对异域色彩念念不忘的人大概会怀念骆驼和大漠，但这不过是种约定俗成的东西，如果真有那么重要，那我们中并不缺少这种色彩，尤其是我，戴着在北平集市上买的毛皮帽子，看起来最像个蒙古人；旁边的陈箓先生身披大衣，梅兰芳没戴帽子站在一旁，其他客人穿着中式长衫，屋主的两个女儿灵巧地为客人们上菜：好一幅丰饶的夜宴图。

中国烹饪是一门艺术，不仅按各地口味创出各式佳肴，对异国美味同样意趣浓厚。研究异域美食是为了获得更多的灵感，去除其中不尽如人意和蛮腥粗鄙之处，使菜肴成为真正的上品。

羊肉是蒙古人的主食，打盐卤却是借鉴于中原，上烤架之前先把肉在芬芳的盐卤里蘸一下。每个人都用筷子夹起一块肉，就这么看着肉在烤架上嗞嗞作响，时不时翻转一下。烤肉鲜美无比，狼吞虎咽的模样把我们自己都吓了一跳，真正是蒙古大汉的吃法。

文质彬彬的主人还为我们准备了另外一道大菜。宾客们在院子里就座，面前一扇透出亮光的窗户上映出彩色的影画，可以看出是一个皇帝、几个大臣和一队士兵。这是马上要上演的戏中人物。一块弯木片的正反面写满了戏名，他们请我从中挑出喜欢的剧目。都是戏院里上演的剧目，我就挑了出自己知道的，说的是个刚在庙里出家的年轻人，被抛在家中的妻子一路尾随而来，这女子会法术。年轻和尚正跪在摇头晃脑的住持面前，紧接着，妻子作法掀起滔天巨浪，水漫山寺院墙，天空中惊现怪兽，其中一只在油纸幕后口吐火焰。二胡悠然而起，嘈嘈切切的琵琶急急如闪电。和尚回到家中与妻子重逢，妻子抱出刚出生的幼儿，一心只想离开她的和尚大感意外，将婴儿紧紧抱在胸前。

此时旋律急转，扬琴的声音游吟低回，直透长空。一阵阵连绵不断的琵琶音，忽而插入三弦琴的声音，音律比二胡柔和些，忽而又插入悠扬而细腻的男高音。是首摇篮曲，温柔中充满关切、愁情和甜蜜。真该为这些艺术家们喝彩。窗后那个人只用了一只手来摆弄羊皮纸上的剪影;另一只手扶着烟袋,面露满意之色,稍带点嘲弄之意。待在房间尽头的歌手正专注于面前摊着的那本书。两个乐师都上了年纪,留着山羊胡,线条分明的脸上满是皱纹,显得有点憔悴。四人对我的赞扬表示感谢,听到我说:"我回到法国也不会忘记的。"他们脸上顿时现出了幸福的笑容。

婚　礼

乐师们都到了,就像在真正的婚礼中那样,身穿蓝红两色的长褂。他们把鼓放在方厅墙边两排相对而立的架子上,吹奏笛子、单簧管和双簧管的乐手则走到大厅里面,站着等待指令。

我的朋友——部长的儿子,是他预备了这个意外惊喜。无论是古董、雕塑还是音乐,他都懂得透过粗犷外表欣赏鲜明强烈的格调。马上要演奏的是一首送新娘的传统曲子,新人登上封得严严实实的轿子向众人道别,到了婆家再接下轿来觐拜祖先。

乐声才一响起,就觉得整个人被淹没其中,如此强烈的旋律让我不由自主地一步步跟着鼓点走到乐队边上的一个空位子旁,迎头痛饮这迫人五脏、撕心裂肺的乐曲。双簧管从中排划出整齐的旋律线,两旁有单簧管如水波荡漾和笛声一起曼妙飞舞;随后融汇于一处,在片刻间交织起来,接着变换着音调四散开去;起伏不定的乐音忽而爆发,旋即回落,而带着星星点点的闪烁,和着变幻莫测的虹彩和悸动不止的微澜,两耳内没有一刻清闲宁静;急促的鼓声有若雷鸣,突然间又柔若雨丝,鼓棒敲击鼓边发出冰雹坠落的干脆声响。并无人指挥乐队,但人人专注,目不转睛,就这样在脑海中翻读着几百年来耳听口传的曲谱。

这首婚礼曲既无欢欣可感,亦无温存可言,乃是一次无比虔诚的殉道。新娘既是新郎的心上人,也是原始本性意志的牺牲品。斯特拉文斯基在其诗歌交响曲《婚礼》中也表现了同样的主题,或者说他的《春之祭》要表达得更为贴切,其中的曲调竟然如此巧合地也表现出这种猛烈的轰鸣之声和万夫莫当的急促节奏。但这首中国曲子以天然之态出现,全无雕饰,就像未经琢磨的璞玉,坚硬无比,在中华土地的最深处慢慢形成一副经久不变的样貌。

儒 家

我们坐上横穿哈德门大街的有轨电车前往位于城东北角的孔庙。这一带为蒙满聚居地,电车途径的几站都可以看见招牌上像葡萄串一般的文字，撇捺挂在中间竖线的两边。下了电车只需几步路就到了庙前，黄土人行道上一群过客穿着中式服装，但嗓门很高，略显鲁莽，他们拥在杂货铺和收购贩卖松鼠皮、鼹鼠皮和旱獭皮的店铺前。

"在革命之前，"童先生跟我说，"逢此纪念日，大家必被召唤盛装前往。"他声透哀怨，我也深感失望。反对教权的皇帝们驱逐了佛教会，对耶稣会则扣以渎君之罪名。民国政府决定取消所有的古老节庆，孔子的生辰纪念也不例外。我虽对此早已耳闻，但还是希望在这庄严的一天至少能在古庙里碰上几个虔诚的信徒：根据传统，公元前五百五十一年，孔子降生在山东省的一座小城中，中国直到今天仍奉孔道为言行举止的规范。

几个百无聊赖的游人在屋影下闲荡，连台阶都懒得上，也没看一眼长满灯芯草的环形水沟，这水渠正好将上课用的庙堂隔围了起来。圆圈代表圆满之相，水滴穿石的过程与汲取知识相同。园内一片静谧，只传来木槌敲击覆在石碑上的薄纸的闷响声，原来是工匠们正在用裁成石碑大小的纸张拓印碑上的古刻文。只有这位和我同来的先生在孔子生辰之际带来一份读书人的敬意。

他是清朝旧臣，清癯的脸上有着满族人特有的分明棱角。中国传统教育赋予他儒雅之气，做官的经历赋予他雍容的仪表和庄重的步态。他为官时廉洁奉公，所以至今两袖清风。

身在民国心念旧朝的他一直没有正当职业,靠京郊一处农庄的收入过活,仰仗自己的所知所乐偶尔给人上上私课,这是他擅长之事。他精通古文,加之深谙文律之美,虽不通外语,却懂得如何耐心地把一字一句刻进他那些初学汉语的欧美学生不怎么开窍的脑袋瓜里。他说话的方式就足以让我不吝恭维之词了。"这岁数上,"他对我说,"您的记忆力算真好的了。"他这么说是两次抬举了我,因为在中国,年老是福。当他得知我住在法国公馆时,脸上微露尴尬之色;稍等了一会儿,他不好意思地要求在本已不高的课酬之外另加一份雇洋车的钱,这是为了"不失面子",换句话说就是不至于在体面地儿感到羞臊。第二天,我刚打开门他就开始纠正我"是谁?"和"请进"的汉语发音。"门口那些个兵可真怕人,"他说着矜持地一笑。这也不是他第一次在官邸前看见官员,身穿粗呢卡其布上装,头戴蓝色软帽的法国殖民军官看上去烦透了这站在门口唬人的差事。不过中国的文人向来有嘲笑军人的传统,有点像法国知识分子拿行政部门开涮的意思。

我们很少谈论政事,因为他知道我和当局的几个实权人物有交情,不愿因自己的反动观点而惹恼了我。他问我都看了什么戏,参观了哪些博物馆,然后给我讲述那些令他心怀敬仰的传说和历史。

我十分敬重他,因为这是我的老师,他也受之无愧。他上起课来十分投入和耐心,从不放过任何一处我没有完全理解的细节。他严厉但不苛刻，在饭桌上也从不掩饰所好，总是吃得津津有味，也从不反对表露喜悦之情，只是不允许失了体面。一天，我们谈起上课时间在公园里碰到的学生，一对一对牵手漫步，我们都很坦然地认为阴阳相吸乃是自然法则：阴为负，阳为正，这是漫步之际闲聊起来的一句古训。

可今天他却不愿相陪，而且脸带愠色：在这枯庙中失了颜面的是他的国家。他一言不发地看着供桌上的多角锡壶，里面空空如也，放在满是灰尘的木制灵堂前。想看一眼衣裙窸簌环佩叮当的队伍缓缓前行，想听一声笛子、钟磬和响石齐鸣的哀乐，就要远赴山东，那里生活着繁衍至今的先贤后人。今日孔氏族长正按传统举行祭礼，政府虽保留了孔家名号，并继续拨给专款，但在过去，从首都至边疆，举国上下都是要参加祭典的。全国各地的庙宇和祠堂都大开其门，当地最高行政长官在随员陪同下宣读祭辞。如今只有孙逸仙有资格享受这样的官方祭祀活动，他就是现代的孔子，可为什么要排斥古代的孙逸仙呢？我忍不住想问我的老师，可我还是宁愿不跟他提孙逸仙。

庙宇年代不算久远，但仍严格按照古时格制修建。一个人都围不拢的廊柱建于二十世纪末，选用自美洲巨杉作为建材，因为中国少有如此体积的大树。廊柱拔地而起，直冲上举目可见的大梁，将大厅横向地一分为三，简单的划分比率却达到完美的和谐效果。殿内一幅画都没有。中间的雕花木檐下，暗红的隔板上用金字写着"先人圣主"的名字。两侧好像唱诗班的祷告席，四排壁板上记述了孔子的七十二弟子。童先生给我逐句解释着，额头一亮：我得了个好彩头。

这次轮到我陷入窘境了，这座庙空空如也像间教室，我站在墓志铭前开始感觉有点儿喘不过气。外面长廊下密密麻麻地立着些刻石，日光在上面缓缓挪动，阅读着石头上的儒学教义。说皇帝的祖先在清凉寺受礼，喝下蓝色液体，就是清水，吃下鱼生和不加佐料的白煮肉。往中国的炖菜里加点牛肉就跟欧洲的差不多了；羊肉和猪肉配着原汤和蔬菜一起煮，加上盐巴、果醋和其他调料提味，给身穿皮袍的老爷们做主食，这就两次违反了既不准食用调料也不准穿杂色衣服的诫言。所以斋戒就成为庄重的古人必学之礼，以示弥补。

需屏气方可呼吸洁净之气，需凝神方可安于粗茶淡饭，需收心方可维持最佳平衡。既然是人，就有人之常情，更因拥有理性，才成为人。纯粹的人性都会产生合理的情感。正道公允会奉还每个人该得之物。所有聆听音乐的人都能分享同一种情绪：音乐熏陶人性。相反，礼教则随时随地警醒人们切不可任由意愿通过侵犯他人而越界：这是公允的外部标记。人人都有相同的本性和理智：坚定的道德指向就是世界的大同。只要各守其位、各尽其职，父成其父，子成其子，依次类推。每个人的职责清晰得就像字典里的词条。

这不是一种政教分离的道德，宗教所占不大，但不是完全没有。天空是上界的主宰,而天之子——皇帝就是上天在下界的代表。人类尊崇本心、服从理智,执行上天的旨意。人间万物皆以这个最高主宰为所依;人的命运由天而定,不可更改。除此之外,看不见的精灵和亡者的魂魄有时会以幽灵之身再现。一次,孔子对一个问他彼世生命的弟子说道:"未能侍人,焉能侍鬼?未知生,焉知死?"弟子听后颇感失望,这人是个耿直忠诚的侠士,随时准备宝剑出鞘以鸣世间不平之事,对父母极尽孝道,不辞远路背米回家侍奉双亲。一次老师病倒,这名弟子天性萌发,请祷天地之神以求老师早日康复。孔子说:"丘之祷久矣。"意指自己一生传道授业即是告天地的行为。史载孔子因其心性品德而极为珍视这名憨厚的弟子,因而在他离世时孔子深感悲痛,就像在决斗中早已有了赴死之心的人。从孔子弟子收集的语录中看,孔老夫子并非迂腐之人,倒是心地非常至诚,他让弟子们感到舒服自在,还会不时说句玩笑话;他了解弟子们的秉性,赞赏他们的付出,表扬他们的成果,这是个中正之人。

然而在《论语》中读到的不是其人而是其理,我认出了他字字清晰、条理分明。这无法企及的天空,这不可违逆的神意,这人神之交的主动决裂,这宗教对道德的潜移默化和道德对行为的影响入微。大概就是这种改革精神在几个世纪之后,促使亚洲另一地区的人民集体皈依了伊斯兰教,此地的天主教后来发起了反攻。天主教在中国就像在阿拉伯世界一样，并未遇到有组织的抵抗，但在中国是经过妥协才获得了传教权。追求全知的思潮的崛起并未因此受缚。孔子晚年时也感到了这种需要，对这种思潮的逐渐消退颇感遗憾。"加我数年，五十以学《易》，可以无大过矣。"

《易经》是一部年代久远的典籍，古代君王借用其中阴阳变化比率的组合来解释宇宙万相。最近，现代物理学通过反信号电荷得出了类似的假设，这很可能是构成物质体和不同类型放射线的元素。

阴阳组合可以通过算式表现出来，其中一仪为不连续的线条，另一仪为连续的线条。《易经》，书如其名，解释了一种组合经自然演化如何变为另一种组合。其目的和所有的人文科学一样，都是为了预见将要发生的事情。每种具体情况都有不同的卦象，这取决于卦签。雅典人用这种方法来任命执政官，因为他们认为偶然正代表了诸神的旨意。中国人把龟甲上用火烧出的裂痕当作卦图来解，通过菊科植物的环生叶茎来解读影响命运的因素。我们虽然拥有精确度极高的仪器，可用途却非常有限。一台用来测定温度，一台用来测量气压，还有一台用来测定电位。但没有一台可以对让婚礼洋溢幸福或引起革命的精神力量有所反应。而古代中国的科学则想借助一套独一无二的作用力与反作用力的系统，来了解在无生命的世界、有生命的世界、人类世界和超人类世界中发生的一切。阴盛阳衰也好，阳盛阴衰也罢，只有运动不断，宇宙才能继续存在，要想运动不断，阴和阳都不能消失：权力及至顶点之后就会出现颓势，而另一股力同时升起。对于兴衰交替引发的问题，就只能使用建立在日夜和四季轮回之上的周期性解决方法。在它所研究的现象中，从天空的星云到物质的构成部分，再到能源，现代科学也只能证实封闭弧线或交替振动中的运动，宇宙也不再具有无穷的特质，而是和球体的表面一样，可以在上面无阻碍地不断前进，但总是在经过同样的点。这种相似性对《易经》，对爱因斯坦的相对论或对德·布罗意（de Broglie）公爵波动力学来说，并不具有更多的意义，只是证明了人类的思想在漫漫岁月中总是通过求告自身而回归于同样的理念，它本身就遵循着周期性法则。

儒家道德在世风败坏到极点时，不失为一剂强劲且必需的良药，但效果没能也不可能完全发挥。无论其处于何种状况，就像印度婆罗门教，若陷于文字的桎梏就会禁锢中国人的生活，在义务和限制的怪圈中没有任何出路，遑论乐在其中。脾性不羁的民族断不会接受这副枷锁。只有对祖先心怀尊重和敬仰（传统由来已久），才能感受这药方的效用。此外，一直以来都存在一种崇高的理想，而它并未减少半分对愉悦和快乐的渴望。孔子时代的人们已有开怀畅饮的习俗，而在他之后，盛名如八世纪的李太白这样的大诗人们，也都在满溢的酒杯中找到了人生的快意。后来开始流行饮茶，最初时也会有微醺的美妙感觉,只是这种感觉随着时间的推移而渐渐消失。于十六世纪末进入中国的鸦片,开始不断掏空人们的精神,它和酒精一样,如果不加节制就会受其所害,加上吸食鸦片开销颇大,有的人甚至为此倾家荡产。酒业在中南半岛和法国获得了垄断地位,政府也想对鸦片拥有垄断性的控制,这样既可以充盈国库,同时对鸦片吸食加以管制。但反对者坚决主张效仿美国的禁酒令,实行禁烟,借鉴外国之法重塑道德。

撇开儒学的条条框框,中国饮食从未停止研究各种味道之间的相生共鸣,并探索新的味觉体验,就这样经历数千年的不断演进,形成了令人叫绝的精致饮馔。时至今日,在传统的中国家庭中,女主人是不能在男主人之前出来见客的,问候女主人也被视为是有失礼貌之举,因为在旧中国,家庭神圣不可侵犯。但这并不意味着连奉承的话都不能说。孔子就曾坦言道:"吾未见好德如好色者也。"但他对宫廷中有丧德行的行为绝对是敬而远之,就像这位美丽迷人却举止轻浮的国君夫人,把美貌不亚于自己的兄弟召进宫来,引起众人的指责。一次她想见见这位大哲人,孔子无法拒绝邀请,只得来到宫中觐见。夫人坐在帷中,孔子遵照礼仪在帘前俯身施礼,随后听见一阵佩环叮咚,他知道这是王后在还礼。对此孔子颇感尴尬,对弟子说道:"吾向为弗见。见之礼答焉。"

这时门外传来马车的铃铛声,侍从来报国君驾到。孔子一揖到地，俯身拜见国君，然后起身，踮着脚徐徐而退，特意让腰带上的玉佩碰撞作响。在近代一部参照古代文献编纂的礼书中有记载，玉佩乃是按特定方式编扎，左边发出咪、嗦之音，右边发出哆、啦之音。仪表威威的道学家和无形之美就这样和谐地奏出尊重与敬意的音律。

我们漫步而出，仿佛被这些犹如圣人入定般威严不可侵犯的建筑摄住了心魄。来到外面，忍不住再看一眼状若凯旋门的柱廊，还有那三道装饰着圆头钉的拱廊和层叠的屋瓦。一群话务兵正在前面的夯土平台上排开纵队，教官低声地口喊号令，士兵们迅速做出反应。我称赞战士的制服不错，童先生道了声谢。按照文人的传统，童先生有时也会嘲讽军人，但他对中国怀着一腔热情，深知为了国土太平必须训练军队。当我表示想去看看离此不远的藏传佛教庙时，他抬起手腕看看表说："不好意思，我有约了。"喇嘛教在清朝拥有国教般的地位，童先生自己是满人，可作为虔诚的儒家弟子，他未赴此行。

喇嘛教

喇嘛庙就在对面，穿过马路就是。满族人的先皇把这座名为雍和宫的寺院建在此处绝非偶然之举，名字意为"昌顺和谐的宫殿"。皇帝想借此表明自己既不忘祖先宗法,也尊崇中原礼教的意愿。不过艺术家怕是很难从这种对比中汲取更多的灵感。

才走到门口就忽然觉得出了中国:只要一有游客前来就会跑出一群乞丐。诚然,各地都有艰难度日的穷人,施以援手也是分内之事,但我还未见过中国人当街伸出乞怜之手。唯一一次被人纠缠的经历是在上海,一个俄国难民把我错当成老乡,嘴里嘟囔着"tolko odnou kopeĭkou"向我乞讨,大概是想讨个戈比吧。助人的善举时时都有,只不过是通过公共或私人基金这样的机构,而最常见的途径还是人与人之间的团结,这种关系比在欧洲要牢固得多,家庭成员与合作社或宗教团体常常成为捐助行为的代言人,朋友之间也会相互帮衬。一个正直的欧洲人在得知挚友身陷困境时,一定会打抱不平,但如果需要解囊而助,哪怕虚情假意也一定得有借有还,而不可能白白资助。但在中国,同样情形下,无偿资助乃是一种朋友间的义务。友情衍生出亲情,乃至对朋友家人的义务。互怀忠信的朋友结为超越生死的挚交,兄弟有难必会赴汤蹈火,对其家人也一定不离不弃。我认识两个最近去了欧洲的中国人,此前两人前往外省的盟兄家探望,发现他处境艰难,便留下所需之物和一笔钱,以备不时之需。数目多少自不必提,两人也并不宽裕,再说欧洲人大概会觉得这是大惊小怪。在中国,向路人乞讨是件丢脸的事,但接受朋友的馈赠却是天经地义。

一群孩子嚷嚷个不停，还有几个破衣烂衫的瘸子，胡子拉碴，看样貌不像中原人，倒像是蒙古人。我曾在集市上看见过这样的人，他们大张着嘴围在店铺的玻璃窗下，盯着货架上的商品，仿佛到了巴黎的皇宫。这些人成群结队地从大漠而来，一见到专卖便宜货的五金店，顿时眼睛瞪得溜圆，旁边围观的中原人忍不住偷笑，他们盘着像马尾巴一样粗重的发辫，也让人忍俊不禁。马对于这些牧民来说是种珍贵而神圣的动物，这样的发式正表达了对它的敬意。把发辫削薄是为了和征服者相区别，满族人在十七世纪将这种发辫和马蹄袖一并强加给了中原人。欧洲人曾认为（甚至现在还有人这样认为）这种奇异的服装就是中国的国服，其实不然，这是被奴役的标志，许多人宁死也不愿屈从，有些则远避南方的深山之中。

来到这里的有些是外国游客，中国人都说他们是腰缠万贯的天真汉；还有些是喇嘛教的信徒，大部分是，尊满族人和蒙古人；也有不忘旧朝、以先皇为榜样而同遵儒家和藏法佛教的汉人。所有的佛教支派都讲究惜生。佛教出现在中国的几个世纪之前，有一种思想被孔子的再传弟子孟子扣以异端邪说之名，这就是墨家。墨家认为，人人应当"推兼爱之意，不知别亲疏"，这就严重违背了人性，因为它将本该合为一体的东西分离开来，也就是家庭的自然情感，随意地将这些情感打得七零八落而与公理背道而驰,忽视了促生此类自然情感的缘由。就差没有如佛家那样把人与动物等同起来了。

看门的喇嘛一身黑色袈裟,褡裢披在左肩上。他走过来用蹩脚的英语问道:"Will see？①"我佯装听不懂,他又用中文说:"看看？②"但蒙古人的汉语说得不比英语好多少,我们只好靠手势交流了。

印度佛教于公元二世纪开始进入中国,很快就入乡随俗;不仅有知识渊博的和尚把所有的佛教典籍都翻译成了汉语,还通过注解赋予其类似道家的哲学意味。同期形成于西藏的喇嘛教在十四世纪进行了改革,但保留了其发源地的语言和教义。

几座中式房檐的庙堂围成一个四方形的院落,有几间殿内传出嗡嗡的声音。杭州虎跑寺的和尚念经像是吟唱,而这里的喇嘛念诵经文则保持一个调子,但有时也会提高声音,以半音为度逐段加强,直到高八度再回降下来,沉沉的低音好像陷入黑暗中一般:忧心忡忡的信徒祈祷上天,最终被恐惧所包围。我怕搅扰了这仪式,没有上前,只站在门边偷偷观望,向导对我的谨慎颇感意外。喇嘛们坐在一条侧道的板凳上,侧着脸对着三尊高大的佛像,过去佛、现在佛和未来佛,佛像盘坐在树叶状的华盖之下。

---

① 原文为英语。

② 原文为"K'an k'an"。

另一间殿内悄然无声，一个喇嘛看护着锡制龛笼，里面插着短粗的蜡烛，只有几支还燃着。他用火折子点燃其中一支，然后把火折子递给我去点另一支。火烛燃烧，两个信徒点头示意达成默契，一起念起了祈祷经文，我听出了那句从梵文译成藏语的祷文："唵嘛呢叭咪吽。"桌上的木钵看来是投放香火钱的地方。我抬起头，注意到周围奇特的雕像。座中一尊黑木雕的光头胖肚佛，龇牙咧嘴，笑口大张露出牙龈，发光的面庞也给撑开来，眼角斜吊到头盖骨的边缘。两侧的台架上供着不知哪路神仙，其中几尊面目甚是凶恶。另有几尊全裸佛像，身裹轻纱，惹得那些外国人忍不住红着脸偷眼看。有人提议出钱就可以把纱罗揭下来，他们同意了。那两个一直盯着我看的喇嘛并没有跟过来。我的确对他们的宗教知之甚少，但也知道那些佛像是喇嘛教庄严的象征物，又怎会生出亵渎之心呢？腰系金丝的明妃抱俯在狼牙金刚的胸前，我猜这是个受难的鬼魂在祈求阎王。另一尊明王像头戴骷髅冠，火焰形发冠，额头正中一只竖向独眼，背后伸出无数只手围成扇形，其中两只稳稳托住膝头的明妃。明妃眼角眉梢带着满足之色，一手执法器，一手执杵，玩耍似的要用杵去敲击法器；她可不是要吃早餐，而是暗含佛教中布施之意。像这样的双身佛都是教义的表现形式，或神佛与其智慧结合的体现。孔夫子从不论怪、力、乱、神，喇嘛教却为超人类世界的神力创造出一套专门的用语、符号和图像。喇嘛教的圣城是西藏的拉萨，意为神佛之地。

成群结队的游人穿过院子，来到一间禁止入内的庙堂前。只见里面闪现着一片红色和黄色的帽子，虽然这两种颜色是用来区分旧教规和新教规的，但现在兴高采烈地欢聚一堂。喇嘛教改革的内容只涉及礼仪和规矩而无关教义，虽然供奉的神佛个个面目狰狞，可喇嘛教同其他的佛教宗派一样，都讲究平心静气。但不能就此认为喇嘛们个个都谦恭忍让，虽然他们每天祈祷，严守素食的习惯，可这些扫地不伤蝼蚁命的大漠深山之子有时也会显露天性。据说，喇嘛们会像对狗那样用石块猛砸出言不逊的人。那我一定会三缄其口、谨慎行事，否则既有损喇嘛的永生修行，对我自己的道行也没什么好处。

我并没觉得这个灯笼掩着的小圆筒有什么出奇之处。上面镶满石头，只要转动它就可以获得宽恕。仅就祈祷的动作和物品的材质来看，这无疑是纯粹的迷信。现在我更愿意相信产生作用的不是表面的祈祷行为，而是这种行为所承载的意愿。意愿在静止状态下保持不动或稍有微微波动，但只要另外的意志将其调动起来，它就能够在这台虔诚的发电机周围引发能量场。

康熙皇帝曾是这种宗教的热诚信徒，因而在其统治年间连续三十九年丰收，实属前所未见。

这番充满感化世人之感的话并非出自某篇祷文,而是最近由监察委员会委员长等若干高官在报纸上联合发出的募款号召,旨在于雍和宫内修建祭祀堂:举行祭典以改变中国的厄运。就算求错了神,只要是出于真心,天主徒是不会否认祷告之作用的。信徒们能在新建的祭堂中虔诚祈祷并最终找到信仰吗?这里能够播种下信仰的种子吗?中国远非一个世纪以来外国人所想象的那样,这里乃是神意的沃土。

道　士

我在北平一条大街上碰见了这个道士。这是十月的一个清晨,明媚的阳光和清冽的秋风像两个快乐的小男孩一样打闹成一团。两旁的路面正在修整,让原本宽敞的车道窄了不少,塞得满满的有轨电车行驶在道路中央,从两扇门里不时吐出几个乘客,车轨运行的震动好像古琴的低音弦,两旁的汽车和人力车不断被抛在后面。电车有时也会停下来给蒙古人的驼队让路,骆驼身上披着厚厚的毛,显然已做好了度过严冬的准备,驼峰间堆着煤袋子,不紧不慢地摇晃着驼铃,嗫着肥硕的下嘴唇,就像在沙漠里一样,对周围路人的嘈杂一概不理。

这里位于城郊，人行道上挤满了人，小贩的路边摊一年四季都不歇业，古董商的货架上放着旧书、减价毛皮和锈迹斑斑的自行车。虽拥挤不堪，人们倒也相安无事，并没有人推搡吵闹，大家都侧着身左挪右闪，慢慢移动着脚步，总归到得了货摊前。可就在一扇门前，拥挤的人群凸起成一个大鼓包，还有停下来的路人不断往前凑，伸长了脖子往院子里张望。

道士就坐在石头台阶上，灰袍子上满是尘土，小帽向后耷拉着，脸上沟沟坎坎满是皱纹，一副胡须如同灰色的苔藓，正是传统绘画中道士的模样，纹丝不动，不像个人，倒更像一幅肖像。

我在中国已经察觉到这种自然与艺术之间的和谐，可以由此观人。我在上海靠岸时叫来的脚夫，就好像木版版画上的。此后一路，我在茶馆里、戏院中、大马路上都碰见、看见、观察过很多这样的人像，就像周围的山川树木，几乎不用修饰就可以直接搬到画布上。在这口没有裂痕的大锅里，熬煮了许久的人群，凝固成结晶般的画面，每幅都各不相同、生动活泼。

艺术家想象，大自然创造，过程不同，根本相同，这也是宇宙之根本，也即道家所说的道，这个概念并无法用确切的语言来描述。循道而行的艺术家超越自然，只要让自然循自身之道而行，两者终能交汇。

老头用食指在膝盖上的石灰板上飞快地画着。"是一条鱼，"一个人说道。"是青蛙，"另一个人说。忽然间，线条连成一只龙虾，爪子蜷缩着，再往斜里一画勾勒出尾巴，龙虾顿时侧身跃然而出，栩栩如生。人群中霎时迸发出低低的叫好声。

我记得在远离此地的巴黎某个咖啡馆的临街露台上，也曾看见穷汉为了挣几个钱在人行道上用粉笔画人像。这个道士画得如此逼真是因为道的指引，他肯定还有别的能耐，比如穿墙术，或是一个跟斗翻到电缆上。道家思想认为这里面既没有神力也没有巫术，智慧加上练习自然水到渠成。

他看见了我，说要给我看看相。人群静了下来，纷纷往里凑，个个心内好奇。老道用混浊的眼珠盯着我，目光转动，没有神采，可有点儿瘆人。他先报出我的年龄，居然一岁也不差。他是如何从一张跟中国人完全不同的脸上看出这些的呢？"您在此地孤身一人，"他继续说道，"您来这儿不是为了升官发财。"最后这句话我按原话记了下来，以飨读者："您不是小人①。"

晚上回去我跟一个欧洲人讲了这段经历。"您给了他多少钱？一个铜子儿？他是看在钱的份儿上才这么说的。"可那道士又怎知事后我会给他一个铜子儿呢？

---

① 原文为 pou cheu siao jen。

有个中国朋友见我这么爱看热闹，起初还觉得意外。他在巴黎念的书，又熟知市井语言，问我会不会觉得被那老头给蒙了。我想不会。"您比我想象的还像个中国人。——那您呢，比欧洲人还欧洲人。"我们这样子逗口舌之快也不是一年两年了。他对自己和对别人都很坦率，会主动承认因缺乏理智和内心的执拗而犯下的错误，尤其是这次。他怀疑一切，但却可以为一首好诗感动到落泪；他愤世嫉俗，却可以无限包容值得同情之人。我就他的工作给了些意见，他竟对我感激涕零，对我报以师长般的尊敬。这不，为了不搅我的兴致，他甚至可以抛开根深蒂固的一己之见对我说："如果您真感兴趣，我带您去见识一个能灵魂出窍的道士。"我在道家的书里常看到对这种场景的描述，神情飘然的仙道，顶门心散出一团云雾，细看是个跟他一样的小人，这不是灵魂而是形魂，和欧洲的唯灵论的灵体相似。我倒不反对亲眼看个究竟。

就这样，几天后我们来到中央公园的一家饭馆，房子式样挺好看，周围栽满了大树。我们边吃零食边等着，饼干和奶油夹心烤蛋白的味道实在是有辱西式点心的美名，可糕点铺自诩领先潮流，只卖洋点心，不售国货。日头落了下来，树荫下渐渐觉着几分凉意。屋堂里没有暖气，霜冻之前在家里只穿棉袄不生火的中国人倒不觉得有什么要紧，可我们这样单衣薄衫的人就够呛了。

有一阵我看见一个五短身材的大胡子，以为就是所等之人，可朋友挤挤眼睛示意我弄错了。果然那人走到桌边坐了下来，原来也是个看客。停了电，我只好借着微弱的蜡火仔细辨认他恭恭敬敬递过来的名帖。是个印度王公，抛弃荣华富贵来到北平，一心想创立普世宗教。我觉得至少明白了他的来意，因为后来话还没说完，他就走了，我问这人怎么了，朋友只说道："疯子一个！"

我的沮丧令朋友很是恼火。我忙劝慰说这人用自己的方法要了回宝，切断电源也好显示下他的神威："是个蠢人！——至少让我知道了有这号人的存在。——或不存在。——说来说去都是一回事。"他听了不禁一笑，气儿也消了。凡是有点常识的中国人都知道道家的基本理论，比如存在和不存在是相生相克的说法。但他又说："以前我自己研究过一点道家理论，纯属年少无知。十宗仍旧存在。——也包括阴和阳吗？——对，也包括阴和阳，但通常会再附上存在一说。"

道家十宗的宗旨都一样，只不过实现的手段不同而已。要找到大道，也就是说要与最高的本源合为一体，这一本源不同的个体存在形式，包括人的存在形式，不过是不完整的外在表现。最终目的不是追求全盘的毁灭，而世界也并非幻象，这是佛家的观点，承认同时否定，它并不循道而行。虚无是什么？就是不存在的东西。存在是什么？就是非虚无的东西。幻象是什么？就是不真实的东西。真实是什么？就是不虚假的东西。

> 以指喻指之非指，不若以非指喻指之非指也；以马喻马之非马，不若以非马喻马之非马也。天地一指也，万物一马也。

正因为这样，道家才能在公元前五六世纪就超越康德反人性理智的定论，但仍旧期望了解被忽略的部分。主客体之间的联系并未被切断。认识到对立物之间的相对说明不了理解力达到某种层次，这只不过是真实世界的必然性。每个生命都肯定自己是什么，而否定自己不是什么。所以根据不同的观点我们可以说什么存在或什么不存在，即便提出这一观点的人也不例外。肯定和否定如黑夜白昼般交替轮回，描绘出一条轨迹线，中间的空白就是道。

想要得道，光靠推理和静思是不够的：不能忘了人还有一副躯体，首先要学会让身体保持平静，然后再酝酿生命之气，当这股气撞上外界紧闭的大门之后，自然会回返精神世界。遵道之人不贪口腹之欲，最常做的运动就是练习呼吸。气息是世间最不具物质形态的食物；熟练掌握气息之法就不再需要其他食物，就可以拥有敏捷轻盈的身体，抵抗疾病和死亡的功效胜过任何不死仙丹。但也可以像停止钟摆那样，借阴阳的相消而去除物质的危害。如果阴阳完全相融，则压力消失、限制不再，而道显。

为儒家所接受的宗派都靠一家之长和一国之君或其代表来传道，是以名正言顺的无能来排挤女性。佛家有尼姑庵，但慈悲为怀的观音菩萨却是在中国的特殊产物，她怀抱婴儿，慈祥宛若天主教的圣女。道家则对女性更加宽仁大义，为不苟言笑的道德家们所不容的信仰，皆为道家所接受，形成百义齐鸣的繁盛景象。从汉字来看，"巫"字的最初意义即为"女巫"，加了后缀才出现了指男巫的"巫士"一词。女性代表负极，因此需要"巫"来吸引男性的（也包括天、太阳和生命的）正极流。

阴阳之理早在道家自成一说抗衡孔子之前就已存在，但道士们比孔夫子更加深谋远虑，写出了《易经》并奉为道学圣书，连孔子后来都不免懊悔未能早些研读此书。阴阳两仪的变化揭示出自然的规律，解决阴阳之相克，回溯本源，即是得道。天地、日月、昼夜、男女、虚实、生死，如此之多的矛盾体其实有着相依相生的关系。

时值公元三百六十五年六月二十五日和二十六日之交，夜幕深沉，真人杨羲幸见异相，经文字记载流传至今[①]："紫微王夫人见降，又与一神女俱来，神女著云锦襦，上丹下青，文彩光鲜。腰中有绿绣带，带係十余小铃，铃青色黄色，更

---

① 《真诰》。

相参差。左带玉佩，佩亦如世间佩，但几小耳。衣服倏倏有光，照朗室内，如日中映视，云母形也。云发鬓鬓整顿绝伦，作髻乃在顶中。又垂余发至腰许，指著金环，白珠约臂，视之年可十三四许。"

夫人坐南向，某其夕先坐承床下，西向。神女因见，就同床坐东向，各以左手作礼。作礼毕，紫微夫人曰："此是太虚上真元君金台李夫人之少女也。太虚元君昔遣诣龟山，学上清道。道成，受太上书，署为紫清上宫九华真妃者也。于是赐姓安，名郁嫔，字灵萧。"紫微夫人又问某："世上曾见有此人不？"某答曰："灵尊高秀，无以为喻。"夫人因大笑："余尔如何？"某不复答。紫清真妃坐良久，都不言。妃手中先握三枚枣，色如干枣，而形长大，内无核，亦不作枣味，有似于梨味耳。妃先以一枚见与，次以一枚与紫微夫人，自留一枚，语令各食之，食之毕。少久许时，真妃问某年几，是何月生。某登答言："三十六。庚寅岁九月生也。"真妃又曰："君师南真夫人，司命秉权，道高妙备，实良德之宗也。闻君德音甚久，不图今日得于因缘欢，愿于冥运之会，依然有松萝之缠矣。"某乃称名答曰："沉湎下俗，尘染其质。高皋云邈，无缘禀敬。猥亏灵降，欣踊罔极。唯蒙启训，以祛其暗。济某元元，宿夜所愿也。"

真妃曰:"君今语不得有谦饰,谦饰之辞,殊非事宜。"

又良久,真妃见告曰:"欲作一纸文相赠,便因君以笔,运我鄙意,当可尔乎?"某答奉命。即襞纸染笔,登口见授,作诗如左……"乃取某手而执之而自下床,未出户之间,忽然不见。

六月二十六日夕,众真来疏如左。紫微王夫人紫清上宫九华真妃上真司命南岳夫人。某师。

紫清真妃曰:"欲复厌烦明君之手笔,书一事以散意忘言,可乎?"某又襞纸待授。

真妃乃徐徐微言,而授曰:

我是元君之少女,太虚李夫人爱子也。昔初学真于龟台,受玉章于高上,荷虎录于紫皇,秉琼钺于天帝。受书于上真之妃,以游行玉清也。常数自手扉九罗,足蹑玄房。宵形灵虚,仰歠日根。入宴七阙,出辔云轮。摄三辰而俱升,散景霞以飞轩也。非不能采择上室,访搜紫童,求王宫之良俦,偶高灵而为双。接玄引奇,友于帝郎矣!直是我推机任会,应度历数,俯景尘沫,参龙下迈。招冥求之雄，追得匹之党耳。自因宿命相与，乃有墨会定名，素契玉乡，齐理二庆，携雁而行，鲍爵分味，醺衾结裳，顾俦中馈，内藏真方也。推此而往，已定分冥简，青书上元。是故善鄙之心，亦已齐矣。对景之好，亦已域矣。得愿而游，欢兼昔旨，岂不冥乎自然？此复是二象大宗，内外之配职耳。实非所以变无反澹，凝情虚刃，灵刀七累，遗任太素，保真启玉，单景八空之谓也。秀寂高清，郁与流霄，使凤歌云路，龙吟虎嗥。天皇双景，远升辰楼。飞星掷光，日月映躯。口吐冥烟，眼激电光。上寝琼房，流行玉清。手掣景云，足陟金庭。若自此之时，在得道之顷。为当固尽内外，理同金石。情缠双好，齐心帏莫耳。为必抱衾均牢，有轻中之接；尘秽七神，悲魂任魄乎？盖是妾求氏族于明君耳，非有邪也。今可谓得志怀真，情已如一。方当相与，结驷玉虚，偶行北玄。同掇绛实于玉圃，并采丹华于阆园。分饮于紫川之水，齐濯于碧河之滨。紫华毛帔，日冕蓉冠。逍遥上清，俱朝三元，八景出落，凤扉云关。仰潄金髓，咏歌玉玄，浮空寝晏，高会太晨。四钧朗唱，香母奏烟。齐首偶观，携带交裙，不亦乐乎？不亦得志乎！明君其顺运随会，妾必无辞。且亦自不得背实反冥，苟任胸怀矣！

授毕,复自取视而言曰:"今以此书相诒,庶豁其滞疑耳。"言毕,乃笑。南岳夫人见授书曰:

> 我昨见金台李夫人于清虚中,言尔尚有疑正之心,色气小有恨恨。汝违此举,误人不小。真妃有《神虎内真丹青玉文》,非尔所有。者辈良才求写,故当不为隐耳。今日相携,何但文章而已?将必乘景王霄乎?若有未悟者,宜微访可否?

> 真妃见夫人书言,乃笑而言:"携手双台,娱叹良会。景轩同机,于此齐乎!"

小仙女嫣然一笑,文字记载至此结束,并非为羞耻故,而是天机不可泄漏,这与感官快乐无关,乃真福也。美人从天而降是对贤人的恩赏,起初的犹豫不决是因为物欲未除。圣贤也是人,还得这样的仙女才能令他脱离凡尘,而玄妙的婚礼则让他彻底解脱。道教圣贤在修道时对这类仙女的出现避之不及,但不是所有的道士和道姑都是圣人。据说有些道士通过与女子媾和来获得精气,这种哲学的吸血鬼事件当然就不好拿到桌面上来讲了。

乐在北平

"不，我的裙子不漂亮，我也不漂亮。"是故作娇态吗？从她略显黯淡的眼神来看，该是自谦，或者说谢绝别人的称赞、恭维和礼物是有教养的表现。有一次，一位独自留在北平的将军夫人邀请我和她的几位朋友共进晚餐，她为人极为和善。我来到她的寓所，递上名帖，过了一会我吃惊地看见仆人又拿着名帖回来了，抱歉地说道："我家女主人没有时间。"接着解释说她确实无法脱身，请我来又说有别的事，实在有失礼貌。

我是突然之间想起了这件事，但若现在提起，那就是我的失礼了。这薄如蝉翼的丝绸倒是上乘之选，青玉的手镯衬出娇嫩的手腕，她冲我们抬起那张娇小可爱的娃娃脸，小脸蛋几乎有点盛不下那两只温柔的大眼睛，清澈见底的黑眼珠灵光转动。这些人起先因为我的出现而显得有些不自在，直盯着我看，后来渐渐习惯，众人脸上也都慢慢浮出笑意。

"您觉得那上面的我美吗？"她指着墙上的一张照片问道。照片里的她穿着短上衣和欧式裙子，站在画着风景的背景布前。可她要的不是我的回答，她正斜瞅着身旁不苟言笑的男伴，男的抬手指着另一幅有题词的人像，"是个男学生，"这次她怔怔地望着他说道。小情侣之间拌拌嘴而已。我当时就想不该在这里当电灯泡,可也没别的选择。

联姻的两家按照婚俗需要挑选一个中间人。在其他场合也需要这样一种人,引荐的时候总需要有个朋友在场,之后再见面就不需要了。我的出场昙花一现,充其量不过是三重奏的开场,我这部分虽不突出却也容易料理,删删减减成了断断续续的老式配乐。

"他答应过,"她继续说道,"今年冬天带我去巴黎。"注意!该我上场了:"您会来看我吗?"我递了张名片给她,她从手提包里拿出一张她的给我,上面印着一个诗意盎然的名字:天蓝。

天空的蓝色。就像端着茶盘的侍女,她高兴地跟男伴解释说名片上有我的地址,站在旁边的一个胖女人,身穿长袖罩衫和蓝色棉布衬裤,大概四十岁的样子,目光敏捷和善,像个慈母般的称赞着她。

自从上次与那道士不欢而散之后,我的朋友就绞尽脑汁想让我忘记不快。我们先去了一家北平数一数二的饭馆吃晚饭,那里的服务员都是女孩子。饭店门口倒也无甚奇特之处,也直通往里面的院子,池子里的鲤鱼懒洋洋地浮在水里,只等楼上的食客酒足饭饱之后能投点吃食。雅座设在楼上的阳台,门口挂着帘布。菜单跟其他有名的饭馆没什么区别,用漂亮的毛笔字写着菜名。有二十多种汤,鱼虾蟹类也不少,荤素皆有,还有面食,各种鸡蛋做的菜肴,禽类和点心。不过来点菜的是个小姑娘，胳膊里夹着纸笔，一道送上了漱口盅和茶水，意思是让客人边喝边慢慢点菜。这姑娘的美貌远近闻名，好像一幅会动的画，纱巾包着披肩的长发如同深色的背景，烘托着刚刚勾勒出的脸部轮廓。我跟她实在搭不上话，只好另叫了一个来。后来的姑娘动作略显生疏，短发下面一张纯朴的圆脸，被淘气的笑容映得颇有神采。她把我的帽子戴在自己头上，真是个孩子，嘬着嘴一脸不在乎地看着菜单："今晚我可不饿。"就在这时外面有人找她。

　　头一道菜上来之后她们又回来了。我夹了一颗烤杏仁和一块糖渍醋栗递过去，她们用嘴咬了，可没碰着筷子。倒是她们油乎乎的双手和胭脂上沾染的水汽让我略感尴尬。我朋友察觉出来，赶忙催促上菜。我们吃完准备离开，我走在他前面，"他们以为这是巴黎时尚呢，"他不屑地说。正下着楼梯听见阳台那边传来尖细的喊声，是告诉楼下收银台该收的饭钱和小费。伙计客气地把我们送出了门。

　　之后我们来到一幢房子前，因为这一片的小路条条相似，交错成相同的方块，犹如迷宫，我的朋友颇费了番气力才找到地方。他通报了名姓，服务员领着我们穿过院子，来到一间摆放着雕木靠背椅的客厅，就像到了酒店。"她说不上有多漂亮，但很健谈。"他跟我解释道。一个小姑娘从旁边的门里跑了出来，看见我这个外国人忙用袖子捂住脸。根据我的猜测，她不是怕丑，而是因为染了风寒，鼻子不

第二章 镜 像

通气，还直流眼泪，弄得有些邋遢而羞于见人。虽已到了寒冷的季节，但并非家家户户都点起了暖炉，偶感风寒也是常事。我们在客厅等着，那边有人打电话通知正在应酬的天蓝小姐。二进院的四周都是单间的包房，我们这间完全按照欧式风格布置，这在北平，尤其是这片老城区里算是相当奢华了。茶是杭州产的，我尝出了那股沁人心脾的清香。服务员上完茶之后正要离开，"谢谢小姐，不加糖就更好了"。我看见她惊恐的双眼里含着一丝哀求，我感到很意外，转过身来却发现我的朋友不见了。真糟糕，他就这样把小姑娘撇给我这洋鬼子了；我很想借用杨义的话："济某元元，宿夜所愿也。"可越慌就越找不着词儿。她安静地望着我，看我说不出话来，眼里的惊恐渐渐变成同情。"您的朋友不是土生土长的中国人吧？"她不像我有的比较，所以觉出这同胞的洋人气，顺便也找了个无伤大雅的话题。未等我开口，她感兴趣的那个人回来了，虚惊一场，小姑娘紧随着他，在门槛边打了个手势。我们的女宾主站起身来，歉声道：自己不得不去应酬另一位客人，稍候即回，有什么需要就告诉仆人。

她闪身从玄关门溜了出去。透过窄窄门缝，可以看见里面摆了一大桌酒席。是那个要去巴黎的男学生的饯行宴吗？他会在那儿大长见识的，因为另一个人正大聊着法国男人如何一整天都泡在咖啡馆里，他们的妻子又如何和女伴们闲逛。别的国家也未能幸免于那张利口，美国人在大街上随便开枪，日本人就太过吝啬，家里兄弟几个就一顶帽子，轮流戴着出门。坐在椅子上的服务员和我们相视而笑。我不知道天蓝小姐一句话也插不上会做何感想，那人巧舌如簧，说个没完没了。他这样的人若走仕途，参加个什么政党或委员会，没不成功的。在所有可以通过公共集会接触到权力的国家，都有可能被能言善辩者或傻瓜所蒙蔽。但在中国，就是这些课也不上（其实是因为基础教育的不足而没有能力听懂课程）的学生，却对与自己不相干的一切夸夸而谈，肆无忌惮又无知可怜。

我们正窃窃私语地交换着看法，门动了一下，探出一张脸，目光含笑但带着嗔怪之意，一根手指放在嘴唇上示意我们安静。我们表示时间已晚，很遗憾没法听完那位先生的高谈阔论。

最后一个节目是去距此不远的舞厅。大厅不高，但华灯闪烁，一对对舞者滑动起伏着，随着俄国乐师或柔或强的爵士旋律翩翩起舞。女的穿着短裙，男的则一袭长礼服。大部分是年轻人，也有几个中年人，人人步伐熟练，跳着狐步和探戈。只要中国人愿意参加某种运动，马上能够成为个中高手。但他们并不追求身体的过分扭曲，或突然停住、瞬间下落的特别效果，也不会紧紧揪住女伴，因为姑娘们个个沉着顺从，跟着男伴的舞步，只间或和他们低语几句。就这样，美国人从野蛮人那里学来的疯狂（也带到了欧洲），在这里却被中国式的体面降了温。

桌子已经收拾起来顺墙放好,两个跳舞的女孩正在我们身旁边休息边涂抹口红。其中一个身材纤细,弯着腰,伸着头,像个用功的小学生。另一个挺着腰板,健美的身姿一览无遗。我认为中国二十年来最大的改变就是女性教育,并非是说这之前它被完全忽略,而是之前有点儿藏着掖着,就像在暗房温室里栽培秘不示人的美丽花朵。现在,年轻女孩们走出家门,走进学校接受高等教育,在网球场上英姿勃发,在沙滩上享受日光浴,呈现出另一种女性之美,只是鉴于几个世纪的传统束缚而尚未蔚然成风。若有人问我:"您更喜欢哪一种美?"我可以发自肺腑地回答:"两种都爱。"娃娃脸姑娘已经证明了自己果敢的性格、敏捷的思维和坚韧的心灵。那个讨人喜爱的丰腴女孩也不必为自己的身材烦恼,哪有中国女孩会生就肥胖笨拙的四肢呢,女性固有的天性注定她不会沾染某些北方人推崇的男性举止,这也有违造物的初衷。转变成阳的阴可不讨人欢喜。

中央公园

"在我们这最不顾廉耻的就是婚姻。"这并非戏言。对旧中国的人们,还有古代希腊人、罗马人来说,联姻的目的不过是创造最佳条件延续香火。至于双方是否志趣相同，根本不在考虑之列：按儒家的道德观，新人在成亲之前不能见面。后来改头换面的现代优生学所严格执行的也是这套体系，目的都是优化人种，就像对家畜进行人工配种一样。只不过在中国是通过看八字来判断家业能否兴旺；如今借助科学进步而改成了显微镜检查和验血的方法。法国贵族所崇尚的理智婚姻同样置情感于不顾，算计的乃是财富和遗产。

婚姻赋予夫妻双方相互扶持和忠诚的义务，但仍无法避免身体机械结合的宿命。这也是为何孔子及其追随者制定了诸多的繁文缛节，将男女之间除传宗接代所需以外一切其他的接触降至最低，甚至禁止夫妻同杯而饮，传递东西也不能有肢体的碰触。然而，这些道学家只不过是纸上谈兵，凡是符合正统道德观的历史无不说明，人们从未真正一板一眼地遵守过这些把生活变得了无生趣的条条框框，每个时代都有冲破陈规旧习的甜蜜爱情和浪漫婚姻。

司马相如原名司马长卿，因仰慕名相蔺相如而改名。他生于本省首府的大户人家，不仅知书达理，还精于剑术，擅长音律，富于文采诗情，留下不少天马行空的美文诗篇。讲究享受的司马相如不久便将家财耗尽，幸得在某山区小城任县令的热心友人相助，才找到了栖身之所。司马相如的大名轰动了小县城，一日，一个靠开采铁矿发家的富豪邀请司马相如到家中做客，司马相如虽极不乐意，但因无法推辞只好赴约。到场宾客都是富绅显豪，众人请相如抚琴一曲，司马相如对着这些土财主心不在焉地胡乱拨弄了几下，突然看见内室的幔帘微微掀起，探出一张娇羞迷人的面孔，是富绅新寡住在娘家的女儿卓文君，年方十七。

卓文君当晚就与司马相如一起赶着马车往都城奔去，只留下恼羞成怒的父亲大喊道："这死丫头真是愚笨可杀，我一个铜子也不会给她的。"小情侣的日子可难过了。一天，相如为了沽酒不得不当了卓文君的羽毛披肩。两人对饮正酣，文君冻得用手捂住脖颈说："这样下去可不成。"于是他们回到小城，用借来的钱开了间酒铺。大矿主的女儿搬着酒瓶子，相如身穿牛鼻短裤在院子里刷刷洗洗。消息传到文君父亲的耳中，老员外终究动了恻隐之心，为女儿置办了嫁妆，应允了这门婚事。

这故事发生在公元前二世纪，经史载流传了下来。古希腊和古罗马没有一个作家写过这样令人耳目一新的故事，在中国却有很多很多。

旧时的婚姻以儒家道德规范为原则，情感被认为是个需要严加防范的不速之客，决不会加以推崇。只有道家的语言和图画才能表现不食人间烟火的美丽、人见人爱的魅力和难以名状的欢欣。西方宗教中可爱的天使在道教中身披仙女的彩衣，散发出异香，垂青拥有不死之身的凡人。

公元八世纪时的唐玄宗是中国历史上最穷奢极欲，也最多愁善感的帝王之一，不惜为美人杨贵妃耗尽举国财富。可他私下赐杨贵妃"女真人"之名，这是道家最高等级的称谓。因为美人喜食荔枝，于是皇帝命人日夜兼程，快马从南方将新鲜荔枝运到京城。但民间生灵涂炭，加之宫廷纷争不断，最终引发暴乱，以杨贵妃自缢收场，美人就葬在玄宗被擒的路边。数月后，玄宗回到宫中，想要重新厚葬杨贵妃，人们只找到了她随身携带的香囊（当时崇尚在中衣的腰带上悬挂香囊）。香囊仍完好无损，玄宗睹物思人，再也掩不住伤悲，号啕大哭起来。

九百年前[①]的赵飞燕能在掌中起舞，传说是按照一本古代相书中的方法研习气息，从而练就了身轻如燕的本领，哪怕三九寒天也只一身轻纱。与她共承君王宠爱的妹妹赵合德，据说肤若凝脂、滑如丝绦，经沐浴而不湿。赵氏姐妹是深得真传的道中之人。

我刚在由现代文学大师胡适主编、北平出版的《独立评论》上看到他的一名爱徒作于一九二五年圣诞的诗：

> 我们拥坐在壁炉前。火光映红了脸颊。我们畅谈未来。窗外飘落的枯叶沙沙作响。沙发的天鹅绒多么柔软。爱人的气息仿佛琼浆玉液般甜美。眉，难道你不愿我们就

---

① 此处年份有误。应为两千多年前。

这样待下去？

　　快乐的时光转瞬即逝，留下丝丝浅痕。就像追忆热烈局促的春天。痛苦留下深深的印记，时时不忘，缕缕分明。

　　眉，何时我们共赴青山，永远相伴？

　　陆小姐名小曼，给自己取了洋名Rose，就读于圣心学堂，于一九二一年嫁给王赓上校，本该幸福地共度余生，但四年后两人离异。随后她与徐志摩结为连理，男方选择在天主教圣诞这一天庆祝刚刚获得的幸福，将房中私密与信道之人的千年之梦合二为一，这些信徒在重获自然的秘密后抽身而退，归于远离死亡的孤绝之中。可惜徐志摩未能获得这最高的礼遇。

　　大概是因为全情投入、不顾一切地享受了天赐的幸福而遭到了惩罚，他于去年在一次飞机失事中英年早逝，当时他正兴冲冲地从上海赶来北平与朝思暮想的女友相聚。"爱情是暴君，我愿被这暴君统治。"这爱情信念的宣言解释了他的生和他的死。

　　几个月后，日军进攻上海，其时已领中将之衔的王赓受命于原总参谋部，当时前妻陆小曼仍在上海。一天，王赓外出执行任务，因为无法控制与前妻相见的念头，于是改道去了礼查（Astor）饭店，陆小曼就住在饭店的国际租界区内。可王赓在路上误入日本人之手，虽然几天后被释放，但随身携带的标有防御工事位置的军情文件给日本人搜了去，结果在日军的猛攻下，顽强抵抗了数月的中国军队最终不得不撤离上海。王赓被送上军事法庭，据传被枪决。其实不然，他被判渎职罪而非叛军罪，判处三十个月监禁，就此断送了前程。

一份画报刊登了婚礼当天的照片。新娘绢纱罩面，微微低着头，双手捧着花球，把下巴也遮住了；虽看不太清楚正脸，可也觉得出孔子时代的一首歌谣中所描绘的美丽容颜："蝤首蛾眉，巧笑倩兮，美目盼兮。"时至今日，人们仍用这样的标准来形容出众的美貌，按后来一个时期的说法就是"倾城倾国"。

国庆这一天，人们纷纷来到中央①公园，坐在树荫下闲谈。国民政府只改动了一个音节，中央公园就变成钟山②公园，钟山——孙逸仙的守护神。不过旧名仍在使用，就像巴黎的福煦（Foch）将军路，尽管市政府竖起不少路牌，但仍被叫作布洛涅森林路。为了纪念一九一一年武昌决胜之役解放了民众，民国政府将十月十号定为国庆日，就像七月十四日攻占巴士底狱，预示着君主制的结束。很多人前往军营和行政大楼前观看早上的官方庆典，但并没有听见有人呼喊"民国万岁"的口号。道路两旁飘扬的彩旗也只

---

① 原文为"Tchoung-young"。
② 原文为"Tchoung-chan"。

是商店惯常的节庆装点罢了。京城的老百姓早就对官家的盛大排场见怪不怪，国庆不过是个休息日，最好的活动莫过于闲庭漫步。

纯净的天空中一轮红日温和地照耀着大地。气势恢宏的入口并无笨重之感，一共三道门。来往不绝的游人中不乏殷实的小户人家，妇女们仍穿着旧式的衬裤，一手抱一个孩子；年轻人穿着笔挺的西装或制服，都戴着毡帽；老人则头戴传统的丝绸小帽；爱美的女士们穿着精致的丝绸衣裳，不过她们头上戴的礼帽才最引人注目，俏皮地端坐或斜扣在发髻上，要么紧贴着头皮要么鼓鼓地半遮住额头。两旁种着百年侧柏，被环抱于路中央的游人仿佛河水般缓缓流动。比个人还要粗壮的树干上满是岁月的沟壑，叶子都掉光了，不过枝枝杈杈居然也在头顶撑起一部巨大的伞盖，直冲天空承接阳光雨露的滋养。一路沉静稳重的参天古树领着我们来到土祭台前。这是个方形的小土丘，以不同颜色的泥土堆砌而成，中间为黄色，北向为黑，南向为红，东向为绿，西向为白。接着看见一幢四面敞开的小楼，抬头看穹隆，不禁凝神思忖那八根梁柱上的格言；对面的柱子上写着"主一之谓敬，无适之谓一"。

远处树丛里那一抹红色，是一间用朱漆木修建的饭馆。饭馆周围远远地摆了些桌子，四周空无一人，只有高大的树木，我们捡了一张空桌子坐了下来。不过服务员还是看见了我们，这不，几分钟之后热茶就端了上来。茶水还冒着热气，我们就起身继续漫步，一点也不担心有人来找麻烦：中国乃诚信之乡。一位带着几个小孩的母亲走到我们桌旁刚想坐下，看见桌上的报纸，自言自语了一声："有人[①]。"我们在下午茶时转了回来，桌子还空着，报纸也还在。邻桌坐着个上了年纪的男人，嘴唇和下巴上几根稀疏的灰胡子，身着深蓝几近黑色的长袍，头戴八角帽；他给身旁年轻的女伴点了好几盘各色糖果，女子上衣的领口和袖口处露出珍珠项链和金手镯。估计男的不是生意人就是出身富户，仗着有钱，厌烦了正统家庭的生活，纳了这个眼睛一刻也离不开的漂亮"小妾"。她以前是一家茶楼的姑娘，那儿像她这样普通人家的姑娘多不胜数，只要有几分姿色、不痴不傻，就能讨客人喜欢，挣下些钱来贴补家用。儒家教条不允许多配偶制，却可容忍小妾的存在，全是为了延续香火。小妾进门没有任何仪式，只有正室才能享受明媒正娶的礼遇，而且理所应当地成为侧室孩子的母亲。但事实上没人会忘记姨娘之子的身份，我的中国朋友们只要一有机会就会跟我强调这一点，仿佛这是令人遗憾的旧时余孽，但又无法视而不见或彻底消除。

老者欠身起来走开了，独自一人的年轻女子仿佛什么都

---

① 原文为 Yeoù jên。

不敢碰，只是乖乖地坐着，两手交叉放在桌上，眼睛望着远方。我悄悄从口袋里掏出相机，想拍下这恬静的美人，可她并非表面看来的那样心不在焉，瞧，她装作整理发髻，顺势用手和胳膊把脸遮了个严严实实，直到那老头回来。他倒是什么都没注意到，从容地坐回到椅子上。这女子虽然一言未发，但意思再清楚不过了，她一丝一毫都不属于我，哪怕是照片上的影像。

当我们起身返回的时候，太阳已经落山了。天空依然没有一丝云彩，但凉意袭人。携家带口的早早就把孙儿们送到了屋里，以免感染风寒，但也有几对晚归的游人对落日情有独钟，有几个甚至走开去享受一刻的独处，直到另一个过来把手儿牵起。

在旧中国，除了交际花，女性并没有自主地位。即使极少数终身未婚的女子，也总是在类似家庭的环境中找到感情的寄托。但二十年来，在我的朋友——女中豪杰郑毓秀所领导的女性运动的推动下，中国的女性教育所取得的进步足以令任何一个欧洲国家感到汗颜。所有大学里女学生的数量都与男学生不相上下，而女孩子更加稳重和乖巧，智力上也丝毫不逊于男孩子，所以常常在成绩上遥遥领先。除军职以外，毕业的女大学生几乎可以选择任何职业。最近就有一位上海富商的女儿加入了抗日军队，上海保卫战结束后，她又与中国东北的游击队会合继续战斗。这样的例子古已有之。

从前，年轻人只能趁着进香或闹洞房群起出动的机会才能见面，而今天的姑娘小伙儿天天都有加深相互了解的机会，在学习的过程中渐生好感。天津《大公报》等好几家报纸因此开辟了情感专栏，专为被情所困的人排忧解难。专栏里的情感处方数量之多和医院不相上下，公开发表以为范例，用的都是化名。一个年轻的小学女教师被学校主任追求，经多次拒绝也无法摆脱，迂腐的主任居然出言不逊。专栏建议她不要投诉而要求调职。一个女大学生受冻疮之苦，在诊所里得到无微不至的照料，男医生对她殷勤备至，乃至一天当中三次探望。女学生康复出院时，医生表白说没有她在身边，自己就活不下去。但仔细想想，她觉得那医生只不过对自己尽了应尽的义务而已，比别的病人对她更多一些关心而已，那么她是否应该送份礼物以示感谢呢？专栏回复：多加防范，听起来这个医生颇似在利用她的纯真。一名妇女因为丈夫认识了漂亮的女大学生而遭到抛弃。应该提出离婚，这种情况下，判决肯定会偏向这名妇女，但如果她因爱而决定忍气吞声，那就该停止抱怨。一名年轻男子也是在认识了女大学生之后，突然觉得妻子既不懂情感又没有思想。给他开的药方是：家庭幸福在于发现对方的心灵之美，对于甜言蜜语应该三思再三思。悲痛欲绝的鳏夫，出于家庭血脉相连的考虑，想娶亡妻的小妹（这也是古已有之的传统）。小妹表示"倘若拒绝，我就妄为人妹"，可她从小接受传统礼数的教育，因而姐夫写给自己的信一封也没回，让他颇感有些灰心丧气。专栏回复道：将为人夫者永远不该在未婚妻的坚贞之前气馁。另有一个小职员，在茶楼里碰见一年轻女子向自己倾诉衷肠：兄弟死于战场，奉养老人的重任落在她一人肩上，于是不得不辍学养家。虽然已经有两个富有老迈的茶客在对她大献殷勤，可小职员还是想帮她的忙：他生怕"风雨摧残了这朵鲜花"。可他一穷二白，该如何是好呢？编辑显然有点不知所措，于是建议他多多欣赏自然美景，努力工作，多多运动以排解烦忧，而后提出了以下实难令人信服的说法：世间到处都有这样需要关心和同情的女孩，但你无法拯救所有的人。不过最后祝愿小职员的好心能给他带来好运。诸如此类的事情在每个国家都会发生，现在中国有人开始关心情感问题，实在是件值得称道的事情。

我们朝那三重门走去，天空渐渐暗淡下来，愈发显出大门的清晰轮廓。这时，我忽然看见朋友的脸涨得通红，"喏，"他低声说道，"这个在我离开中国的时候还不曾见到过。"前面慢慢走着一对年轻人，仿佛对这美好的一天有无限不舍，虽然连一个手指头都没牵，但女的是中国人，男的是欧洲人。

天　坛

从词源学来说，希腊语和拉丁语中的"庙"，意指神在凡间的栖身之所，石头建筑只是用于供奉神像、收藏宝物的塔楼。信徒进入塔楼就像参观博物馆，不是为了祈祷，祈祷圣殿建在别处。这些古代建筑保存至今，当初的高度和规模要远远超过周围环抱的树丛，只是在城市发展的围堵中不断缩小，直至消失。雅典卫城和罗马广场如今都只剩下了残墙断柱。

中国思想中天生具有对称的观念，始终尊崇建筑的实在感和周围环境的虚空感。除了破屋成片的城郊（就像欧洲），在其他的地方，包括乡村，都保留了这种虚实的空间对比。房舍围绕公共水井而建，院子和菜园之间留有适当的空间。富人区里则都是独门独户的小楼，花园、台阶和外廊的深阔比房屋的大小更能体现财富的多寡。中国的房舍需要呼吸的空间。

孔教中的神与古代异教神话中的神不同，并没有人形，因此不需要凡间的居所。早在孔子之前，人们就用咒语召唤江神河伯、雷公电母，还有掌管水和空气的神龙，这些神可以幻化成各种匪夷所思的形态。儒教并没有完全否定这些信仰，但将其完全排除在皇家祭祀之外，而只保留了先皇牌位和几个最高等的神灵。比如标志四或五个方位基点的山峰，这些山峰本身就是大自然造就的神殿，天圆地方则分别象征神殿的半球穹顶和地面的四个方向。天地相对恰好与阴阳之别对应。冬至阳气回升，太阳偏天之南，在城南祭天；而夏至阴气始至，背阴为北，在城北祭地。

过了古城南门和电车轨道环绕的堡垒，再穿过尘土飞扬的棚户区，这才看到守护着天坛静寂的左侧门。那时封建制度还未废除，一位好针砭时事的诗人劝告君主说，君臣呼吸着不同的空气，清风舞动君王的衣袖，在空旷的院中飘荡，只拂过一尘不染的山岭、明净的湖水和一簇簇花朵，而普通人只能闻到街巷里的臭气。一墙之隔，已听不见路上的嘈杂，连风都慢条斯理起来，嬉戏着草地上的红枫叶，吹得松针呜呜作响，好像万根风琴音管同时鸣响，风轻绕在行人身旁直到祭坛前才渐渐停息。

在君主制结束之前，皇家祭祀的队伍在冬至寒冷的早晨从这里缓缓走过，前面一座代表苍天的圆形祭殿以大理石为基座，屋顶微微内陷，皇帝在仪式的前一夜来到这里，无比虔诚而谦卑，静静地默思。稍远处的叶丛下是一排琉璃瓦的商铺，专门售卖丝制钱币，供人投入支在地上的火盆中焚烧，这些粗糙的铜锅大小足可容下一人。

圜丘台立在三层巨大的圆台之上，底层直径约为上层直径的两倍，各层四面的台阶面对四方，坐落在环形围墙之内。满眼都是大理石泛出的白光，好在衬着半透明的扶手和栏杆倒也不觉刺眼。

《易经》以和弦和音管大小的比率为基础，建立了一种数字理论的规则，就像毕达哥拉斯[①]理论，只是两种理论的运算法则不同。《易经》中偶数对应阴，单数对应阳，其中九为至尊之数。所以在这个冬日的清晨，我像当年的皇帝一样站在圜丘中心，看到周围的石台犹如平放的巨大车轮。以扇面铺开的石板分成九块，每个扇区由九排石板组成，第一排一块石板，第二排两块，第三排三块，如此递增，直至含有九块石板的最边缘一排，共计四十五块，也即九五之和，五是《易经》数字理论中另一个重要数字。扇区最外围共有八十一块石板，是九九相乘之和。正如西方的数学家所说的，将一个数字乘以平方即是对其价值的加倍肯定。

磨损的石板看起来不那么齐整了。扶手上一块新雕的大理石已经摇摇欲坠，被一根铁线固定住。祭殿已经废弃不用，但仍屹立在苍穹之下，九九和谐让它成为上天在人间的镜子，在人间的无声神曲。

沿着两旁矮灌丛生的石板道来到一座塔前，塔坐落在三层的大理石平台上，平台从上而下渐渐放宽。这是祭坛的中心建筑，三重檐令殿身看起来比实际要高：下层檐扣住上层檐，直到蓝色琉璃的攒尖顶，上托一枚金光闪闪的圆球。正

[①] 古希腊哲学家和数学家。

檐下的牌子上用满、汉两种语言纵向写着"祈年殿"。殿内饰有星辰图案的木雕圆顶如同苍穹，藻井正中刻有龙凤雕饰，振翅高飞的吉祥凤凰身旁环绕一条象征至高权力的金龙。十二根金柱平地托起大殿，象征一年中的十二个月。主持典礼的皇帝进入象征万世的殿中拜天，祈求超越空间乃至时间的神力。而根据一种仅仅由知觉所至的构想来看，这种神力或许真的存在。这种构想与现代物理经过无数次数学运算于近期得出的构想相类，后者在三维空间之外加上了第四维——时间。

西山岭上

约公元前一千年时的周穆王，驾着八匹骏马，日行万里，一路往西奔去。行至边界，穆王与河伯互赠礼物，河伯为他打开道路。穆王"至于巨蒐氏，巨蒐之人奴，乃献白鹄之血，以饮天子，因具牛马之湩，以洗天子之足[1]"。直到一天晚上来在三峰相叠、直冲天际的昆仑山下红湖畔。

四周悄无声息，我透过花园的玻璃门，影影绰绰地看见里面沉睡的花朵。园子的那一边就是田野，两眼一抹黑的夜

---

[1] 《穆天子传》，卷四。

似乎一下子着了急,忙用气息摸索着,要看看池塘里的芦苇和白杨树的枝叶还在不在,可厚厚的围墙却挡住了芦苇和白杨的低声回答。

"吉日甲子。天子宾于西王母。乃执白圭玄璧,以见西王母,好献绵组百纯,组之白纯,西王母再拜受之乙丑,天子觞西王母于瑶池之上。西王母为天子谣,曰:

　　白云在天,山陵自出。
　　道里悠远,山川间之,
　　将子无死,尚能复来。

天子答之曰:

　　予归东土,和治诸夏。
　　万民平均,吾顾见汝。
　　比及三年,将复而野。"①

以上文字出自《穆天子传》,一群盗墓贼于公元二百八十一年在一座尘封五百多年的古墓中偶然发现了这部奇书。悬挂在天花板上的白炽灯好像蛛丝尽头挂着的蜘蛛,

---

① 《穆天子传》卷三。

我手中的蜡烛暗了下来,灯泡上再也看不到烛火的倒影。这里距北平有五十多公里,一旦停电还真就无计可施。

我们也效仿穆王一路往西走,只不过是乘车在日间赶路,走走歇歇。中法大学校长李煜瀛先生安排了这次出行,他可是我认识的最好的旅行伙伴之一:年纪不大,思想和体格都那么坚韧。他对一切都充满兴趣,对任何主题都有自己客观深入的独到之解。如果他觉得无话可说就会惜字如金,我也一样,大家一言不发时总是随思绪神游。而路上那些在他意料之中的小小插曲和风波总能激起我的好奇心,于是两个人就又会你一言我一语地搭起话来。

由西北门出城之前,我们就便看了看慈禧太后自认颇具欧洲风范的西苑:三角楣、露台和小亭构成错落有致的整体,苑内的房间里摆放着床、玻璃橱柜、桃木梳妆台等家具,是中国工匠仿照英法便宜货的式样精工细作而成。公园里的景致倒是十分宜人。前些天在颐和园重重叠叠的屋宅里看了太多销往欧洲或供清廷使用的砧木座钟、各式手表和压花或镶边花瓶,还有那艘雕着船舵和轮子的白色大理石趸船,现在终于可以泛舟在波光粼粼的湖面之上,眼见不远处闪出一座如画笔勾勒出的小桥,弓着桥身,生怕给湖水沾湿了。岸边的大树如剪影般投映水中;冰冷的水面上,朵朵睡莲紧紧依偎着长长的叶片,免得给人摘了去!在中国,大自然总有一语定乾坤的魔力。

汽车停在城边上的五塔寺前，据说是公元十五世纪一位君王完全仿照尼泊尔著名寺院所建：那时藏传佛教两百年后方才获得满族人的青睐。在中国，历史遗迹随处可见，实在无法做到一一照顾，其中一部分只有自生自灭，毕竟国家并非博物馆。寺院斑驳的穹顶上落下不少石灰渣，堆积在过道上，不过梅花形塔楼的环形三重顶盖倒是依然挺拔如初，上面爬满了苔藓，在一片凄凉的灰色中愈发显得威严孤傲。

我们又重新上路，汽车一路飞驰，同伴不发一语。圆明园焚毁于一八六零年。那场战争的目的和一八四零年时一样，都是为了打开中国对欧贸易的大门。只不过在一八四零年，单枪匹马的英国人运进中国的货物还只是东印度公司的鸦片。下令焚毁宫殿的是英军总代表额尔金，执行命令的也是英国军队。其父老额尔金伯爵之前就因劫掠希腊帕特农神庙的数尊神像而臭名昭著。这座皇家园林始建于公元十八世纪，根据遗图可知，园内数百座独立的建筑中不乏中西合璧的精品，将中式飞檐和西方古典建筑的廊柱完美地合二为一。只是如此之中西方的琴瑟和鸣却在接下来的一个世纪中戛然而止。

老子参透了道的玄妙之后，抛下宫廷史馆的卑微职务，和穆帝一样往西而行，在出关口被守城军官拦住。这军官是个"服精华，隐德行仁[①]"的大智者，当他看到一团紫气从东

---

① 《西升经》。

方冉冉飘来，就知道有圣人将来。他请求老子"告以道要[①]"。老子对他考验再三后认可了他的美德，于是在离开之前写成《道德经》，留给了守城军官。好些文人志士都相信老子一定能够教化蛮荒之地的夷民，因为他和孔子都认为"有教无类"。也许是后来老子乔装改扮，总之从此以后再没有人见他回来。

九点还不到，又是一宿漫漫长夜，于是我熄灭了蜡烛，以防备天亮之前有不时之需。我们在下午来到这所因附近的温泉而得名的疗养院。温泉浴室就在离主楼不远的地方，但是安排给我的那间浴室没水了。我在寂静的黑暗中闻到一丝淡到几乎难以察觉的硫黄味，但周围的空气马上随之活跃兴奋起来，如同芥末唤醒了味蕾。

我们还抽空参观了一座示范农场。管理农场的就是故友李煜瀛先生的儿子，一个和他父亲一样活跃而又稳重的年轻人。他热情地招待我们，言行举止大方得体又不失幽默机智。农场自产的牛奶和黄油味道好得没话说，因为我在法国公馆里每天都吃得到。其实中国本地的牛并不产奶，所以引进了欧洲的奶牛。我们还看到一架去棉籽的机器，尽管本地气候并不特别适宜种植棉花，但葡萄的长势却颇好，只是酿造的葡萄酒口感还不够细腻。年轻的农场主曾在法国待过几

---

① 《西升经》。

年，所以很清楚眼下的不足，请我们对他的首次尝试多多包涵。这里还有一座规模颇大的鹿苑，每两年割一次鹿角。鹿茸粉在中国是一种颇受欢迎的壮阳药，上了点儿年纪的男士尤其钟爱。为此也编出一些笑话，法国也有鹿茸粉这类或多或少有些回春功效的药物，当然也少不了应题的笑料。鹿苑里雄鹿和雌鹿的数量相当，可雄鹿之间总是互不相让，也就免不了争斗，直到最后一战分出输赢，赢家成为号令众鹿的首领，输家则被驱赶出群。野生鹿群中的争斗只限于鹿角的纠缠碰撞，至多不过偶尔折断几根侧枝，这里则不同，雄鹿用头相互猛烈地冲撞，有时甚至会诱发致命的脑膜炎。

　　云朵如同我们明天要爬的山峰般暗淡，可飘得比那山还要高，阳光都消散于其中。那似远似近劈劈啪啪的声音，是落在花园里的小雨吗？也只有在这样澄净的夜晚才看得到玻璃屋顶上的反光。耳朵在静谧的边缘捕捉着哪怕一丝的响动，可什么也听不到，那难以捉摸的暗语不是捎给我们的。看，看到空旷无边，听，听到寂静一片：这就是书中所说的道。除天主教之外，没有哪一宗哪一派曾对不可名状的神秘事物表现出如此的尊重，提出如此的深意。有时真相近在咫尺，颤动的微光已经若隐若现，只要冲破最后那层沉沉的黑暗："一生二，二生三，三生万物。"《易经》中轻描淡写的一句话被后世反复学说，足足比基督的启示早了十个世纪。数字理论的妙用从何而来？光的启示犹如梦境一般，让人瞥见基督的三位一体，人类的弱点在瞬间败露，长久以来不能也不该揭开这启示的谜底，那么是否能以基督三位一体的这种瞬间预示来解释《易经》中的这句话呢？更不可思议的是，《道德经》的作者在书中的一个章节中给"道"起了三个名字，只有最后一个还可以理解，相当于法语中的形容词"无形的"；而其他两个，即便借助精妙的注解也始终难得其义。在这种情况下，自然会想到这些词是根据读音来选择的，就像标注外来名词。后面的一句话似乎就说明了这一点："此三者不可致诘，故混而为一。"分别是"夷—希—微"。希伯来语中没有元音，正是这三个辅音在语言差别允许的范围内确切地描绘出 Iahvé 一词。二十世纪一位法国学者就提到过这种一致性，而唯理主义评论家们只愿把它看作是巧合。若不算重音，古代汉语中大约有三百个不同的音节。这些音节中任意三者的可能组合就达到两千六百七十三万零六百种，其中有三种能够比较准确地标注出希伯来语的三个辅音。如果道的三个名字不是有心之举的话，那么发生这种巧合的概率就是四百四十五万零一百分之一。

  唯理主义者无法理解如此简单的推理，他们多少有些不由自主地盲从于当代科学的偏见，因而对他们而言，物质不是思想的条件就是思想的原因。同样，物理学家如果不借助机器模型，就无法描绘某种现象，他们所需要的是被称为事实的东西，也就是那些可以触知的形象。他们坚信勒农①的说法，相信历史科学终有一天能够准确地定格过去的影像。在这些唯理是尊的科学家看来，必须给出老子有根有据的生平事迹，比如老子某次参观了某个犹太教会，该教会领袖为他翻译了圣经，而这个领袖必须有名有姓，唯有如此，上述《易经》中的文字才能令人信服。但事实并不能代表全部，老子的存在是信则有，不信则无。任何科学都可以是一种信仰，而真正的信仰只能来自上帝。道家在尚未获得全面的启示之前，拒绝相信人为的判断，无论对象和方法如何。对于认识我的人来说我是存在的，对于不认识我的人来说我就是不存在的。哪种说法更有道理呢？我断定自己是存在的。但如果我存在，那么这种断言就毫无意义可言了。我不知道自己是清醒还是在发梦，我也不知该怎样来定义存在。我好像开始像个道士一样地在思考了。

　　我睁开双眼，在一片愈发的昏暗中隐约看见房间正中桌子的轮廓。上面缀着一点红色，我想起来了，是在路上摘的玉兰果，连着枝枝丫丫，看起来像是竖起的羽冠。暗影缓缓蒸腾，窗外灰色的晨曦一口口将它吞噬。我们马上就要出发了，今天的路途遥远，晚上还得赶回北平。

　　刚刚探出脑袋的太阳睡眼惺忪，光线耀眼但有些模糊，

---

① 法国哲学家。

在草原上洒下一片清冷的阳光。河堤恰恰抱住池塘里一汪薄雾笼罩的碧水,穿过芦苇间的堤道看见一幢小屋,我未敢贸然推门。是间养蚕场,那可不该让屋里的热气散了出来,也不该打扰正在吐丝织茧的蚕儿。在池塘的另一头沿着泥泞的小径一直走,头顶的树冠在阳光下闪闪发亮,尽头有座石亭子悠然地立在树下,树丛就像特意为它留出了这片开阔的视野,可惜这时风还有些凛冽,并非赏景的好时机。我转过身往回走,看见打住处那边来了个一身短打扮的男子,肩上扛着铁锹:中国农民的劳作时间比法国农民的还要长啊。

车库和饭厅楼房之间的一道小门通向小路两旁的几幢房屋。这是一所女子学校,我小心翼翼地穿门而过。左边的大厅里放着书桌和长凳,我挑起对面墙上的帘栊,露出一幅衬着朱红和暗金色网格底纹的众生相。虽然庙已不再是庙,但这幅佛教壁画还是存留了下来。这帘栊一来起到保护作用,二来避免学生们上课开小差。正要出去的时候,我似乎听到有脚步声,一道轻盈的身影从小路上一闪而过,头怯怯地低着,不过我想如果那人不亲自现身,从斜里望过来怕是也看不见窥伺的目标吧。

车辆已整装待发,不一会儿就悄无声息地奔跑在平坦的榆林大道上。几分钟后看见一座村镇,这个人口众多的国家一路上都是这样的小镇。我在城里就已经对中国司机的高超技艺钦佩不已。他们能够娴熟地急转弯,在人群中平缓地行进，不紧不慢地闪开行人和洋车。而在乡间，门户间的窄巷往往只有几厘米宽，屋宅外院围墙之间的过道也宽不了多少，如果不懂闪避的技巧，就算是直行也免不了磕磕碰碰。老人们坐在门前的台阶上晒太阳，孩子们在另一边扑闹成一团，一个个笑眯眯的，可爱极了，和其他的中国小孩一样，他们也冲我们招着手，我们的车蹭着侧墙开过去，以免撞到他们。这时，前面的路口突然闪出三头骡子，排成一溜拖着沉甸甸的草垛。

我们来到前面升起的这座黑沉沉的山峰脚下，悬崖林立，山上的树林子里刮过一阵裹着雨丝的风，飘荡到山顶凝成灰色的穹隆，把太阳也遮住了。车停在一幢校舍前，李煜瀛先生以前曾来过此地，留下了他对中国教育孜孜奉献的见证，他一心希望中国的教育也能实现法国的政教分离和共和体制。几顶竹轿已经等候在一旁，抬杠上扎着柳条椅子。每乘四个轿夫，两前两后，肩上扛着抬杠，一个随着一个；如果其中一个调换肩膀，另一个会抬着继续走。他们矫健地绕过岩石，越过溪涧，有节奏的步伐上下起伏，坐着的人感觉五脏六腑被一个装满核桃的口袋一下下地挤压着。一开始我还以为这些家伙是在捉弄人，但在一个转弯处看见后面的中国朋友们一个个都摇晃得不亦乐乎，才知并非如此。这时候，前面那个轿夫说了句什么，我没听清，后来我才明白了他的手势，是让我坐直了身子，因为竹轿有些不稳当。

右边的扶手上有个洞眼，上面插着一把中国洋伞，伞柄粗如胳膊。这时湿气已渐渐转成蒙蒙细雨，可眼前还看不到可以避雨的大树，朋友们都忙着把伞撑开，而我却执拗地任由雨点打在身上，他们肯定觉得这是冒傻气。所有的欧洲人都觉得中国士兵每人背一把伞实在好笑，可难道身穿防雨衣的法国士兵就会比背雨伞的中国士兵更勇敢些吗？真是莫名其妙的偏见，可我自己不也大惊小怪来着吗？

道路渐渐变宽，我们下轿来，路旁尽是粗大的红棕色树干，长得有几人之高，顶着葱郁的树冠，好像屋顶上密不透风的瓦片。李煜瀛先生解释说这是 Ginko biloba，他对所有欧洲或中国的科学几乎无不通晓，这个植物学称谓大概是汉语名称银杏的误读，指的是这种树的果实"银杏果"。我想，这种树在欧洲大概无人能识，它的出现可以追溯到某个其他生物都已灭绝的地质年代。银杏生长得很慢，但寿命很长，因此在这样的气候条件下，其树高和干粗完全可以与黎巴嫩雪松或是美国巨杉媲美。

登上几级台阶便见一座掩映在巨型银杏树下的院坝，琉璃屋瓦探出墙外。原来是座道观，如今已没有了道士，但仍有笃信"大觉"的香客不断前来。看门人迎了过来，看见我们浑身湿透，忙把大家让进屋里。在这之前，我所到之处无不是豪宅或宫殿，今天第一次踏进寻常百姓的屋宅。

微弱的阳光透过窗纸照进来，越发显得黯淡，温度倒是刚刚好，馨暖舒适。夯土的地面上摆着铁锅、锯子、炉架，倒让人觉得像在法国汝拉山伐木工的小木棚里——看门人闲暇之余会到林子里干活——不过这里的炉架上放的是茶壶。进门右手边的房间靠里的位置被一张炕①占得满满当当，这是一种砖头砌成的中空台子，往里面塞入木屑燃烧取暖。炕上铺了张薄毡子，主人请我们坐到炕头上，对于一群冻得手脚发僵的旅人而言，没有什么比这更惬意的了。窗边堆着一摞旧书，估计是道观里的，其中一本摊开的书页上用粗大的字体写着：

求暗渊之神，可免病困之苦。
求暗渊之神，可免是非之祸。
求暗渊之神，可免战乱之痛。
求暗渊之神，可免水火之难。
求暗渊之神，可免恶灵之害。

主人把冒着热气的茶盏放在我们面前，他循着我的目光看到那本书，但什么也没说，大概以为我是无神论者。他坐在椅子上，出于礼貌，只是略带微笑地望着我们，嘴里叼着烟斗，铜制的斗和笔直的杆相连，好像枝头的一枚橡栗。

---

① 原文为"k'ang"。

我朋友用法语问我是否需要什么，这引起了主人的好奇："您说的是哪国话？"大家忙告诉他法国在哪里，他低声道："这么远啊！"一个外国人远涉重洋来到中国，不为别的，只为更好地了解这个国家，他对此颇感惊异，也露出几分自豪。

院子里整齐的银杏树像一支黑色御林军守护着道观，大家对此赞不绝口："最漂亮的那棵已经不在了，"他黯然说道，"慈禧太后因为嫉妒把它砍掉了。"

不能只凭她命人建造或装饰的宫殿来评价这个女人。她是满族人，当年只是个低等嫔妃，既没有文化又缺乏品味，性格却十分刚毅。就是她，在孙子德宗光绪登基后垂帘听政，并在皇帝一八九八年尝试建立自由帝国失败后将其软禁，又将一九零零年义和拳运动的矛头转向了外国人。慈禧卒于一九零八年，而随后清王朝的覆灭，其专横统治难辞其咎，她没有亲眼看到这结局也算是一件幸事。当年被迫离开那座欧洲贵族式的宫殿，慈禧暂避到另一处皇家宫殿，这宫殿后来成为民国初期一位大总统的官邸。如今，慈禧去世时躺的那张黑色窄床，仍伏在中式的凹室里。墙上挂着一副老年慈禧的肖像，长脸颊，双腮下陷，冷酷的目光略有些呆滞。说不上来她是否曾经漂亮过，不过要让男人成为阶下囚，美貌并非必须。

"宫里派人来砍那银杏的时候，"看门人继续说道，"我只是个孩子，但还记得有人说听到那棵树在斧头下面发出人一样的呻吟：哎哟！哎哟！没过多久就死掉了。"

天空渐渐放晴，这小小的道观偏居一隅，暖和和地蜷缩在山坳里，屋宅面对面地排成列，中间的院子状若蜂房，带檐的回廊连接着各处房屋，四通八达。大扇的门窗洞处处可见，雕木窗框交错处的油纸将阳光细细筛过，也挡住了外来人窥伺的目光。所有的门都紧闭着，可我看见了雨檐下的一口青铜大钟，看门人见状，掏出钥匙，推开两扇门。进屋看见靠墙立着三个黑乎乎的男人，望着我们却又视而不见。三人都蓄着浓重的胡须，大鼻子，吊眼梢，狂放的笑容令脸部线条有些夸张，自然地散发出一种难以名状的炽热情绪。他们不是神，而是圣人，在人间活了几百年之后升入天界。中间那个身穿长袍、背背宝剑的是吕洞宾。一天，他在山中偶遇隐士，就便在隐士的小宅内歇息，屋内炉子上正煮着一锅黍粥。当年吕洞宾中了状元，做得高官，娶了千金小姐，后来失宠，流放途中经过这座大山，冰天雪地里正遇人困马乏。他长叹了一声，听到主人说："黍粥还没煮熟。"他明白了其中的深意，从此一心向道：人生不过梦一场，更当快快醒来。左边那人一身破衣烂衫，手握木响板。传说这个乞丐当年在集市上又唱又跳，引得围观众人一片哄笑，以为他非疯即痴。直到有一天，人们听见排箫阵阵，一只白鹤飞来把疯丐带走，人们这才幡然醒悟，发现乞丐的疯话里竟藏着无人能解的大智慧。第三个骑在驴背上，手执竹笙，每天走几百里的路。

停下来时，他就把那坐骑压扁成一张纸片收进笙筒里，等到要走的时候，再把纸片抽出来用唾沫沾湿，又变回原来的毛驴。三尊塑像都是陶土所造，我问看门人那驴笼头是不是金的，他笑着说："镶金[①]。"

其实道士们也不反对纯粹的消遣娱乐，因为我看见门边靠着块石板，石板上的回纹仿佛一条蠕动的虫子，但首尾不连。这是唐代兴起的一种大众游戏，尤其在节庆期间最受青睐。此后，绘画和诗歌中常常会出现这样的场景：意兴阑珊的宾客层层叠叠地挤在蜿蜒的溪水边，注视着水流中如核桃壳一般大小的酒杯，每只杯里盛着半盅酒。只见一人抓住水草不放，还有一个绊倒在岸边，另一个看见酒杯停在跟前，抓起来一饮而尽，赢得周围众人击掌喝彩。眼前这块石头，还有这条涓涓细流汇成的小溪，可以在雨季里撑着伞玩。我们法国人也有室内网球可供消遣，不过我可不觉得法国的修士会常常打网球。

佛教初建时是一种和尚的宗教，而道教在公元二世纪佛教进入中国之前是没有道观的。道教既不忘最初的根本，同时兼收并蓄，这是其他任何一种宗教都无法相比的。它根本无法被赋予确切的定义，对所有的个体表现形式都一概不拒，这样日积月累下来，道教总能顺应局势并吸收当世的思想，

[①] 原文为"Siang kin"。

像一块有弹性的织物不断吸收，却不会消融。关于道教教义和阐发教义的文集传到欧洲，被冠以《道藏》之名，包括探究数字的《易经》，以及《道德经》，又称《老子》，此书中的哲学赞美诗兼具诗歌和散文的特点，称颂道和德，在差不多同时代的《尚书》中也有这样的文字；而各类辩道的著作，则是雄辩术在中国达到和希腊相当的规模后才逐渐出现；陆续补充的传记记载了圣人的生平；还有丹经、养生术之类的著作，就像法国中世纪时期寻求点金石和不死药的典籍；还有道家理论形成后作为补充的各种"启道"著作，就像当年在中国开枝散叶的佛教；之后的《淮南子》形成了后来和佛教道德观一样纯粹的道教义德；七世纪堪称哲学的复兴时代，很多学者的评论成为道家著作的丰富补充，出现了试图将佛、道两家的教义融合起来的著作。而十八世纪的一些著作甚至已不满足于道教和佛教之间的这种和解，所做出的努力可与法国十九世纪的折中主义媲美。它们就道教的基本观点提出了其与儒教的共通之处，只要追溯得够远，儒教这个宿敌也能成为道教的同根兄弟。

种种和谐的音律都是基于同一个调子，只是如此缓慢而低沉，只有用灵之耳才听得到。当然了，很多早于我之前的道教研究者们就已经提出过此类比喻。《西升经》一书中记载老子在外域讲道，是最早的例子之一：

> 不知道者，以言相烦；不闻不言，不知所由然。譬如知音者，识音以弦；心知其音，口不能传；道深微妙，知者不言。识音声悲，抑音内惟，心令口言，言者不知。

要闻道，先缄口，而心灵的平静才是必不可少的。只要双耳不闻，在人世的嘈杂喧嚣中也能得到永生；只要心不为所动，面对富贵荣华、声色犬马也能泰然处之。做了什么并不重要：信念足矣。心归本我，懂得静思的人才更加接近真理。道家是智慧上的神秘主义，因而从道德上来说它就是寂静主义。而要求言行都必须符合礼数的儒家自然会认为道家思想不符合公共规范，视为不道德。佛教的慈悲也照样不属道家的理义范围，道学家认为慈悲只不过是把对道的关注转移到生命之上，无异于走了一条毫无意义的岔道。相反，《淮南子》中则包含了为佛教所认可的训诫，比如不伤草木蝼蚁，把他人的成败当成自己的，而这一切都是基于儒家思想中人命天定的观念，因此善恶皆有报。这部著作成书年代刚好是三种宗教开始融合的时期。一种推崇信仰，一种讲究慈悲，再一种则要求恭顺，如同上帝把传遍世界的基督启示一分为三播撒到中国。三教共居的大厦如果没有相同教义铸成的拱顶柱来支撑的话，就会轰然倒塌，就算这些评著没有起到预期的作用，也不失为好兆头吧？

这个世纪①的人中之杰往往外表无奇而胸怀大智。帕斯卡尔内心涌现的想法恰恰与道不谋而合，只是他自己不知道罢了。思想上的谨小慎微有时反而会成为阻碍，只有清除所有的掩饰，才能接受伟大思想的洗礼。中国历史上最早的，富于想象力且能文善墨的辩证道学家之一，曾在一篇著名的文章中把天之琴与地之琴作了一比，地之琴奏出深渊里的疾风骤雨，是林间的轻风秀雨，而天之琴则愈发宏大，为宇宙的乐器，本源的气息就是它的动力。道教中具有超凡智慧的高人们厌弃尘世，遁入空寂之中，用耳朵聆听地之琴，最终得享天琴之音。

这道观里满是异教徒，没法将道义推及更远，但也是为了聆听天音才藏身山涧，排列整齐的参天古木保护在四周，道观外的树林则一直延伸至山顶。在仔细勘查了地形，并对交汇于此的各种不可见的感应进行缜密估量之后，选择这里作为最佳的聆听位置。

宅院的侧墙顺坡而上，墙边一道石砌楼梯，台阶石面刻着棱纹以防滑倒。楼梯尽头一条石子路，道旁溪水淙淙，隔个三五步就蹿跳两下，可能觉得路的那边更有意思。面前的一片屋宅中跃起一座露台，没有其他入口，只两侧各有一部楼梯，就算凑到跟前，相接的石层表面仍旧光洁得连一道细

---

① 以成书年代为参照。

纹也看不出来。大草坪上立着三座斑岩的圆顶建筑，里面最大的一座位置突出，旁边两座小的恭恭敬敬地仰望。稍远处，草坪背后的树林又开始顺着山坡慢慢往上爬。道光皇帝的七皇子奕譞就葬在这里，道光的玄孙就是被慈禧夺了权的光绪皇帝。奕譞想要长眠于道观中与两位爱妃长相厮守。这里笼罩着肃穆之气，因为墓地的选择尤其重要，需要经过特别的考量，而这又是皇子的身后地，自然愈发不同一般。这就是老百姓说的风水，风吹动气息，水止住气息，看风水的目的就在于找到这两种力的平衡点。精神的魂灵飞走了，肉体的魂灵在下葬时得到安息，但既不能窒息在墓穴里，也不能游荡在外，否则就成了身怀邪术的孤魂野鬼。

看门人指着沟里一截直径足有一人多高的乌黑树干，我这才明白为什么他要带我们走这道楼梯，原来那就是慈禧下令砍掉的银杏。现在它可以安息了，清朝覆灭，大仇已报。

一股水流浸湿了路面，尽管刻了细凹槽，可走在上面还是打滑，尤其我这皮质鞋底。这条路倚着楼梯形的山墙，就好像背靠一部巨大的楼梯，每级台阶都高至肩膀。我就从这儿跳了下去，同行的中国朋友们看到我这个体面的老书生居然做出如此危险的举动，不免吃惊，可后来纷纷效仿。中国人就是喜欢逗乐子。

竹轿正等着我们往南边去，那里是道观的一所附属宅院，如今成了守林站。有一条笔直的大道通往那里，我们回来时就走的这条路,但与道观相连的只有一条鲜有人迹的偏僻小路。先要走出树林,再跨过一道山沟,路上还得绕过坍塌的碎乱山石,然后爬上一座光秃秃的小山丘。在急弯处,后面的轿夫不得不举起竹杠,以免撞上旁边的斜坡。这时,走在最前面的轿夫示意停下,他询问身旁的伙伴,可他们也说不出应该循着黄泥巴地上的哪条褶走。于是另一乘更熟悉情况的轿子换到前面带路,可他们也弄错了方向,因为小路把我们带到了一座农场,夯土小屋,周围种着白菜和向日葵。一名农妇听见狗叫声走出屋来,棉质衣裤,身材不高但很健硕。"走西南边那条小道,"她说道,"然后往西转。"

我在北平就发现,如果按照法国的习惯,以左右来指路,洋车夫们总会搞不清方向。应该以四方的固定轴线来指示方向,所以我才应该好好想想,可还是免不了经常出错。指南针在远古时代的中国就已出现,据说在一次战役中,黄帝的敌手作法掀起大雾,想让他找不到军队,幸亏拥有"指南车",黄帝才没有迷失方向。我们这些欧洲人在离开了熟悉的环境之后,总是根据不断变化的身体位置来区分空间,让世界按照我们的意志旋转。而中国人却相反,没有忘记人系于自然,移动变化的一方是自然。中国人懂得借助星辰和磁石来获得身体之外的固定参照点,并铭记在心,他们就像古代的黄帝,甚至更远的古人,随时都在观察"地貌天象"。

农妇指的方向没错,因为我们渐渐看到了森林的影子。

爬过一道几乎让人头触膝盖的陡坡之后，道路终于闪现在眼前。轿夫们停下稍事休息，其中一个不住地咳嗽，可当我看过去时又马上忍住，害怕被发现体质虚弱而丢了活计。他们个个大汗淋淋，也没有多余的衣物来抵挡树叶间滴落下来的点点寒意。这个行当比拉洋车有过之而无不及，也是个做不到老的活计。

挡土墙高若城池，墙下是个石砌的蓄水池，水源就在不远处。水质至清，倘若不是泛起碧绿的微澜，会以为池子里什么都没有，可当你以为目光已经捉住了那水波，它却一下子又没了踪影。主人一直迎到楼梯下面，他的娇妻有些惧生，矜持地站在露台上，面带微笑，两人连声道歉说午餐实在简陋。男主人曾在法国学习地理、植物学和农艺学，是林站的负责人，肩负这一大片山林的绿化重任。面前的主楼群一层层地依坡而建，山坡转到房后又重新披上了深色的外衣，继续向上攀升。我们沿着外面的楼梯鱼贯而入。四合院掩映在两棵大树的浓荫下，树干比邻而立，树枝交错而生。一棵雌树，一棵雄树，环抱成一棵夫妻树。我从树上摘了一簇状若手掌的树叶，青绿色的叶面上覆着一层薄膜，看不见叶脉。男主人走了过来，带着我看了几株雌雄同体的植物，其机体结构要更为复杂些，他本能地压低了声音说道："这是一棵低等植物。"我的脑海里不禁浮现出那棵在利斧下呻吟的银杏。

中国人请客要等客人来了才开火炒菜，这条规矩真是妙极：给菜肴保温会让味道大打折扣。我们逮住开饭前的几分钟来到阴暗的斜坡上一探究竟，根茎树干交错纠缠，不时蹿出几块怪石。一道突然涌出的瀑布打破了周围的寂静，原来是一条藏在黑色苔藓下的溪流遇岩石跌落而成。我们就像炼丹师一样，拨开黑森森的灌木，寻找可以延年益寿的双叉蘑菇。炼丹师熟谙咒语，防止蘑菇在还未到手之时就一闪不见。大家可都忘了背魔镜，不管碰见什么人样的精灵，只消一照，马上现出狗或鹿的原形。

主人太过客气。豆芽口感嫩软，肉馅煎饼冒着喷香的热气，还有如清泉般甘洌可口的苹果和橙子。进门右手边的大厅里放着一排躺椅。另一侧的墙角放着一门装满旧书的立柜，上方一幅头顶金色光环的圣人画像。桌子上面正中位置，沿大梁悬挂的横幅上写着一句诗："翠竹滴露珠，跌于松针间，乃至福矣。"

我不是第一次看到这种为文人所钟爱的装饰风格。几天前，得李煜瀛先生的盛情邀请，我参加了一次美食荟萃的私人餐会。那是一幢非常漂亮的房子，每间厅室里都挂着一两幅格调异常雅致、配有题跋的古画。我拜访过的朋友中，无论是大学教授、工程师还是富商或政治人物，家里都少不了这样的艺术诗画氛围。欧洲也一样，各人根据情况悬挂起绘画、素描、照片或石印彩画，但通常只是表面功夫，且常常因为虚荣。在中国，书法绘画平时都卷好一一放在柜子里，遇到节日、送别、丧葬、生日或请客时，再从众多卷轴中挑出最应景的挂出来。

南面的露台一侧靠在突出的山体上，正对着的苗圃里，小树枝头相靠，密密地排成行，相互撑起还不够粗壮的纤细茎秆。这些十五岁的小树，长得最快的不过齐腰高，不久就要和兄弟姐妹们分开，前往我们经过的那座秃山头上独当一面，自由生长，直到七十岁风华正茂之年，享受花繁叶茂的好时光。

路的尽头是个正方形露台，四周围着纤巧的女儿墙，墙外是深不见底的渊涧。这里修了座小庙，比先前那农妇家的茅舍还要小，圆形的屋瓦已经开始剥落，只有一条羊肠小道通到庙门口。东方微白，一眼望去，看见金色田野上散落的小村寨镶着绿色的边，远处的丘陵中隐现出几座庙宇，河道流经之处泼出一道浓墨重彩的曲线，再远处，腾起的水雾把大地和云彩晕染成一片。

南边，陡直的谷壁把我们隔在山峰的这头，碧蓝如洗的天空中映出山岩丝丝分明的突起轮廓。零星缀着几片叶子的浅红色树枝探出墙头，树根深扎在悬崖的缝隙中。这就是云台山上的那株桃树，传说一位道人带着徒弟们来到此处，说只要谁敢去摘那树上的果子，就传他得道的秘诀。只有一个徒弟站了出来，纵身跳下悬崖，幸亏跌落在伸出的树枝上。他把桃子摘下来丢给崖上的师傅，等到想要返身上去时，才发现树枝不够结实，崖壁上也没有蹬踏之处。这时道人伸出胳膊，那胳膊竟奇迹般地伸长了好几倍，直伸到年轻弟子的面前，把他拉了上去。

这个神话，旅伴们显然早就知道，可没人相信。他们面无表情，不发一言，我也不加理会，只任由自己的思绪在空气中、在这令人欣喜的阳光中飘散。我拾起一块灰色瓦片，瓦片一端印着个圆圈，里面有个仿佛印章的四分之一同心圆花纹。这是建筑上的"寿"字，中国的纪念性建筑和民宅上经常可以看到。我走下楼梯，在清幽幽的池水里洗了洗这片陶土残瓦，虽然外表粗陋，却是最好不过的纪念物。

"您坐竹轿下山的时候可得小心，手要抓稳了，别掉下来。"只有细心的女性友人才会想到这样的细节，我想对这位在上海叮咛我的朋友说声谢谢，谢谢她恳切的关怀。防范措施已经做好：轿夫们倒抬着我们下山，这样背部就可以稳稳地顶在竹椅上。我遥望着远山，道声再会。

学者与文人

在地质博物馆里逗留一个小时实在令人大长见识，只恨时间过得太快。展品中有精美的玉石标本，还有法国人德日进①在离此处不远的地方参与发现的著名"北京猿人"头盖骨。我还了解到石编钟的材质并非大理石,而是质地较密且没有结晶体的石灰岩。石编钟和铜编钟的年代一样久远,也能敲击出半音音阶中的十二个半音,但音色更为清亮。我因为前不久参观了清朝供奉祖先的寺庙,而有幸作此一比。孔子就曾经用木棒敲击悬挂的石头,而庙里那个旧朝的老太监给我看的编钟,才不过鸣响了二十年而已。

中国的地层结构与欧洲的有所不同,古生代似乎持续了很长时间。因为从地层堆积来看,含煤层和形成于较近年代的地层之间并没有过渡层的存在,但仍然发现了与二叠纪岩层相符的动植物化石。看来大自然摆脱了环境之累,早已自行设计好了演变计划。

为我们做解说的青年学者,对所有疑问都能从容地给予清晰而准确的解答,证明对自己的专长确有所精。他曾留学法国,是李煜瀛先生所创基金的受益者之一。中国对所有的地球科学,包括地理学、矿物学、古生物学和农学等,都展开了系统的探索,而且成果颇丰。而植物学、动物学和生物学领域也开始初见成效,我在中法大学的出版物上就读到不少相关内容。医学方面,中国仍以西医为榜样,但绝不该丢掉传统医学;朗贝尔(Lambert)医生在上海开

---

① 德日进(P.Teilhard de Charldin),生于法国,德日进,在中国工作多年,从事中国旧石器时代的考古。

了间诊所，和中国同仁一起工作，获得了极好的成效，他深知中国传统的医疗手段，比如针灸，都是经过验证的有效方法，值得深入研究。

物理学和化学如今通过物理化学交汇在一起，这门学科在中国尚未从数学中获得充分给养，因而还处于入门阶段。直到十九世纪微分学得到长足发展，才令光电磁理论、电波的发现、射线的研究，以及借助微积分最新成果的爱因斯坦相对论成为可能。如果说这些学科现在似乎遭遇瓶颈，那也是因为根据经验而推导出的量子假设以不连续替代了连续，从而脱离了微积分，至今未能形成系统的理论所致。

北平中法大学刚刚出版了古尔萨《分析教程》的经典中译本，也就是建议学生们在没有获得深刻了解之前，可以先从理论入手，因为理论犹如一片沃土，即便在实际操作上也可从中获益。

我在国家图书馆里泡了整整一个上午。这栋崭新的建筑跟南京的部委大楼一样，气势恢宏、高大明亮，中式建筑风格结合欧洲的附属设施。阅览室里整洁敞亮，宽敞的书桌光线充足；地下室里的图书都存放在铁皮格子柜里，不仅查找起来十分方便，还可以避免火灾的侵害。各种欧洲、美洲的文献巨著应有尽有，除此之外还有故宫的珍稀藏本。

无论过去还是现在，文献学研究始终在中国占据着重要地位。这其中带着来自欧洲的影响，某部文献是真是伪，年代是否该向前再推几个世纪，都取决于文献学。但这股文献研究热潮终究会慢慢冷却下来，一如近几年在欧洲的情形。

同样，中国也从未缺少过一流的考古学家。最近颁布的一条法令禁止了文物的出口，我如果想带着两大箱子书顺利出关回到法国的话，就必须附上书籍出版时间不早于清朝的证明，而我并不反对这条规定。确实，有人指责某些国家官员对违规行为要么视而不见，要么睁一只眼闭一只眼。原北平博物馆的馆长就因为把馆内的部分藏品卖到国外而被免职。如果有人违法，就该受到惩处，但他们的坏榜样不该成为扬汤止沸的理由，否则岂不可以因为某位税官贪污了国家财产而从此拒绝上税，因为军队出现逃兵而拒绝服兵役？

而说到文学，这从来也不是个挣钱的行当。哪怕是名作家也经常把书赠予亲朋好友，往往在故去之后，这些著作才经后代或弟子的整理而得以编纂出版。中国人习惯将著作交付给出版社，但往往稿费少得可怜，而且中国尚未成立像法国文人、作家协会这样的机构。报纸的种类虽多，但发行量跟法国的不可同日而语，给报纸投稿，虽然收入较为稳定，但对一个除此之外别无他业的作家来说，也只是杯水车薪。

诗歌，则因大名鼎鼎的胡适教授而新遭重创。胡适主张以英文诗的节奏和韵律为范本而将诗歌口语化。留学美国的胡适深知英文文法，按英文格律写出来的中文诗，只能是一堆被随意切割出来的乏味文字。新生代的诗人们使尽浑身解数，想用更加热烈和直白的词句来传达诗意、诗韵，然而这种意境非得传统语言的精髓而无法淋漓尽致。

小说在中国从未能踏入文学的殿堂，在法国，同样的观点持续到十七世纪才有所转变。神话故事则更容易被人接受，还受到几位大文豪的推崇，所以形成了与法国家喻户晓的佩罗古典童话同期的中国故事选集，不过风格更加细腻，神怪的内容更多。现在的短篇小说，或者俄国所说的短篇叙事小说，常以生活风俗为主题，尤以民间疾苦为重。这些作家以辛辣尖刻的笔触描绘劳苦大众的形象，往往激起读者内心的强烈痛感，而文辞之间又处处可见对自然的恬淡描写。说起这些作家，与其谈论法国的现实主义作家，不如聊一聊高尔基（意为"痛苦"）和他苏联时期的追随者们。

中国缺少的是哲学家，但在十八世纪之前也曾出过几位大师。随着欧洲唯物主义的传播，哲学妄然。自诩能用原子机制解释万物的唯物理论在达到目的的同时，却否认了自己无法解释的部分，已经在欧洲失去了人心，可在中国却广受欢迎。大多数欧洲人都被唯物主义蒙住了双眼，拒绝承认中国形而上学的过人之处，大概正如伏尔泰所说："法国人不懂得欣赏史诗。"

孔子对超自然现象不予否认但禁止研究：子不语怪力乱神非不存在的。实际上，孔子在言辞上的这种激烈反对，并不能掩饰其感性表面之下想要了解神秘存在的迫切愿望。孔子独揽言语推理，目的是要将其打造成日常道德的工具，而不愿受此约束的人就只好借助知觉推理，并将其发挥到极致。这样，就形成了独善其身、与世无争的道家思想，它将理性形而上学看在眼中，研究目的只是为了证明其推理的毫无说服力。道家神学是受了佛教的影响才形成的，天上地下的大小神仙都服从于道，道是唯一的和超验的，必须通过遵守戒规、修炼心灵、默思静修的行为才能接近于道。道家所期望的得道之路没有那么多弯弯绕绕，也无须借助任何一门人文科学，或者，如果用基督教用语来说，就是天主显灵。这种宏图大志大概可称作自视过高而且虚无缥缈，但却无法指责这一目标有何错处。

现在公开的道教信徒已经没有多少了，但道家和儒家都是中国思想同等的天然产物，成为中国思想的两个举足轻重的必要元素，并时时交融碰撞。无论宣称自己是多么坚定的唯物主义者，也无论对神秘的东西有多么的不屑一顾，只要是中国人，无论如何都会在一天之中的某一刻静下心来，沉思默想以达身心的统一，本能地按照道家训诫虔心祷告。

长　城

远远望去，一根石砌的飘带在群山间蜿蜒，陡峭的峰峦和起伏的大地在它的抚摸下也变得俯首帖耳。近处是一座四五米高的水泥台，台上修了一条道路，护墙夹道，平石板铺砌的路面可并行两辆汽车，两头连着的方形烽火台，台上的雉堞墙头有一人之高。据史载，工程始于约公元前三世纪末，即中国第一个实现统一大业的皇帝——秦始皇的统治时期。始皇帝将大批苦役犯派往工地修筑长城，在他冷酷森严的法治之下，这样的犯人数量可不少。这一段在北平城西北方向仅一百公里处的城墙，经检测，证明和南京城墙一样，修复于十四世纪。

城墙两侧是深黄色的濯濯童山，主要为石灰岩质。而就在我们脚下不远处的山沟里，几株果树掩映下竟藏着所农舍，看来在这城墙的保护下，每一寸耕地都被物尽其用。横跨溪流的桥身在两侧河岸上延伸成一堵垛墙。另一道斜坡上，城墙又开成两道，在稍远处合拢成一座内堡，相对连成两道御敌防线。南边，把我们扔在青龙桥站的火车继续朝张家口和蒙古的方向奔去，渐渐消失在隧道中。

修筑长城的初衷是为了抵御关外擅长骑马的游牧民族。除了易守难攻的地点和坚不可摧的兵营，长城就成为国家在减少驻军的情况下以物力抵抗外敌侵略最首要的永久性防御工事。在和平时期，长城可以震慑小股流匪，而在遇到强敌时，它虽不能独当一面，但可以发挥拖延时间、等待救援的作用。这是一种防御掩护的战略系统。公元前二世纪至公元一世纪期间，因长城的防御作用，南匈奴人终不敌汉朝的连年打击征战而俯首称臣，与此同时，北匈奴开始向欧洲进发。然而，匈奴之患才消，其他部族又犯，公元十三世纪和十七世纪蒙古人和满洲人失后入关。交战期间，双方谈判不断。中国人的战争艺术，可以《孙子兵法》谋攻篇中的一句加以概括："百战百胜，非善之善也；不战而屈人之兵，善之善者也。"其目的就是要让最强大的敌军首领明白，与强盛的文明之邦交好是有百利而无一害的；通过封赏把这些外来部落纳入类似保护国的体制中，并主动与之结成皇室亲家，以确保其忠顺。凄美的古剧《汉宫秋怨》，就讲述了一位公主被迫离开皇帝，远嫁异邦的故事。

面对边疆的不安分，中国很自然地处于防御的常态，其大国高人一等的姿态也一目了然。南边和西南边疆的藩邦也差不多是同样情形，比如缅甸人、安南人、老挝人，还有情况不尽相同但也大致不差的朝鲜人和日本人。而中国只求睦邻友好，如果愿意，还可将中原礼仪教授给藩邦邻居。中国对外邦人从未有过偏见，不像闪米特人那样认为外族人血统不纯，也不像罗马人那样视外族人为敌人，更不会像德国泛日耳曼主义者那样，时至今日还在大声叫嚣应该奴役甚至消灭外族可怜虫。中国的道德观无论在原则上还是实际当中，都完全建立在一视同仁的公正和人性美德之上。中国从未对外邦人采取过禁运或制裁的打击手段，相反，总是对其国家和地区的历史地理、风土人情和宗教信仰抱有浓厚兴趣；历朝历代的官方历史中都有关于同时代已知民族的介绍。异域音乐在中国被赋予极高的地位，经常出入宫廷，有些乐器经过改良甚至被吸收进中原音乐当中，其中琵琶和二胡就是最广为人知的例子。印度佛教、伊斯兰教和藏传佛教，都先后畅通无阻地进入中原大地。基督教的一个分支——景教，也受到了同样的礼遇。据碑文记载，直到十三世纪，景教仍在北京派有主教。

同在十三世纪末，天主教首次派遣方济各会修士约翰·孟德高维诺，从当时唯一的陆路通道进入中国：长城从不曾阻挡心怀善意的外邦来客。北京成为其主要传教区，天主教传教之路至此畅通无阻，直到一三六八年元朝灭亡，所有曾被推崇的宗教信仰统统被废除，景教也从此消失，一去不返。

两百年后，耶稣会派遣的汤若望受到明朝最后一位皇帝的接见，然而不久之后满洲人灭了明朝，刚刚起步的传教事业又再次毁于一旦。之后耶稣会再次派遣传教士来到中国，并在与路易十四同时期的康熙帝统治下得到大大发展。当时皈依基督的一些名门望族至今仍未改变信仰。但礼仪教化之争随之而来。耶稣教会认为，若传教国的礼俗并无与基督教教义不相容，或有悖于良好风尚之处，基督教就应该入乡随俗，耶稣会教士对中国的祖先崇拜也采取了认可态度，因为他们觉得基督徒在圣像前祈祷或在墓前献花的行为，并不比祖先崇拜更高级。可叹这种观点没能成为主导，后来教会以信仰之名宣布禁止祖先崇拜，这无异于亵渎了每个有教养的中国人最虔诚的信仰。结果皇帝下令驱逐传教士，而更为严重的后果是从此以后愿意接受洗礼的就只有底层百姓和弃童了。

后来欧洲人的恶行和各国政府的侵略政策令传教士的处境雪上加霜：他们被认为是帮凶。一八一四年，嘉庆帝颁布了针对传教士的死刑法令，六年后，他在蒙古森林的一次狩猎中遭雷击身亡。一八四四年、一八四六年和一八六零年，法国外交使臣在母国的保护下获准在中国自由传教，这跟伊斯兰教的情况相仿。然而这是凭借武力先行签订建立通商口岸和租借地条约之后，再把传教的自由权附加在别的条款之中。法国政府获得了和其他君主制国家同样的好处：一八八二年，罗马教廷欲向北京派驻使臣，但因法国外交大臣德·弗雷西纳的阻挠而未能实现。弗雷西纳威胁说，如果教廷一意孤行，他将召回法国驻梵蒂冈代表勒菲弗·贝艾纳公爵。

"您应该知道，南京政府中，我指的是由十名部长组成的内阁中,一半以上的人都是基督徒。基督教在中国为天主教开辟了皈依之路。"

以上是陆征祥在比利时圣安德诺修道院给我的信中写下的一段文字。这位家族出身于显赫一时的五代笃信基督教的外交总长和驻外大使,于一九二七年十月四日正式在比利时出家,成为一名修士。孔子这样评价一个抚琴时弹错了音的弟子:"由也升堂矣,未入于室。"

罗马教廷最近两任的教皇都急切地期望扩大在中国的影响,其时,天主教教义和教理已经取得了积极成效。罗马教廷自一九二二年起就在北京派驻了使团,如果不是某位欧洲大臣的反对,随后还将派遣一名驻华宗座代表。但宗座代表的个人价值远比其头衔更为重要。刚恒毅就兼备热情与智慧,头脑清醒又慷慨大方。他在一九二四年第一届中国主教会议上发表了如下声明:"传教士来华,不是为了对中国人的缺点口诛笔伐,更不是为了禁止或贬低中国人民的礼仪、制度或规范,除非其中存在显而易见的危害。——只有在用尽一切可行之法后,教士才准向外国政府求援,且仅就世俗事务。——所有传教士必须与中国的政府及行政官员保持礼尚友好的关系。"

一九二六年五月十日,教宗庇护十一世在梵蒂冈首次祝圣六位中国主教,表明了邀请中国神职人员与教廷最高等级教士合作的意愿。并于同年六月二十四日致信中国的宗座代牧主教和宗座监牧，明确强调："传教士的职责并非为某一政府服务，而是为上帝完成神圣的使命。"

一九二八年八月一日，教宗对神父和信徒，尤其是伟大而高尚的中国人民，发表了"八一通电"。电文内容引起巨大反响，"圣父愿天主教事业有助于中国的和平、福祉与进步"，企盼这个被教皇陛下视为"与教廷拥有绝对平等往来关系，且被赋予真挚情谊和特殊关怀"的国家"和平与昌盛"。

天主教渐渐适应中国这片土壤的另一个表现就是宗教艺术的形成。参与北平辅仁大学设计和建造的艺术家葛斯尼神父，借助古今之例阐述了如何通过中国的绘画、雕塑和建筑来体现宗教精神并满足祷告的需要。

一九二六年发布的《教会事务》通谕，要求所有传教区建立宗教秩序，以彰显通谕的最高精神内容，同时要求在任何情况下都不得中断传教活动并不断吸收精英。各地教会纷纷领谕行事。

目前中国共有十四名主教。雷鸣远神父堪称中国传教的先锋，他饱含热情、终其一生奔走于中国、欧洲两地。他在比利时鲁汶为中国留学生传教，并为学生们建立了教会公寓。后人效法雷鸣远，于一九二六年在四川创立本笃会修道院，由来自索莱斯姆的修士若利耶担任院长。雷鸣远神父还合并了距北平不远的真福院和耀汉小兄弟会。而不久前，北平省的另一座修道院也宣告成立。就像耶稣会、遣使会、方济各会、基督会和圣言会,这些修道院里的中国信徒和教徒也在逐年增加。此外,妇女宗教会的数量达到三十六个,共计三千人。

中国目前共有两百五十三万两千名天主教徒,也就是说每一百九十个中国人中就有一人信教。经历了这么多的曲折坎坷,这个微小的数字并不能说明什么,前景广阔但充满险阻。正如最近刚恒毅引用的《圣经》中一句恰逢其时的话:不憧憬,但因希望而信仰。

当教会超越所有其他新教教派,学会如何与中国最高深的哲学思辨对话时,就是它获得巨大声望的那一天。

第三章 蜃景

离　别

"一路平安①。"离别的祝福伴着车轮滚滚，在此一别之后我将独自踏上归途。站台前的两个司机最先跟我道别，朋友们在列车慢慢开动的那一刻跳了下去，我按照中国的礼节回答道："谢您的吉言②。"

这些祝福将永留心间，我会把它们和沉甸甸的行李一起带在身边。每只箱子都满满的，还不忘在最后一刻再塞进一本书或一幅镶裱诗画。裹着羊毛毡的古琴实在经不起磕碰，再说也没有那么长的箱子容得下它的身量，只好一路拎回巴黎。一路平安，这些声音或高或低，跳跃着中文动听的抑扬顿挫，没有指挥却像奏鸣曲般和谐，浅吟低唱依旧回响在圆顶车厢内，好像唱诗班的歌声在教堂中殿飘荡。一张张面孔

---

① 原文为"I lou p'ing ngan"。
② 原文为"Tsié gnîn ti ki iên"。

或年轻秀丽，或饱经风霜，明媚的笑容竟飞舞起来，追逐着滚滚的车轮，直到下一个目的地的朋友为我"接风"。

坐下之后我才瞥见小桌板上放了热茶壶和茶杯，肯定是出发时哪位体贴的服务员预备的。一壶茶加一包烟，看着窗外的落日在翠柏罗布的黑土地上投下一抹绯红，我就这样度过了离开天津后的三小时。

库克①旅行社的中国职员认出了我，这个固执的法国人每天都来询问从巴黎到沈阳的票，他们迅速抬起眼皮又低下头察看记录本，心里其实早就知道英国上司接着会怎么说："不可能。——为什么？——安全问题。——我不会告诉别人的。——社里不允许。必须得从天津和大连转车。——我不想去天津和大连。——那就只能等等看了。——我明天再来。——那明天来吧。"可能谨慎的工作人员已经跟法国公使馆核实过这个怪客的身份，没准连带他的精神状态也一并问了问。我正准备第五次提出同样的问题时，威尔登先生貌似碰巧从办公室走出来，在前厅里把我拦住："您难道不知道，"他直截了当地说，"从北平到沈阳的火车，每四趟里就会有一趟遭劫。——那就还有七八成的机会不被抢，太棒了！"他笑了笑，转身回了办公室，这会儿我才反应过来应该听从他的忠告，看来是失言了。

---

① 英国旅行社 Thomas Cook。

这就是为什么现在我正坐在这趟背转欧洲向东进发的列车上,思乡心切,实在忍不住要咒骂日本人害我绕了远路。一九三一年九月十八日,日本人借口铁路路轨被炸(实为诬陷)发兵占领沈阳。在此之前,火车行驶速度因此减慢不假,可还不至于受阻,就像从巴黎到里昂,或是柏林到莱比锡,总有互通往来的列车。

祸福从不遂人愿。只是频繁的警报让人颇感意外。"满洲"约有三千万居民,其中汉人和语言习俗都完全汉化的满人约两千八百万,大部分是农民,正是他们亲手缔造了这片繁荣的土地。李煜瀛先生之前在南京就曾说过,日本人已经开始自食其果了。日本人在伪满洲国大量派驻军队,但形势依然一片混乱,因为当地民众全都团结起来一致对外。这情形与西班牙战争颇为相似,拿破仑的军队就是这样遭受了首次重创。正如一名中国记者最近指出的,日本人刚刚"吞下一枚炸弹"。

冷眼旁观的欧美各国多少有些幸灾乐祸,但未曾料到自己随后也上演了一场有过之而无不及的好戏。人们都以为这一场厮杀过后该怨怼全消,谁知竟愈演愈烈。旅行护照的手续越来越复杂,商品的海关税费越来越高昂,紧锁国门却不知防范的是谁。敌人之间相互猜疑,连盟友也心存芥蒂。周围只剩下猜忌的眼神、叫嚣谩骂和凶神恶煞的嘴脸。虽然各方达成协议暂时不支付战争费用,这暂时恐怕将成永远,可大家仍与各自的债权国、债务国纠缠不休，面对无力清偿或急着逼债的情况个个恼恨不已。指责不管用就施加威胁，一副剑拔弩张随时就要打起来的模样。

历史课本吹嘘交通的便利避免了各省间的战乱，还消除了肆虐中世纪的大饥荒。如果计算一下辗转各地所需的时间，那么每个国家只不过是欧洲的一省或一县，各自集结军队对抗其他国家，此时饥荒重新出现，只是换成了潜在的长期失业的模样。手中只有政治权力的政府，并无法实现孙逸仙三民主义中的"民生"这一条。欧洲各国受幕后金融和工业势力的唆使才会插手其中，为满足一己之需不惜令大多数人的境况雪上加霜。一旦某种食品供过于求，就会有人不惜手段保持价格居高不落。

孙逸仙在自己最后一部著作中曾指责云南一位豪绅，这人每年都要将因交通不便而无法在本地消耗的粮食成吨地烧毁。如果孙逸仙能活到今天，就会看到美国人是如何销毁堆积如山的小麦，巴西人是如何把咖啡豆铲进火车锅炉中做了燃料，那他也就会明白机器的进步根本无法解决社会问题。

好收成如今却成了灾祸。大地无比慷慨，可人们却拒绝它的赐予。

中国的政客并不比法国的政客好出多少，但也不至于坏到哪里。不休的政治讧斗和欺诈令国家在陷入危险时既无自保之力更无自救之法，有史以来没有哪个国家能逃过这样的厄运。面对本国或外国的财政势力,一些人被迫束手就范,另一些人则完全俯首称臣。在一个财权为世俗权力所操控而可以为所欲为的年代里,哪里的情况都是一样:门第特权成为明日黄花,各种行会关张大吉,工会的当家人虽德才兼备,可再怎么努力也无法恢复坚实的内部组织。

中国蕴藏着巨大的财富,然而掌握这些资源的人却个个为己,资本的流动尚未达到集流成河的规模。银行如雨后春笋般欣欣向荣,但在规模上和欧洲或欧化的银行相比仍相去甚远。一个乏善可陈的政府或软弱无力的政府(也终将无所作为),无论放在中国还是外国都会暴露出同样的瑕疵,只是程度不同罢了。如果国外利益集团插手,这样的政府会越发举棋不定,若只限于国内的争斗,则不会为强权所困。这样的政府是不会出手保护冶金工厂厂主、拯救信贷公司和保护粮食、肉类、白糖或石油投机免遭跌价的风险。

中国的经济体制与欧洲的相比,虽称不上更胜一筹,但至少没那么动荡。农民占到人口的十分之九,多为小种植户,交了佃租之后就只剩下填饱肚皮的口粮。城市里充斥着大量的低收入人群,流动小商贩、洋车夫,还有英文中所说的"苦力",这些人的生活境遇并不比农民轻松,而数量相对较少的工人阶层也同样度日维艰。但这种业已存在数百年的惨况并没有加剧的苗头,有赖于南京政府公共事业计划的启动,甚至在不少方面都得以改善。所有毁于内战的铁路线,尤其是北平至汉口和南京一线，都已恢复通车。新铺设了两万五千公里电报线和三万公里道路，其中大部路段都设有公共汽车站；南京建成了一座大型医院，上海建立了一所卫生试验中心，北平则成立了卫校和数家诊所。但凡想象得到中国是在何等艰难的条件下取得的这些初步成果，都会毫无保留地为它鼓掌喝彩。

欧洲和美洲，很多人的生活遭遇巨变、陷入贫困，随时面临失业的窘况。而在对"危机"还一无所知的中国则是另一番景象，大家各守其位，社会在这些无足轻重的边缘阶层中维持着平衡。这种稳定在外部表现为货币的坚挺，日元一年来则狂跌近三分之二。

中国已在漫漫历史长河中无数次证明，中华民族的凝聚需要家庭和具有同样形式的协会保障社会的秩序，而道德、语言和观念的认同则保证了协调统一。确实，各地语言不同，就像十六、十七世纪时的法国，拉伯雷剧中的利摩日学生和莫里哀剧中的加斯科涅人就充分体现了这一点。但中国从始至终只存在过一种文学语言，而不像中世纪的法国曾经并存两种语言，因而中国各地的语言都具有相同的句法结构和韵律，只有个别的措辞或短语具有当地特色。艺术领域也是一样，只有行家才辨别得出绘画、音乐和建筑中细微的南北差异。

中国文化就像流淌的岩浆，每到一处就迅速凝结，经受岁月风霜的洗练。现在，新体制的教育改革打散了家庭的架构，文化大厦的第一条裂缝悄然出现。中国陷入了险境，为这勇敢的民族祈祷吧。

满腹经纶或目不识丁，家资巨厚或一穷二白，能言善道或惜字如金，忧心忡忡或恬淡默然，浪漫热情或意气风发，疑虑重重或坚定果敢，这些都是在旅行中与我有缘相交的人，在这车厢里与我为伴的人。田野的暗黑隐没在耀眼的车灯下，他们的脸部轮廓和性格的棱角是如此分明，比欧洲人的更加清晰可辨，就像刻画在一种更加紧实的物质之上。我深知他们也具有人性的弱点，就像这天地之间处处都有好人和歹徒。如同朋友们的道别，他们对我的不同影响汇集成一股感受至深的强大气息，让我呼吸着其中的美好善意。生命的精魂渐渐显露，有着比其在欧洲更强大的潜能，但仍与其他存在相互交联。多愁善感、诚实廉洁、忠诚厚道，这就是生于斯长于斯的中国人。我还记得在中国传教三十年的雷鸣远神父曾这样说道："中国人，灵魂之佼佼者。"

日本船

英国女人，尤其是天津的英国女人，可以恣意得像只黑头山雀那样轻佻地跳来跳去、放声大笑，褐色的眼珠，唇边一圈细细的绒毛。可亲爱的小姐，是谁允许您把一家老小都折腾到我们的地盘——悬桥之上，围成一圈等待开船。仅有的五把椅子全给您占了，您的队伍可真是活跃非常，还有一条狗在旁欢蹦乱跳，本来挺宽敞的通道立时被您的人马挤占得犹如伦敦郊区小农舍里的走廊。左舷的通道虽然没人，可那里不仅看不到码头，还有这一层唯一的秘密写票室，站在门前好像放哨的，这不单让人浑身不自在，更有失体面。

我双手拄在船首的扶栏上。若闭上双眼听那断断续续、似在一问一答的鸭鸣，就会让我想起法国赶集日的行驶在路上的省际公车。后来我发现船首平台下方的舱楼上摆着一溜竹篮子，活像一个个圆锥顶的茅舍，原来是鸭笼。还有个中国小男孩正兴致盎然地逗弄一只八哥。太阳刚刚升起，阳光还在淤满污泥的水面上挣扎着。客船本该八点出发，可现在已经九点了。乘客和货物都上了船，可我们仍困守在厚木板铺就的天桥的防栅边动弹不得。小小的蒸汽客轮仿佛一门日本格子柜，精巧的设计把边角缝隙全都利用了起来，每一台柜格、每一个抽屉都装得满满的，既塞不进也抽不出任何东西。我们也被刚刚好地插进格柜，这姿势一直得保持到满船的人和货被一股脑倾倒在大连码头的那一刻。不知道明天早上几点才能到，不过也没什么不便，因为前往哈尔滨转道西伯利亚大铁路的火车要到晚上十点才发车。

昨晚在天津大饭店，我不停地跟服务员说别忘了到点叫醒我，他平静的反应着实让我担心了一把。但他是个中国人，那就应该信任他，而且确实有人六点半就来敲响了我的房门。一个小时后，我在门前的台阶上碰到另一位旅客，不过作为法国人，他的头发太过金黄，皮肤太过粉嫩。看到开往码头的汽车，他显得比我还急不可待。负责大连航线的日本公司仅有两艘客轮交替运行，三等舱可载客三百人，不过一等舱还可多载十六名客人。我们没能买到昨天出发的船票，如果再误了这一班，可就要再煎熬好几天了。

甲板上站着个身穿白色制服的矮个子男人，表情严肃，一言不发，只伸出食指指了指一间船舱。我们往里头瞥了一眼，看见各自的行李箱高高地摞着，只留下一条窄窄的缝隙通到里面的床铺前，幸未至于压垮盥洗池的隔板。

十点，船终于解缆起锚，小心翼翼地在隐于水面之下的滩涂间迂回前进；一个本地舵手在头前两侧船舷交替扔下水砣，一边用中国海滨城市称为"洋泾浜"的英文大声报着数字。为什么不用日语呢？我虽暗自奇怪，但决不会发此一问。

十一点，人们前拥后推地挤下楼梯来到昏暗的餐厅里，里面的长凳和椅子间夹着个貌似餐桌的长方形物件。船客们肩并着肩，肘抵着肘，挤坐着不发一语，仿佛囚犯一般。大家吞咽着寡淡无味的面包屑裹鱼块和连汤带汁的罐头豌豆。六个亚洲人坐在一处，剩下的是些俄国人，可能是白人或红种人，个个都有一张毛茸茸的脸，满面警惕之色。

漫漫午后，船上又没有客厅，我们只好抬着椅子跟着太阳兜圈子，起先船首比较阴凉，接着是右舷，到了晚上就数船尾最舒服。我不跟任何人搭腔，包括那个同舱的老乡，他比我好不到哪去，也是一副气急败坏的样子。我站起身来，特意在座位上放了本书，打算在不过四十步距离的过道里溜达溜达。不经意瞥见旁边一个娇俏的中国女子，大概正忙着打扮，发鬓梳得溜光水滑，脸上扑了粉，剃光的眉毛重新描过，这会儿正靠在躺椅上修剪翘起的红指甲，满面微笑地望着自己的杰作。这时那位英国小姐走了过来，远远地冲着中国女子举起手中的被单。中国女子抬起头，摆了摆手，显得既惊讶又困惑。她们二位同住一舱，看来比我跟我的同伴相处得要好。中国女子并不反对用被单包裹一下丝袜和短裙有些遮蔽不及的双腿和膝盖，可一副懒散模样，眯缝着双眼，动也懒得动，任由她的新伙伴笑嘻嘻地把单子裹成个口袋，那模样仿佛小姑娘在雪地里找到一只冻僵的漂亮金龟子。

晚饭时我挨着英国小姐坐。一个中国男人嗞溜溜地喝着汤，我们不禁相视而笑，如今这旧习成了不礼貌或大老粗的行为，我大着胆子用蹩脚的英语表达了自己的看法，对方马上用极富教养的发音和语调友好地予以回应。随后她转身和同伴聊起来，两人对对方的语言都知之甚少，因而交谈起来颇为费力，可还是一直聊到了上甜点的当儿。今天的甜点是一盘鲜红的柿子,我只顾称赞这水果的美味。她往我盘子里迅速扫了一眼,反驳道:"您这柿子怕是还没熟。"说着伸手转了一圈,另挑了一个放在我盘中。如果她是法国人或中国人,我会说想把这柿子留作纪念。不过我想最好还是乖乖地用勺子吃了这柿子,然后再称赞两句为妙。

回到船舱时,我发现又来了一位住客,这一次,我们相互谦让着最好的铺位,由此熟络起来。这个美国工程师打日本来,在北平逗留了八天,这已足够让他想象中国文化的博大气魄了。我们一起到甲板桥上走了几个来回,最后有些经不住冷,一看表还没到九点,于是沿着楼梯下到餐厅。这里在晚间就成了酒吧,五个中国人正兴高采烈地玩着麻将,见我们来了把旁边的位子让了出来,桌子另一头坐着两个日本人,身材矮小,眉头紧锁,喝着柠檬水,不时地低语着。

我们用抽签的方法决定谁先去睡觉,结果是他,于是我独自一人来到走廊上散步。一道影子见我过来,闪了一下逃开了,虽然灯光昏暗,可我还是认出了她,大概她没有想到这走廊是封闭的,她这么躲只能像弹珠一样不断被弹回栏杆,逃得越快就越是会撞见我。她大概后悔晚饭时的失礼举动,而且想起对法国人不拘小节的种种形容。我从另一条走廊离开了,第二天我就在大连酒店得到了回报。我们在大厅相遇,我跟她道别,她则报以灿烂无比的微笑,想来这该是她离开此地之前最后一个说再见的人。和我一起的美国工程师一脸惊愕，不过他可是个绅士，所以没说什么，我也没有。

大　连

熊与蚁。阿喀琉斯在特洛伊之战中率领的密耳弥多涅斯人将自己视为蚁的后代，如果相信神话和希腊词源学的话，也就是现代科学的原始语言所说的图腾。作此一比丝毫没有冒犯之意，只是在参观亚瑟港时脑海中浮现出的景象。这座港口修建在丘陵的山脊之上，俄国人曾在这里布防过工事，日本人经过六个月的鏖战，于一九零四年十二月十八日将此地占领，于是洋洋自得地改造成博物馆，专门展出收集来的战利品。每件展品都贴上了详尽的标签：损坏的步枪、泥土袋子、电报机、折断的铁锹、残茶剩饭、肩章、制服纽扣、光源信号反射器、药瓶、体温计等。我们的司机摇身一变成了导游，用中文解释着标签上的注释，可我看到的原就是汉字，日本出于官方语言或文学语言的需要而不得不求助于中国文字，只是增加了若干本也源自汉字的后缀。

我们就这样闲逛了一个下午。小岛横向距离为五十公里，道路平坦，畅通无阻。山岭间秋意盎然，斑斓的色彩令人赏心悦目，翠绿的草坪环抱着白色的房舍，四周映衬着红黄色的树叶。返回途中因为时间已晚，坐在车上只能眼睁睁地看着考古博物馆而不得入。据酒店里索取的指南介绍，馆中藏有史前文物逾千件，其他历史地理展品也有七百件，还有数具蒙古干尸。都怪那个满腔爱国心的司机，也没让我们看看坍塌的掩体和大炮的残片。

能和美国工程师融洽地相处实在是件令人愉快的事，目的地都是巴黎。我们从昨晚碰面开始就在攀谈中逐渐了解对方。由于彼此并不是知根知底，因此说话也要把握分寸，对方教育程度如何，有什么信仰观念等，尤其是旅途中不能忽略的一点，经济状况。而现在我们已然可以相互信任，两个人坦率相待，不抱其他目的。这样的交谈让我越来越欣赏这个热情率性的旅伴，他有思想，懂得如何看待和评价事物。谈到法美两国时他说："人人都要按规矩来，一旦改变了游戏规则，又该怎么办？总不能把金子吞下肚去吧。"亮岑岑的桃木吧台旁没有其他人，我们就这样边聊边等着出发。大连是这座城市的中文名字，俄国人在的时候叫作 Dalny，日本人来了改成 Dairen。城市中心位置是一座环形广场，宽大的主干道交汇于此，路旁耸立着饰有灰幔脚线的高大建筑，外形好像层层摞起的蛋糕，又或是一九零零年法国最后一届万国会的展览馆。酒店就在其中一幢大厦里，舒适的客房，配有浴室、餐厅、客厅和吸烟室，各种设施一应齐全，缺的仅是住客。

今天早饭前，我去广场一角的菊花展转了一圈。木屐踏在人行道上的咔嗒声不绝于耳。这些木屐状若矮凳，垫高日本妇女走路的身段，可一点儿也不舒服，她们个个身体向前倾，有的背上背着个好似洋娃娃般没有生气的襁褓，有的还没有，恭顺地低垂着眼帘。男人们则懒洋洋地坐在第一排，嘴里叼着烟卷，满脸不屑，互相拐挤着手肘，好多占点儿地方。一朵朵的菊花像是头顶各色发卷的小脑袋，在花棚的雨檐下排列成梯形，伸着脖子，目光越过唯唯诺诺的店员和趾高气扬的银行职员，逡巡着他们羞涩女伴们摇曳的和服。花儿纷纷举起自己的中文名牌，"晚秋微风""国色天香"或是"海上明月"，仿佛在呼唤那些女孩子。

日本人通过学习中国的文学、艺术、儒学和佛教，创出了自己的文化，虽略显单薄但自有劲道细腻之处，也具有忘我的境界和妩媚的神韵，只是少了几分温韵和大气。这种受中国文化浸淫的日本文化并未全然消失，只是为本国人所唾弃，流落到乡间老农、河畔渔夫或是无知妇人之中。有文化的日本人都奔赴欧洲求学，仰仗工厂、实验室、飞机和装甲舰而自认为可以与传统文化不相上下，甚至高高在上。这些人虽没有宣扬战争，但早已心怀挑衅之意，认为民众应唯强权是尊。不幸的是，十五年来，欧洲人的训世之道已经发生了改变。日本人熟谙于心的东西已经不是人人所能接受，至少在措辞上得要体现出斥责战争、要求在占领一地之前先妥善安置难民的态度。日本人在日内瓦会议这样规模的大会前振振有词，可惜激情四溢的演讲只得到一片尴尬沉默的回应。如何向日本人解释欧美各国政府夸耀不已的各项原则早已失去了作用？而中国却很好相处，现在人们已不再指责它"伪善"和"懦弱"。西方思想和中国思想靠得越来越接近，因为中国自思考自己命运的那一天开始，就一直推崇和平而厌弃战争，始终将道德箴训作为政治基础。

是时候再回房看最后一眼了，看看有没有落下什么东西。办公室里负责保管钥匙的那个日本女孩，又一次俏皮地微笑着把钥匙递给我，好像是日本酒店里嬉戏、轮班的顽童。酒吧里卖给我香烟的日本女孩不无调侃地说："这是我们在中国做的好事！"司机在接过小费时却是一脸木然，手拿菜单的饭店领班和邮政服务窗口的职员也都一样，僵硬的脸上没有丝毫感情的流露，犹如军港正襟危立、纹丝不动的士兵。女性员工的职业笑容把脸部特征遮了个严严实实。这是一群谨小慎微、随叫随到的人。在中国，礼貌就像一件华贵而柔软的礼服；这里，礼貌则成了自我保护的盔甲。

中国孩子

将近早上七点时,火车在沈阳站停了二十五分钟。而我一路跟着车厢舒适地晃荡到八点才睁开双眼。倒是不会惋惜错过了什么景致,这军警密布、守卫森严的车站还能看到什么呢,再说日本列车员也不会让我走下站台,说不准连车厢门都迈不出去呢?下午两点到达长春站,中日两国在此平分秋色,站台一头关闭一头开放。开往哈尔滨的列车要一个小时后才出发,于是我们打算到城里逛逛。旅伴的相机暗盒中还有两三块玻璃感光片,他想在抵达边境前全都用掉:苏联境内禁止拍照。

我见过的中国小孩子,不论穷富,有无父母疼爱,或是衣衫褴褛流落街头,个个都和蔼可亲、笑容可掬、讨人喜欢,他们心地纯洁,仿佛从不知人类的残忍为何物。当我们途经乡村,路上的孩子中总会有人向我们脱帽致敬;如果我们停下来,孩子们就会凑过来问长问短,或是打听汽车的机械构造。在北平近郊的明皇陵附近,曾有个三岁的小孩子跑过来递给我两个红果子,这是一种当地常见的水果,在欧洲称为kaki[①]。我问他多少钱,他只茫然地重复着我的话:还没有人告诉他这世上的一切都可以讨价还价。

---

① 借用日语,意为"柿子"。

我们走在这座名字意为长久春天的城市里，一个小男孩看见我们停在街角，抬眼观察了一阵，看出我们迷了路，于是走过来问明了情况，但不肯收受报酬。他十分乐意陪我们走完剩下的路程，操着一口京腔跟我们聊了起来。他还在上学，今年十四岁，边说边指着路边的各色行人、士兵、海关职员，还有个背着死兽的猎人，那动物颇似石貂，仔细一看原来是紫貂。他就这样一直把我们送到火车站，末了才吃了几粒我们在车站餐厅给他买的糖果。这个男孩子干净整洁，样貌讨人喜爱，一件蓝色高领罩衫，一根飘带从头顶垂下，系着撩起的衣服下摆，头上戴着时兴的毛皮软帽。这孩子无疑家境优越，又有父母尽心竭力地呵护。火车开动了，他仍在不停地向我们挥手告别，微笑中带着一丝浅浅的忧伤。此后我不时会想到这个中国男孩，如今，一个朝不保夕的"政权"定都在他的家乡，遭到全国民众的群起反对。年纪轻轻就身陷险境，他能安然无恙否？我无从可知。

哈尔滨

哈尔滨和大连一样，也是一座按照旧时官方样本建造的俄式城市，巨大的建筑矗立在路旁，只是斑驳陈旧，显得疲惫不堪，墙面没有重新粉刷过，黄铜装饰物也无人擦拭。酒店为我安排的套房曾住过一位帝国高官，高悬的天花板，宽敞的房间，白色的木制家具，属于贵宾级客房。可现在，房门的木边框拱翘了起来，关也关不上；"锈色"可餐的热水倒可以让我免费享受"铁浴"了。这里的员工都是俄国人，也就是说都是些热心肠，旅客一到就会过来和气地嘘寒问暖，给人留下友好印象。我因为忘记了苏联使馆要求备案护照的四张身份照片，于是一大早就赶到那个热情不亚于俄国人的摄影师家里。回到酒店后，一个年轻的跑堂伙计帮着我填写了一份问卷，他之前曾跟我诉说过自己如何跟母亲逃难来到此地。表格上的问题让我感到有点无措，是要求填写政治倾向。可我根本没有任何所谓倾向，又从何填起呢？伙计建议我填写"没有政治倾向①"，"您的俄语说得真好。"他对我说道。这是善意的劝告还是某种怀疑呢？如果有人举报我是化妆改扮的俄国人，当局马上就会展开调查，当然迟早会还我清白，可是会拖延很长时间。看来我得注意自己的口音了。

我应邀前往法领馆参加午宴，雷诺（Reynaud）夫妇的招待让我倍感温暖亲切，可是这好心情并没能维持多久。中午时分，跑堂伙计带来了坏消息，签证还没下来，但他保证在三点开车前一定送到车站。后来与热情的主人作别时还真是不舍。火车在铁桥上飞驰，把哈尔滨车站远远抛在了后面，

---

① 原文为俄语。

我实在觉得坐在车窗边欣赏白茫茫的松花江是件无比惬意之事，善解人意的雷诺夫妇该不会笑话我的。

海关官员

　　昨晚九点，火车在通往齐齐哈尔的车站停留了几分钟。前些天，就在我们面前这条讷谟尔河（la rivière Nomi）的附近刚打了一仗。不过似乎战事已熄，因为我侧耳静听，却没有丝毫动静。渡桥完好无损，乘客们可以安然入眠了。

　　下午一点，一群俄国搬运工拖着我们的行李来到过境车站的海关，这里就是中国东北的进出关口，俄语叫满洲里亚（Mandchouria），汉语叫满洲里。车站乃至海关的工作人员绝大多数都是亚洲人。行李堆放在一道木栅栏旁，我真不走运，栅栏那头坐着个死认规章、不苟言笑的中国东北人。我恭恭敬敬地把相机递给他，好让他用绳扣套住然后加盖铅章，可他的表情没有丝毫的缓和，倒是对裹着羊毛毡的长条盒子起了疑心，那里面放着我的古琴。我苦口婆心地解释，可他非要打开仔细查验。我只好揭开毡子，黑色的木头露了出来，我可没撒谎，但他仍不甘心，用手指摸索着松开的接头，大概以为我在里面藏了违禁文件或是密信什么的。接着又把那只平底挂箱打开来，仔细地数着里面的衣服和套装。此时，其他旅客早已欢欢喜喜地离开了大厅，我透过玻璃看着他们坐上了等待出发的火车，忽然觉得时间如此漫长。

这只亮漆的小铁皮箱子是在北平的集市上买的，塞了个满满当当，用铁丝加固了关合不严的锁扣，以防箱子绷开。可这倒让那缠人的海关关员又有新的理由要求开箱检查了。他的一名下属一剪子下去剪断了铁丝，箱盖顿时像香槟酒瓶塞一样弹了起来。我忙告诉他露出来的那件皮衣值多少钱，这价钱对他来说微不足道。他让旁边几个员工好好看着，那些人讨好地学着上司轻蔑的笑容。那人突然眼中一亮，看见箱底有只白色的大信封，迫不及待地伸手就抓，打开时神色一变："梅兰芳！您认识梅兰芳？"信封里只有一张由梅兰芳本人题词的照片。这个不讲情面的关员帮着我把皮衣收拾了起来，当然对价格也不感兴趣了，接着在八天后要在波兰边境提交给俄罗斯有关部门的表格里用俄语写上"中国古乐器"，以保证我到时能顺利通关。他那几个刚才还对我冷嘲热讽的同事，此时只是艳羡地晃着脑袋。虽说我最后一个来到月台上，可身后簇拥着一群中国人，毕恭毕敬地问我都看了梅先生的什么剧目，我这位显赫的朋友有什么计划，等等。

有哪位欧洲或美国戏剧艺术家或电影明星能够这样声名远播，竟然可以让千里之外的铁路员工都兴奋不已，让严苛的海关人员舒展笑容？

西伯利亚

到达莫斯科需七天之久，这不再是普通的旅行，而是长途穿越，不过上了车也就渐渐习惯了。卧铺车厢颇为宽敞，锅炉烧得暖熏熏的，茶水跟在中国一样，随叫随有。法国人贪吃的本性让我悔恨没在哈尔滨买些水果和罐头，餐车上尽供应些俄式碎排肉，糊成一团的煎鸡蛋，还有叫作"chtchi"的卷心菜浓汤和各式俄国甜点。那位美国工程师挺有先见之明，出发前到一家大型巴黎食品店买了个巨大的食品篮子，还配着盘碟餐具。他不愿抱着篮子走动，于是吃饭时就独自躲在车厢里，但他看见我经过时总会把我叫住，递过来一块鹅肝酱或是沙丁鱼。跟我一桌吃饭的是个日本来的英国少校，思维敏捷、好奇心强、善解人意，很好相处。我们的餐票足够一路吃到波兰边境，只合二十三美元，这毫不夸张。俄国人习惯一天吃四顿，最后一顿晚上十点开饭，相当于法国以前的夜宵。对于我来说太晚了，不过酒店领班主动提出用富余的餐票跟我交换其他食品。这样我不仅有烟抽，每天还有一片鱼子酱面包和一小杯伏特加。

我偶尔会读阵书，不过更喜欢看风景，这从旅行头一天就成了我的旅途友伴。北方稀疏的白桦林，树高不过一人，干粗不过一拳。无边的荒原上，红色的柳树守在死水潭边。这就是西伯利亚的冻土苔原，不禁让我想起了弗朗什孔泰的沼地。丘陵上林立的松树不像在中国那样间距颇大，而是像法国山区的冷杉那样挤靠在一起抵御严寒。雪地里，一匹马儿套在两根车辕下，昂着头往前拽着雪橇，只依稀看见上面放着一堆黑乎乎的东西，待车在白色木杆前停下来时，我才看清是一垛干草。如果火车开得再慢些，我就可以问问那个驾着雪橇、身穿羊皮袄的大胡子，今年的收成怎么样，就像在我们村询问庄稼汉那样。这里的时间比莫斯科要早六个小时，我们已经越过贝加尔湖来到亚洲的另一极。西伯利亚就像俄罗斯的巨大手臂，一直伸到法国人祖先的发源地北欧，可能这就是为什么我在这片广袤狂野的土地上总感到一种父辈的亲切。

火车一天里会停靠三四次，每到一站我们都会下车呼吸一下沁满白雪气息的空气。我的两个旅伴也都是北方人，因而这寒冷反倒成了我们解除劳顿的良药。站台上都是大而宽的木质建筑，各色指示牌上写着"候车厅""热水供应处""餐饮柜台"等字样。到处都是身穿工作服的人群，但毫无褴褛之相。男人们脚蹬厚木底的高帮鞋，套着白桦树皮做的护腿，身穿法兰绒上装或羊皮袄，女人们头上包着围巾，直披到肩上。从我们身旁经过时会瞟两眼，但不会驻足观看，人人都有正事要忙。有些是工人，要干活糊口，有些是和我们一样的乘客，卧铺车厢后面还挂了几节普通车厢，几乎座无虚席，在卧铺车厢和餐车之间的走道上川流不息的旅客就足以为证。这些人中有休假的军人，也有一家老小出来玩的，如果觉得妨碍了我们，肯定会礼貌地朗声说："不好意思，借过①。"

俄国革命把跟车票价格反向而行的车厢序号连同其他的特权一并取消。再也没有一等、二等之分。但有些车厢的座椅塞了垫料，另一些则是光秃秃的木凳。这两种车厢一种叫软座，一种叫硬座，后一种的票价更低。就好像汝尔丹②的父亲虽不是绸布商人，可了解行情的他知道如何向朋友出让布料来赚钱。而海运公司为了满足虚荣心，主动将二等舱乘客婉转地称为"观光客"。无论硬座还是软座，到了晚间都成为乘客们可以舒展身体躺下休息的集体宿舍。

旅途中，我们从未碰见过伸手讨要东西的人，只有一次我在站台上吸烟，递了一根给火车司机，两个恰好经过的工人也想抽，说道："给一根吧③。"他们拿到烟卷后，摸着帽子心满意足地走开了。可一个孩子也凑了过来，我没有满足他的心愿，司机就把他赶走了。

我主动跟这个上了年纪的司机搭着话，他满是皱纹的脸上挂着温顺和气的笑容。他这一辈子都往来于欧洲和亚洲，每两个星期可以回莫斯科和家人待上一两天。有两个女儿，

---

① 原文为俄语。
② 莫里哀戏剧《贵人迷》中的角色。
③ 原文为俄语。

其中一个已经嫁人,还有个十八岁的儿子,已经开始"服役",不过是服工业役,和从前的兵役一样要求严格,而且服役时间更长。

列车在第二天刚过中午的时候抵达上武丹斯科省的威尔科尼·武丹斯科,而下武丹斯科的尼日尼耶·武丹斯科则还要远些,要往贝加尔湖的方向再走五百公里。停车二十分钟。才踏上月台,迎面就过来一股人流,一副革命的神情,满脸坚毅,夹裹着我们沿着铁轨来到车站后面的一块开阔地。那里摆着一座台子,有个人正等着我们,一看就是个党代表:黑色山羊胡,紧皱的面颊,一件知识分子常穿的短外套,手指挂着桌面站在那里预备发表讲话。虽然他声音紧绷,语调铿锵,但话才出口就凝固起来,坠落在梆硬的雪地上发出闷响。不过我还是听懂不少,还记得那天是十二月六日,大家在这遥远的地方共同庆祝共产革命的周年纪念。"亲爱的同志们,"发言人大声说道,"我今天的演讲也是为你们而准备的,因为你们明白贵国的无产阶级兄弟应当与我们团结起来"。 威尔科尼·武丹斯科镇确实与如今已成为苏联版图一部分的地域接壤,在人群中看得出几张面孔,毛皮帽下垂着粗大的马尾辫,灰暗的脸庞毫无表情,眼神空洞。"有些人连自己的名字都叫不出。"有人在旁边小声嘀咕道,听到这话的人报以微微一笑。

突然,寒冷的空气中爆发出一阵低沉的鸣响,热烈的震颤划破寒气。演说结束了，一支管弦乐队奏起了《国际歌》。所有人同时摘帽或敬军礼，和谐的气氛、庄严的动作、动人的乐感，难以想象这一切竟让这首曲子迸发出令人陶醉的信仰之音。

火车再次开动。我又和旅伴们凑在一起，这些天我们天天挤在工程师的包厢里打桥牌，他的食品篮子给握着两副牌的人当了凳子。我们三人中，英国少校无疑是最反对共产主义的人，这除了信仰还有职业身份的原因，他也是第一个表示我们作为远道而来的客人，应该在苏联国庆日做点什么以示祝贺。大家都表示同意，可怎么表示呢？这得问问负责在列车服务之外与旅客沟通的随车翻译。这个以色列小伙子是奥德萨港人，性格活泼，讨人喜欢，得知我们的愿望后竟突然感动起来。邀请所有的列车员来痛饮一杯伏特加如何？这样可能会让我们看起来有些屈尊俯就。或者在他们晚上聚会的时候去表达祝愿？可如果他们没提前商量好，这样做是行不通的，可谁又知道这些敏感的俄国人会商量出个什么结果。不能让人家曲解了我们的好意。最后大家决定用大致的口吻给莫斯科政府发一封贺电，绝不是用影射政府形式的字眼。翻译负责把电报转交给列车负责人，晚间又来给我们转达了他同事们的谢意，说大家一致赞成发贺电。

沙皇时期为安全起见，常常把城市建在离火车站有相当距离的地方，全都是木质构造，就连形如瑞士山区别墅的宽屋顶上的方形钟楼也是木制的。铁轨附近耸立着几幢建筑，冷杉的木板还没有岁月留下的黑色痕迹。所有的建筑物都采用统一形制，方形大院落的三个角落里修建了巨大的房舍，几幢供人居住，其余的用作牲口棚和农具房。四轮台车载着用于公共农垦的拖拉机，把停车道占了个水泄不通。我的美国朋友欣喜地发现有美国造的拖拉机，不过等到国有设备五年计划（因规定期限而得名）一启动，苏联政府就会根据需求自行生产这样的农业机械设备。

物质主义虽遭人诟病，但物质进步也并非一无是处。通过农垦协会可以获得机器，而机器可以让垦种变得轻松并提高产量。我的家乡弗朗什孔泰的村民们很早就懂得以合作的模式来组织格鲁耶尔奶酪的工业生产，最近又建立了牲畜意外保险体制。现在，一些人已经看到配备养殖机械装置的公共谷仓可能带来的好处，而有了信贷体系，农民就不用再以最低价早早卖掉粮食了。

而眼前，铁道旁是一块露天工地，蓄着蓬乱胡子的男人和头戴围巾的女人们正手持铁锹和十字镐垦挖着坡地，坡头上每隔一段距离就有膝头靠着步枪的士兵，静静地坐在松树和桦树之间监视他们。这些顽固不化的农民被流放到这里做苦力；西伯利亚大铁路全线都将增修并行轨道，约合七千公里。这些劳工大概来自很远的地方，这对法国人来说简直是地狱般的惩罚，可这些骨子里流淌着牧民血液的俄国人却心无牵挂，乐得既来之则安之，看守士兵倒像是城里维持秩序的警察。没有人想要逃跑或捣乱。

我们的车厢现在也人满为患了。在鄂木斯克站上来的一大家子占了三个包厢，父亲和母亲一间，结了婚的女儿一间，她的两个孩子再一间。女婿是个身材苗条的小伙子，下颌留着毛茸茸的金黄胡须，其他的家庭成员则个个身形饱满、爱闹又爱笑。那位父亲无论是正着走还是横着挪，都把过道占了个满当，我的一个同伴经过时，他正要返回包厢，看出了我们是哪国人，忙用英语和法语称歉。他那女儿从早到晚低声哼着抒情小曲。

此后，老检票员每晚都会把我这间包厢和隔壁包厢里最上面的铺位放下来，以防夜间到站时有旅客上车。每天早晨，当我醒来时发现还是自己一个人，就会松一口气。然而在第六天下午三点到达斯维尔德洛夫斯克（旧称叶卡捷琳堡）车站时，就在列车离站的瞬间，跳上来一个气喘吁吁的壮汉，径直走到我的包厢门前。

是个假期回科隆探亲的德国工程师。这个直肠子的德国人一上车就冲我表示："我们的两个国家应该实现统一。"然后跟我说他正在减肥，而且已经成功地把皮带扣眼缩紧了两扣。他几乎把所有的薪水都寄给老婆孩子，因为吃穿用度都由工厂合作社低价提供。那是家大型冶金工厂，总共有四百名德国技工，厂方不仅为他们准备了专门的会议室，甚至还提供德国的啤酒和熏肉。他刚刚设计建造了一座高炉并已投入使用。"俄国人不想放我走,怕我不在的时候高炉出问题。"工厂里的俄国工人们的细心和经验都还不够。为了有效地组织工作,他们总是大会小会开个不停,天天发表演说,以至于大家有时连工作都忘掉了。这就是所谓青春之罪,年轻人总会慢慢成熟起来的。但可以肯定的是,工厂一切运转正常,而且规模越来越大。五年计划并非虚言。

军　人

软座车厢里有一位苏联将军和两名少校。英国人会说俄语,仗着同为军人的情谊,居然跟他们熟络起来,还向他们介绍了我这个会玩国际象棋的法国人。这个将军跟部下对垒每盘必赢,巴望着能碰上个旗鼓相当的对手。"那法国人,"他说,"是个老狐狸。"这个定义是针对所有的法国人呢,还是他在横穿我们这节车厢时看到的那个法国人?我在盥洗室的镜子里打量自己,没发现哪里像狐狸,不过自己看自己总会有偏差。将军考虑再三,在三天后,终于耐不住旅途无聊,决定和我下一盘。

因为疏于练习,再加上留恋窗外滑过的风景,一开局我就被杀得狼狈不堪。列车正穿过乌拉尔山:磐岩高耸的悬崖上斜刺里插着几棵松树,一条暗幽幽的河流在崖边流淌,河面上一条小船不紧不慢地荡着,船上堆着线网。这简直就是没有冰川和锋利山脊的瑞士,经历了数万年风霜雨雪堆积的古老土地,收紧身形,凝神纳气,陷入沉思。我正胡思乱想,棋盘上已然丢了先前还想着的一个卒子,接着不得不牺牲了马才勉强保住皇后,终不免气急败坏地匆匆结束了棋局。将军一脸失望地看着我起身离开。除了游戏规则要求的几个套语,我们两人再没说别的话。

但第二天,当列车驶进俄罗斯广袤的雪原时,我在战场之外还以这个自负的敌人一记漂亮的反击。他冷静下来,试图想出其他高招予以还击,但都被我侥幸挫败。他和善地看着我。旁边一个观战的部下请求和我继续厮杀,但还没来得及重整队形就败在我的棋招之下,落得个溃不成军。将军递过来一支烟,我们就此打开了话匣。

夜幕低垂,要不是一列货车在伊尔库兹克至克拉斯诺亚尔斯克的路段脱轨,我们这会儿已经到莫斯科了。这下可赶不上去西欧的换乘车了,我对此丝毫不感介怀,因为可以和苏联将军再多聊一阵了。先前在上铺躺着看书的另一个军官,被我们的谈话所吸引,从床上爬了下来。英国少校看到我们如他所愿相处甚欢,很是感到欣慰。一个不请自来的陌生人也钻进了我们的包厢,他身穿黑色法兰绒上装,纽扣直扣到下巴根,一副好为人师的模样。现在我们一共六个人,炉子的热气在玻璃窗上蒙起一层水雾，香烟的雾霭淹没了天花板的电灯。我们肩上披着军大衣，因为膝盖相抵、气息相交而动弹不得。所有的观点和想法像是受到压榨机的冲力，饱含着激情从心底喷薄而出。一两个小时之后，我们就将分别，此后永无再会之期。

"还有，少校，如果我在战场上做了你的俘虏，"一个苏联军官说道，"你就一枪崩了我。"英国少校太过绅士，不愿谈论如此严肃的话题，笑着答道："也许吧。"大家开始拿他开涮了，一个老生常谈的话题："为什么对印度人发动战争？为了英国。为什么向共产主义共和国开战？为了英国。""确实如此，"少校说道，"不是每个人都有机会为人类的幸福而战。""我们会为此而战，甚至抛开英国为您的幸福而战。"这些苏联军人心怀坚不可摧的信念，表现得泰然自若，身穿镶有红星的制服，但仍保持着军人身份的骑士传统。

他们个个都是俊小伙，英姿飒爽，年轻快乐，而在法国，军衔到中尉以上就很少看到这样的人了。昨天我们正下棋的时候，一个军官跟同伴讲了个小故事，这故事当年不定让沙皇治下多少军官都乐开了怀，因为这故事是关于白人轻骑兵和黑人轻骑兵的。"是我们的人对你失礼了吗？士官向前来投诉的小姑娘问道。哎，你还想怎么样，他只不过是职责所在。——他浑身上下都打扮成黑色。——黑人轻骑兵？啊，混蛋！"这笑话引得声音低沉、留着唇髭的中士也禁不住开了腔，现在的俄国军队中已经没有这个军衔了，就像法国业已取消的工兵或军乐队鼓手长。接着他们开始把玩一支自动式手枪，掂量、瞄准、检查扳机。将军看他们玩得兴奋，怕出意外，头一偏，一个暗示足矣：武器还鞘。这除了官衔的权威，还有年龄的威严：他今年三十七岁。

他身材修长，若不是目光中闪烁着热烈的思想烈焰，那棱角分明的脸庞真好像铁铸一般。

是在哪儿见过他吗？昨天我就开始在记忆中不断搜索。他身体冲前趴着，好听清我在讲什么。忽然间，我回到一九一六年四月，一支俄国军乐队正从马赛大桥登岸；他们从符拉迪沃斯托克出发环游亚洲，我在负责接待的法国军团里任少尉兼翻译，把他们安置在沙隆附近的梅利军营。这些身穿卡其布上装的乐手们列队站立，几乎全是退伍老兵，每个人的胸前都挂满了十字架和勋章。我们见到了带队的卢柯维茨基将军。眼前这个人仿佛让我再次看到了卢柯维茨基将军，只是长了几岁年纪，抬头纹也更深了。他也是这副不容侵犯的神情，内心却藏着无限热情，羸弱的身躯向前歪着，费力地咧着瘦骨嶙峋的脸冲我们笑着。再冒失的军官在提到他的名字时，都会出于对他的尊重而降低声音。他为人严厉苛刻，对自己尤甚，他训起人来比体罚更令人畏惧。在军营里无所事事的下午，大家都跑到食堂找乐子，有喝酒的，还有弹着吉他唱小曲的，唯独他一个人待在房间里工作，即便外出也是步履匆匆，他没有任何娱乐活动。只要他一出现，所有人都马上从外到内恢复军人状态。

二十年前，他为了保护帝国，为保卫统一、富强和荣耀而战。而今，祖国高于一切，因为它创造了一种观念，是空想，是谎言，还是恶理，有什么关系？在他眼中，这种观念无比美好，因为生命握在自己手中。同样，充满残暴阴谋、合法谋杀和血腥暴动的法国大革命，在国外也被英雄主义和青春的纯净光焰所环绕。我想到了奥什①，马赫索②和克莱贝尔③。将军似乎猜透了我的想法。"为什么要与我们为敌呢？你们不也发起过大革命吗？"我跟他说正是革命的经验告诉我们革命是错误的。"不管怎么说，那是个美好的年代。"他评价道。

在西伯利亚征战了十年之后，他终于可以重返家园，可以到高加索地区的基斯洛沃茨克温泉疗养站享受康复假期。与白军交战是由于信仰不同，随时随地都得保持警惕，恶劣的气候更是雪上加霜。五年前，苏联政府和南京当局因中东铁路的管理权问题交恶，他因此还跟中国军队交过手。他问我在中国的见闻，认真地听着我的每一句话。我说，那里的行政机构正在形成，军队建设也在进行之中。他点着头陷入

---

① 法国将军。
② 法国将军。
③ 法国将军。

了回忆:"那个时候,中国的军队统帅几乎个个都是草包,可士兵倒是个顶个儿的棒,坚韧,有耐力,懂得如何赴死。"他追着记忆重复道:"是啊,懂得如何赴死。"

打铁号子

"在门口乘一路车,然后在音乐学院下一站下。"

酒店里体贴的女服务员用法语告诉我怎么乘车,可我不知道该如何乘坐莫斯科的有轨电车。广场中央人行道上的人群几乎贴着电车车厢,与台阶上膨胀的人肉岩浆胶着在一起。可我缺乏跟他们黏合的气力,只能躲到大路上,即便勉强在车上找到立足之地,恐怕就再也动不得了:乘客必须从另一头下车,那就得穿过被身体挤压蒸腾得如同热锅炉一般的长长车厢。还是不试为妙,我宁愿沿着车轨一路走下去,遇见岔道会有点麻烦;但只要等着看看是哪路车经过就好了。我并不赶时间,因为今晚的火车十点半才出发。

我们误了昨晚的那班车,不过也在意料之中。这趟车时不时从北站挪到西站或是白俄罗斯车站,我们的列车这次就在没水没电的停车道上挨了一整夜,不过司机早上送来了茶水。我们九点钟出了站台,没人查验车票或护照。我的两个旅伴都有人接,一个是本国的大使,另一个是工程师协会。我敢肯定，位于波莫瑞人路的法国使馆也会如此热情地招待我，但现在我更愿意体验一个人在陌生城市里游荡的刺激。

没能在酒店订到房间，又因为没有热水无法洗澡，我就先来到一楼转角处招待外国人的咖啡厅里坐了下来。服务生都是女孩子，可爱，还有点儿自来熟。其中一个已经在一位客人身边坐下，那个老实巴交的美国大个子，只跟她谈论天气，不是因为谨慎，而是出于礼貌。

我又继续往前走了一段，惊喜地发现克里姆林宫竟然高耸在眼前。这座城中之城就像北平的皇城，只不过墙头上是圆形或四角形的城楼，上面是尖尖的中世纪屋顶；再往后看，一簇繁茂的建筑园林愈发衬托出皇宫的三角楣和教堂的球形塔楼。顺着低处望去，通向城堡暗道的吊桥下是一座公共花园，孩子们玩着滚铁环，坐在长椅上的老祖母们戴着露指手套，一边看着，一边打毛线。潮湿的寒气让人感觉仿佛身在地窖之中，我又接着往前走。站在马路沿上往下看，只见凝滞不动的车河与人流，卡车不停地鸣着喇叭。往回转的路上有不少书店，每一家的橱窗里都挂着列宁肖像，宽大的脸庞，鼓起的肩膀，身穿短上衣，胳膊高举向人群。除此之外还有数不清的关于苏俄体制的统计学和历史书籍，还有几本在图书馆里劫后余生的旧书，比如《悲惨世界》全集中的一册，还有一本《史说吉伦特派》，好奇的路人仔细地看着书名。国有商店前排着长队，大家都是等着购买黄油、鱼、面包、熟肉和果酱。稍远处，一扇巨大的门朝向一排小木棚，下面摆着古董商的摊铺：苏俄政权不屑管制的小买卖之一。看热闹的人里三层外三层，我好不容易挤到一个旧书商跟前，他正扯着嗓子喊"Tridtzet，sorok"，就像巴黎的街头顽童嚷嚷着"三十，四十"。我花了八十戈比买了两本很有意思的书，是关于俄罗斯所有权历史的文集中的两卷，一九二六年由国家出版社发行。我可以把书寄放在一家酒店，经理是个热心肠，就算我不住那儿，他也一样拿我当客人对待。我还发现，在这家酒店威严阔气的餐厅里，只要花上七个半卢布，身穿礼服的司厨长就会送上味道极佳的午餐一份。按照强制汇率算来，两个卢布可以换一美元，有些贵，但城里所有的餐厅都乐意随行入市，我就只好敬而远之了。

于是我打算去拜访满洲铁路的中方共同负责人，因为在中国曾答应过他的一位家人。他的办公室在一条名叫马尔伊·基斯洛夫斯基的巷子里，意为基斯洛夫小巷。我一路沿着电车的轨道，穿过河流向右转，迎面一幢好像商场的高大建筑，然后顺着一条长长的街道继续走。两旁狭窄的人行道上满是身着同色工作服的路人，既谈不上破烂也没有过多的修饰。所有的男人都穿着没有领带的外套，头戴鸭舌帽；女人们则是一色的羊毛大衣加尼龙短上衣，头上要么戴着无沿软帽，要么梳着规规矩矩的短发。时不时看见一席水獭、卷毛羔皮，或貂皮的大衣，这是爱美的女士们唯一的奢侈品。没有闲游乱荡的行人，大家都神色匆匆、脚步如飞，脸上少有笑容，对擦身而过的路人几乎看也不看。人们急匆匆地赶往办公室、车间、工地或商店。这就是露天工厂的热闹。

十字路口的交警站在一只小矮凳上，利落地拦下载重货车。偶有几辆私家轿车开过，出租车少之又少。沙皇时期的出租马车早已破烂不堪，轮子摇摇欲坠，骨瘦如柴的劣马和塌鼻梁、络腮胡的车夫，都被抛在了历史的角落里慢慢腐烂。

音乐学院到了，是一幢修建了廊柱和三角楣的旧时建筑。朝气勃勃的年轻人们手拿乐谱，肩背琴盒，绕着一座方形院落来来往往。我定睛观看小巷转角处的路牌，找到一个写着基斯洛夫大巷的，估计小巷离此不远了，可我没敢问迎面走过来的一个工人，因为他闪躲的样子仿佛我是块暗礁而不是个人。

沿着基斯洛夫大巷一直来到路底的一条同名街巷，尽头处又是一条同样的小路，没有商铺，两边是低矮的破屋，大门紧锁，几乎不见路人和汽车。残破不堪的老莫斯科就这样被车流如虹的主干道抛在寂静的角落里。一个年老的马车停在人行道上，在这一片孤寂中耐心地等着，车夫冲我招招手，说一个卢布可以把我送到目的地，可车才起步就停下了：其实我要找的地方就在旁边的一条岔路上，连一百米都没有。我跟他说这么近的距离怎么要一个卢布，可他丝毫不肯妥协，小眼睛里闪过狡黠的光，真正是个表面老实、内心奸诈的农民："有言在先，不能反悔。"我慌忙下车，这时走过来一个我先前没看见的警察。那扇敞开的门正对着砖砌的方形院子，我过去叫门，一个系着围裙的看门人走上前来，也没多解释，就跟我说弄错了，我于是再次被抛回到路上。究竟是谁住在这里？卡拉马佐夫兄弟①，还是刚刚谋杀了放高利贷的老板娘的大学生拉斯柯尔尼科夫②？如果没有这位头戴红色五角星帽的好心警察来为我解围，我真要以为自己又回到了陀思妥耶夫斯基笔下的悲惨年月了。我呈交了身份证件，可负责的高级官员要么不在，要么是要务缠身没空见我。我转身离开时还感觉到那个警察仍远远地站在原地盯着我。

一天就这么过去了。可能这就是为什么大家的工作一结束，环境一换，就都涌向这座大众电影院的前厅。我跟着队伍一点点地向售票窗口挪去。终于来到窗口前，前面的那位客人刚离开窗口又折了回来，满脸的怒气：她质问售票员为什么刚才还说她想要的座位没有了，一转身却把票卖给了后面那人。是得了好处，还是关系户？旁边的人听着她们言辞激烈的争吵都微笑不语，那女士被转动的人流渐渐挤了出去，

---

① 陀思妥耶夫斯基同名小说人物。
② 陀思妥耶夫斯基小说《罪与罚》中人物。

嘴里仍在骂骂咧咧。

买好了票就坐着等待开映,好像车站的候车室。都等到原始星云形成行星了,放映厅的门才打开来,大家都规矩地保持着队形,没人插队,队伍开始以天文学所说的直线均速运动的方式逆时针慢慢移动。只是边缘偶尔有几个人因离心力的作用被抛了出去,顶在墙壁上。我也像他们一样停了下来,注视着看不到尾的队伍:父母带着小孩,年轻人眼睛直视前方,知识分子边聊边用手比画着,所有的人都挪着沉闷而千篇一律的碎步移动着。苏俄政权想要构建的社会难道不是像轴承一样无休止地自转吗?为生存而工作,为工作而生存,循环往复,永不停止。

突然两个小女孩跳入眼帘,她们刚才还在圆心的位置,现在转到了边上,所以之前我并有注意到。两人都穿着中学生似的黑色罩衫,褐色头发,亲切可人。两人挽着胳膊,其中一个调皮地把满是稚气的脸搁在同伴的肩上。在锋利如钢的陡峭崖壁上,很难看见石缝中生存的蓝色小花,但那小花却拥有不朽的生命。

这部名叫《风暴》的片子讲的是无畏的女英雄如何跟头戴假发套的叛徒斗智斗勇,最后终于为无辜受害者洗清了罪名。电影胶片磨损得厉害,一道道长长的划痕看起来像在下黑雨。但片中不乏壮丽的战争场面,比如路边碉堡里的战士;还有一幕实在令人叫绝:议会大厦的办公室里,大腹便便、一本正经的资本家向苍白瘦削却一脸傲慢的共产党代表递交辞呈。

克里姆林宫背后就是红场了，源于中世纪的名称如今愈发显得应时应景。教堂的五座塔楼像捆成束的花朵，环拥着高高隆起的金色塔顶。如今被改作他用的教堂总是被刻意弄得阴霾沉沉，没有一抹亮色，以暗讽旧制度的昏暗无道。无法仔细欣赏墙上的镶嵌画真是令人遗憾。入口处倒是灯火通明，悬着一幅被大加改动过的照片，头戴三重冠的教皇紧握着庞加莱总统的双手，总统身上僵硬的西服好像饭店司厨长的制服。这情景简直蠢到让人无言以对。很多好奇的游客都跟我一样，花了十卢布买门票，经过这幅照片时一句话都不说，大家也只能如此了。

相反，苏联政府倒是颇为明智地保留了教堂前方两位民族英雄——米宁和波扎尔斯基的雕像。纪念碑应该建于20世纪，两人身披希腊长袍，腰佩古典悲剧中的双刃短剑，按那时知识分子阶层的品位看来，这是令人难以忍受的见证物。

沿着广场较长的一边，矗立着背靠克里姆林宫的列宁纪念碑，它并不需要浓墨重彩的修饰。巨大的方形纪念碑线条笔直，木门前挺立着两尊哨兵的塑像，紧闭双唇、神情凝重，更增添了几分庄严之气。几年前，人们纷纷在黄昏时分前来瞻仰水晶棺内唯物主义预言家宛若生颜的遗容。如今可不行了，因为遗体保存出现了瑕疵，大自然占了上风，身体的死亡仍未低头认输。

市中心的沙皇陵墓犹如堡垒般坚实，形似高不可攀的王座。我不禁想起南京近郊的中山陵，就那样坦荡荡、安详地卧在丘陵之上，超越了阶级与国境，沉睡在人类美德的怀中。

走近中国·作家文丛

《镜观中国》 路易斯·拉卢瓦
《中国屏风上》 毛姆
《开放的中华》 老尼克
《远东行记》 克洛德·法莱尔
《盛唐之恋》 乔治·苏里耶·德·莫朗
《中国书简》 维克多·谢阁兰
《中国和中国人》 奥古斯特·博尔热
《一个中国人在中国的遭遇》 儒勒·凡尔纳
《18世纪法国视野中的中国》 亨利·考狄
……

走近中国·学者文库

《悲秋》 郁白
《为己之学》 狄百瑞
《牡丹之辉》 雷米·马修
《李白的生平与诗作》 阿瑟·韦利
《法国文学与中国文化》 钱林森
《当代中国文学的高峰》 明兴礼
《中国古代的节庆与歌谣》 马塞尔·葛兰言
《1866—1906年中国士大夫游历泰西日记摘选》 雷威安
《巴黎东方语言学院百年汉语教学论集（1840—1945）》
　　　　　　　　　　　　　白吉尔、安必诺
……